絕對合格
QR Code聽力魔法

考試分數大躍進
累積實力
百萬考生見證
應考秘訣
2
根據日本國際交流基金考試相關概要

頂尖題庫 快速記憶術

Grammar, Context and Listening

單字、情境與聽力

扎實累積實戰×致勝近義分類的高效雙料法寶！

日檢 N2 單字

吉松由美, 田中陽子, 西村惠子
千田晴夫, 林勝田, 山田社日檢題庫小組
◎合著

QR Code　山田社 SIS

宅家也能拿下 N2！
這本書讓你學得快、記得牢，
日語進步一路狂飆！

不出門不煩惱，靠這本書的「情境分類＋實戰練習」，讓你輕鬆掌握日檢 N2 必備詞彙！從情境速記到聽覺記憶法，招招直擊學習痛點，效果絕對驚人！

快又牢！6 大招讓日檢 N2 變得簡單有趣：

★ 快又牢 1：「情境分類，單字速記 No.1」

N2 情境包羅萬象，購物、工作、旅行全覆蓋，快速掌握必考詞彙，讓單字輕鬆進腦！

★ 快又牢 2：「想像場合，最聰明學習法」

新制日檢看重「活用交流」，學單字不再孤立！單字→情境串聯，讓你真正知道在什麼場合用什麼字，學習事半功倍！

★ 快又牢 3：「打鐵趁熱，回想練習」

背完後，立刻進行「回想測驗」，邊背邊測，記憶力像被超強黏著劑黏住，根本忘不掉！

★ 快又牢 4：「一次搞懂相近詞，類義詞超強記憶法」

由一個主題衍生出多個相關單字，詞彙網絡一次掌握，類義詞差異全搞懂，語感直線飆升！

★ 快又牢 5：「50 音順金鑰索引，隨查隨會」

貼心設計 50 音順索引，方便快速查閱，複習起來一氣呵成，記憶效率加倍！

★ 快又牢 6：「線上音檔聽力，單字記憶再升級」

日檢 N2 看重聽力，邊聽邊記，讓詞彙牢牢刻進腦袋，再忙都能輕鬆進步！

本書特色：

1. 單字清楚分類＋相近詞速懂，一次搞定 N2 單字難題！

還在單字記到頭昏腦脹、相近詞混成一團？別煩惱！本書用情境分類＋相近詞比較的超實用方法，讓你不僅掌握單字，還能啟動「連鎖記憶」，一詞帶一串，考試生活全覆蓋，學起來事半功倍！

亮點全開：

▲情境分類，單字秒清晰！

依 N2 考試內容精心分類，涵蓋時間、人物、政治、經濟等豐富主題，一目了然，記憶更牢固！

▲相近詞比較，差異一次弄懂！

透過相關詞彙的比較與關聯分析，不再混淆，學完後考題見招拆招，穩穩拿分！

▲連鎖記憶法，喚醒整串詞彙！

遇到分類主題時，腦袋瞬間啟動連鎖記憶，相關單字全浮現，考試、生活應用毫不費力！

2. 邊背邊測，單字實力立刻見真章！

覺得自己學了好多單字卻不確定記住了多少？別擔心！本書每個章節都貼心設計了單字填空題，讓你邊學邊測，記憶不再只停留在短期，更能快速驗證實力，讓學習成就感嚕嚕上升！

亮點搶先看：

▲填空練習，記憶加倍深植！

趁記憶猶新時立刻進行回憶練習，單字從此住進腦海深處，怎麼也忘不掉！

▲假名提示，題目即是延伸學習！

每題標註日文假名，邊做邊學更多單字，輕鬆擴展你的詞彙量！

▲前後推敲，閱讀能力同步提升！

透過上下文線索找答案，不僅強化單字記憶，更練出 N2 級別的閱讀技巧！

3. 針對日檢 6 大題，題型全攻略，合格沒煩惱！

想在日檢 N2 單字題上穩穩拿分？這本書不僅深度解析第 4 大題，更讓你在第 3 到第 6 大題中游刃有餘！結合單字理解＋相近詞辨析＋句意閱讀能力的全能訓練，讓單字題變得簡單到你會懷疑人生！

亮點搶先揭曉：

▲專攻第 4 大題，跨覆第 3 到第 6 大題！

不只是專精一類題型，更能舉一反三，全面提升應試能力，讓你在考場上如魚得水。

▲相近詞填空，辨析能力 UP！

學會如何區分單字細微差異，填對題目不再靠「蒙」，而是真正懂！

▲句意理解，閱讀能力同步加強！

透過句意推敲正確答案，練的不只是單字，還有快速抓重點的閱讀技巧！

4. 50 音排序＋情境連結，字典秒變學習神器！

想查單字卻翻書翻到頭昏腦脹？別擔心！本書的 50 音順索引表就是你的日語萬用字典，讓你查單字不僅快，還能順便複習相似詞彙，一次學更多，事半功倍，效率飆升！

亮點全揭：

▲50 音順索引，單字好找又精準！

查單字像翻字典一樣輕鬆，精準找到重點，不再浪費寶貴學習時間！

▲情境串聯，查一個學一串！

單字按情境編排，查一個就能順便複習一整組相關詞彙，記憶加倍牢固！

▲省時省力，學習效率全面提升！

單字不再是孤島，查找→複習→掌握，一氣呵成，讓學習過程省時又高效！

5. 日籍老師親配音，語感爆棚、聽力開掛！

想讓日文單字在腦海裡「住下來」？本書附贈日籍教師錄製的標準東京腔發音，讓你邊聽邊記，單字反覆進腦，自然養成語感，還能秒提升聽力，聽得懂、說得出口，輕鬆搞定日檢 N2！

亮點搶先看：

▲每篇只需半分鐘，黃金時間高效利用！

早晨醒腦、通勤練習、睡前複習，隨時隨地打開耳朵學日語，再忙也不怕學不會！

▲日籍老師配音，語感聽力同步提升！

不只學單字，還能學會標準發音，說出口就是地道東京腔！

▲考試軍師，輕鬆擊破學習盲點！

反覆聆聽，牢記單字，搭配閱讀練習，讓單字成為考場高分利器！

自學、考試都適用，現在就開始，讓語感＋聽力雙重升級，日檢合格更有底氣！

目錄
もくじ

日檢分類單字

N 2

測驗問題集

1 時間(1)

◆ 時、時間、時刻　時候、時間、時刻

明くる	(連體) 次，翌，明，第二
一瞬	(名) 一瞬間，一剎那
一旦	(副) 一旦，既然；暫且，姑且
何時でも	(副) 無論什麼時候，隨時，經常，總是
今に	(副) 就要，即將，馬上；至今，直到現在
今にも	(副) 馬上，不久，眼看就要
愈々	(副) 愈發；果真；終於；即將要；緊要關頭
永遠	(名) 永遠，永恆，永久
永久	(名) 永遠，永久
終える	(他下一・自下一) 做完，完成，結束
終わる	(自五・他五) 完畢，結束，告終；做完，完結；(接於其他動詞連用形下)…完
機	(名・接尾・漢造) 時機，飛機；(助數詞用法)架；機器
起床	(名・自サ) 起床
旧	(名・漢造) 陳舊；往昔，舊日；舊曆，農曆；前任者
時期	(名) 時期，時候；期間；季節
時刻	(名) 時刻，時候，時間
指定	(名・他サ) 指定
縛る	(他五) 綁，捆，縛；拘束，限制；逮捕

瞬間	(名) 瞬間，剎那間，剎那；當時，…的同時
少々	(名・副) 少許，一點，稍稍，片刻
正味	(名) 實質，內容，淨剩部分；淨重；實數；實價，不折不扣的價格，批發價
ずらす	(他五) 挪開，錯開，岔開
ずれる	(自下一) (從原來或正確的位置)錯位，移動；離題，背離(主題、正路等)
そのころ	(接) 當時，那時
直ちに	(副) 立即，立刻；直接，親自
たちまち	(副) 轉眼間，一瞬間，很快，立刻；忽然，突然
たった今	(副) 剛才；馬上
偶	(名) 偶爾，偶然；難得，少有
足らず	(接尾) 不足…
近頃	(名・副) 最近，近來，這些日子以來；萬分，非常
近々	(副) 不久，近日，過幾天；靠得很近
潰す	(他五) 毀壞，弄碎；熔毀，熔化；消磨，消耗；宰殺；堵死，填滿
同時	(名・副・接) 同時，時間相同；同時代；立刻；也，又，並且
時	(名) 時間；(某個)時候；時期，時節，季節；情況；時機，機會
途端	(名・他サ・自サ) 正當…的時候；剛…的時候，一…就…

とっくに	他サ・自サ 早就，好久以前
永_{なが}い	形 （時間）長，長久
長引_{なが び}く	自五 拖長，延長
延_のび延_のび	名 拖延，延緩
発_{はつ}	名・接尾 （交通工具等）開出，出發；（信，電報等）發出；（助數詞用法，計算子彈數量）發，顆
不規則_{ふ き そく}	名・形動 不規則，無規律；不整齊，凌亂
無沙汰_{ぶ さ た}	名・自サ 久未通信，久違，久疏問候

普段_{ふ だん}	名・副 平常，平日
間_ま	名・接尾 間隔，空隙；間歇；機會，時機；（音樂）節拍間歇；房間；（數量）間
真_まっ先_{さき}	名 最前面，首先，最先
間_まも無_なく	副 馬上，一會兒，不久
やがて	副 不久，馬上；幾乎，大約；歸根究柢，亦即，就是

1 時間 (1)

練習

I [a〜e]の中から適当な言葉を選んで、（　　　）に入れなさい。（必要なら形を変えてください。）

a. 一瞬_{いっしゅん}	b. 時期_{じ き}	c. 永遠_{えいえん}	d. 同時_{どう じ}	e. 近頃_{ちかごろ}

❶ 彼女_{かのじょ}といると楽_{たの}しくて、この時間_{じ かん}が（　　　　　）に続_{つづ}いてほしいと思_{おも}う。

❷ 彼女_{かのじょ}はあいさつもしないで、（　　　　　）でいなくなった。

❸ 12月_{がつ}はまだ、いちごが高_{たか}い（　　　　　）なので、もう少_{すこ}し待_まってから買_かおう。

❹ （　　　　　）隣_{となり}の家_{いえ}の猫_{ねこ}を見_みかけないけど、どうしたのだろう。

❺ 映画_{えい が}を見_みていた恋人同士_{こいびとどう し}は、ほとんど（　　　　　）に笑_{わら}い声_{ごえ}をあげた。

II [a〜e]の中から適当な言葉を選んで、（　　）に入れなさい。（必要なら形を変えてください。）

a. いよいよ	b. まもなく	c. 直_{ただ}ちに	d. 近々_{ちかぢか}	e. いつでも

❶ （　　　　　）明日_{あした}から夏休_{なつやす}みだ。アルバイトを頑張_{がん ば}ろう。

❷ 何_{なに}か困_{こま}ったことがあったら、（　　　　　）相談_{そうだん}してください。

❸ （　　　　　）車_{くるま}の免許_{めんきょ}を取_とるので、新_{あたら}しい車_{くるま}を買_かってドライブしたい。

❹ 事故_{じ こ}を目撃_{もくげき}した人_{ひと}は、（　　　　　）警察_{けいさつ}にご連絡_{れんらく}ください。

❺ （　　　　　）東京駅_{とうきょうえき}に到着_{とうちゃく}します。お忘_{わす}れ物_{もの}のないようにお願_{ねが}いします。

◆ 季節、年、月、週、日　季節、年、月、週、日

お昼 ひる	名 白天；中飯，午餐	**日中** にっちゅう	名 白天，晝間（指上午十點到下午三、四點間）；日本與中國
日 か	漢造 表示日期或天數	**日程** にってい	名 （旅行、會議的）日程；每天的計畫（安排）
元日 がんじつ	名 元旦	**年間** ねんかん	名・漢造 一年間；（年號使用）期間，年間
元旦 がんたん	名 元旦	**年月** ねんげつ	名 年月，光陰，時間
一昨昨日 さきおととい	名 大前天，三天前	**年中** ねんじゅう	名・副 全年，整年；一年到頭，總是，始終
しあさって	名 大後天	**年代** ねんだい	名 年代；年齡層；時代
四季 しき	名 四季	**年度** ねんど	名 （工作或學業）年度
週 しゅう	名・漢造 星期；一圈	**早起き** はやおき	名 早起
中 じゅう	名・接尾 （舊）期間；表示整個期間或區域	**半月** はんつき	名 半個月；半月形；上（下）弦月
初旬 しょじゅん	名 初旬，上旬	**半日** はんにち	名 半天
新年 しんねん	名 新年	**日帰り** ひがえり	名・自サ 當天來回
西暦 せいれき	名 西曆，西元	**日付** ひづけ	名 （報紙、新聞上的）日期
先々月 せんせんげつ	接頭 上上個月，前兩個月	**日にち** ひ	名 日子，時日；日期
先々週 せんせんしゅう	接頭 上上週	**昼過ぎ** ひるす	名 過午
月日 つきひ	名 太陽與月亮；歲月，時光；日曆上的日月，日期	**昼前** ひるまえ	名 上午；接近中午時分
当日 とうじつ	名・副 當天，當日，那一天	**平成** へいせい	名 平成（日本年號）
年月 としつき	名 年和月，歲月，光陰；長期，長年累月；多年來	**真冬** まふゆ	名 隆冬，正冬天
日時 にちじ	名 （集會和出發的）日期時間	**夜** よ	名 夜，晚上，夜間
日常 にちじょう	名 日常，平常	**夜明け** よあ	名 拂曉，黎明
日夜 にちや	名・副 日夜；總是，經常不斷地	**夜中** よなか	名 半夜，深夜，午夜

練 習

Ⅰ [a～e]の中から適当な言葉を選んで、（　　　）に入れなさい。（必要なら形を変えてください。）

a. 年代 <small>ねんだい</small>	b. 初旬 <small>しょじゅん</small>	c. 年月 <small>ねんげつ</small>	d. 日付 <small>ひづけ</small>	e. 年間 <small>ねんかん</small>

❶ 見積書<small>みつもりしょ</small>の（　　　　　　　　）が古<small>ふる</small>いので、本日<small>ほんじつ</small>の（　　　　　　　　）で見積<small>みつもり</small>をもう一度<small>いちど</small>作<small>さく</small>成<small>せい</small>した。

❷ 日本<small>にほん</small>では、（　　　　　　　　）の新生児<small>しんせいじ</small>の数<small>かず</small>が 90 万人<small>まんにん</small>を割<small>わ</small>ってしまった。

❸ 東京<small>とうきょう</small>では 3 月<small>がつ</small>の終<small>お</small>わりから 4 月<small>がつ</small>の（　　　　　　　　）にかけて桜<small>さくら</small>が咲<small>さ</small>きます。

❹ 結婚<small>けっこん</small>して以来<small>いらい</small>、30 年<small>ねん</small>の（　　　　　　　　）を夫<small>おっと</small>とともに過<small>す</small>ごした。

❺ 周<small>まわ</small>りは年下<small>としした</small>の女性<small>じょせい</small>ばかりで、性別<small>せいべつ</small>や（　　　　　　　　）の差<small>さ</small>を感<small>かん</small>じる。

Ⅱ [a～e]の中から適当な言葉を選んで、（　　　）に入れなさい。（必要なら形を変えてください。）

a. 日中 <small>にっちゅう</small>	b. 日常 <small>にちじょう</small>	c. 日程 <small>にってい</small>	d. 日夜 <small>にちや</small>	e. 日時 <small>にちじ</small>

❶ 10 人<small>にん</small>の友<small>とも</small>だちと遊<small>あそ</small>ぶ（　　　　　　　　）を決<small>き</small>めるのに苦労<small>くろう</small>した。

❷ ありふれた（　　　　　　　　）の中<small>なか</small>にこそ、人生<small>じんせい</small>の喜<small>よろこ</small>びがある。

❸ 私<small>わたし</small>にとって、リビングは（　　　　　　　　）家<small>いえ</small>の中<small>なか</small>で一番長<small>いちばんなが</small>く過<small>す</small>ごす場所<small>ばしょ</small>です。

❹ 彼女<small>かのじょ</small>は（　　　　　　　　）勉強<small>べんきょう</small>に励<small>はげ</small>み、希望<small>きぼう</small>の大学<small>だいがく</small>の医学部<small>いがくぶ</small>に合格<small>ごうかく</small>した。

❺ 宅配便<small>たくはいびん</small>の不在票<small>ふざいひょう</small>がポストに入<small>はい</small>っていたので、再配達<small>さいはいたつ</small>の（　　　　　　　　）を明日<small>あした</small>の午後<small>ごご</small> 8 時<small>じ</small>から 9 時<small>じ</small>に指定<small>してい</small>した。

Ⅲ [a～e]の中から適当な言葉を選んで、（　　　）に入れなさい。（必要なら形を変えてください。）

a. 昼過ぎ <small>ひるす</small>	b. 早起き <small>はやお</small>	c. 夜中 <small>よなか</small>	d. 日帰り <small>ひがえ</small>	e. 夜明け <small>よあ</small>

❶ 昨夜<small>さくや</small>は夜更<small>よふ</small>かしをしてしまったので、起<small>お</small>きたら（　　　　　　　　）だった。

❷ （　　　　　　　　）の出張<small>しゅっちょう</small>に対<small>たい</small>して日当<small>にっとう</small>を支払<small>しはら</small>う。

❸ 昼間<small>ひるま</small>ならいざ知<small>し</small>らず、（　　　　　　　　）にギターの練習<small>れんしゅう</small>は非常識<small>ひじょうしき</small>ですよ。

❹ 早寝<small>はやね</small>（　　　　　　　　）は体<small>からだ</small>に良<small>よ</small>いです。

❺ 君<small>きみ</small>と野宿<small>のじゅく</small>で（　　　　　　　　）を待<small>ま</small>ちたかった。

9

じ かん

◆ 過去、現在、未来　過去、現在、未來
か こ　げんざい　み らい

以降 いこう	(名) 以後，之後
何れ いず	(代・副) 哪個，哪方；反正，早晚，歸根到底；不久，最近，改日
何時か いつ	(副) 未來的不定時間，改天；過去的不定時間，以前；不知不覺
何時までも いつ	(副) 不論到什麼時候都…，始終，永遠
以来 いらい	(名) 以來，以後；今後，將來
過去 かこ	(名) 過去，往昔；(佛) 前生，前世
近代 きんだい	(名) 近代，現代 (日本則意指明治維新之後)
現 げん	(名・漢造) 現，現在的
現在 げんざい	(名) 現在，目前，此時
原始 げんし	(名) 原始；自然
現実 げんじつ	(名) 現實，實際
今 こん	(漢造) 現在；今天；今年
今日 こんにち	(名) 今天，今日；現在，當今
逆らう さか	(自五) 逆，反方向；違背，違抗，抗拒，違拗
先程 さきほど	(副) 剛才，方才
将来 しょうらい	(名・副・他サ) 將來，未來，前途；(從外國) 傳入；帶來，拿來；招致，引起
末 すえ	(名) 結尾，末了；末端，盡頭；將來，未來，前途；不重要的，瑣事；(排行)最小

戦後 せんご	(名) 戰後
中世 ちゅうせい	(名)(歷史) 中世紀，古代與近代之間 (在日本指鐮倉、室町時代)
当時 とうじ	(名・副) 現在，目前；當時，那時
後程 のちほど	(副) 過一會兒
未 み	(漢造) 未，沒；(地支的第八位) 末
来 らい	(連體)(時間) 下個，下一個

◆ 期間、期限　期間、期限
き かん　き げん

一時 いちじ	(造語・副) 某時期，一段時間；那時；暫時；一點鐘；同時，一下子，一口氣
延長 えんちょう	(名・自他サ) 延長，延伸，擴展；全長
限り かぎ	(名) 限度，極限；(接在表示時間、範圍等名詞下) 只限於…，以…為限，在…範圍內
限る かぎ	(自他五) 限定，限制；限於；以…為限；不限，不一定，未必
期 き	(名) 時期；時機；季節；(預定的) 時日
期限 きげん	(名) 期限
短期 たんき	(名) 短期
長期 ちょうき	(名) 長期，長時間
定期的 ていきてき	(形動) 定期，一定的期間

練　習

Ⅰ [a〜e]の中から適当な言葉を選んで、（　　）に入れなさい。（必要なら形を変えてください。）

a. 過去	b. 中世	c. 戦後	d. 近代	e. 以降

❶ 課長は、お酒を飲むと、（　　　　　　　　）の成功の自慢ばかりする。

❷ （　　　　　　　　）の急速な経済発展は、世界中を驚かせました。

❸ 春はいつも忙しいですが、8月（　　　　　　　　）はずっと暇です。

❹ ヨーロッパに旅行したとき、（　　　　　　　　）に建てられたお城に泊まった。

❺ その町には工場しかなかったが、10年間で（　　　　　　）的な建物が増えた。

Ⅱ [a〜e]の中から適当な言葉を選んで、（　　）に入れなさい。（必要なら形を変えてください。）

a. 以来	b. 期限	c. 現実	d. 現在	e. 短期

❶ 高校生のとき、試験に合格してアメリカに（　　　　　　　　）留学をした。

❷ この電話番号が（　　　　　　　　）使われているか確認してください。

❸ 留学して（　　　　　　　　）、叔父とはまったく連絡をしていない。

❹ 図書館で返却（　　　　　　　　）を過ぎても本を返さない人がいる。

❺ （　　　　　　　）がいくら厳しくても、自分の夢をあきらめてはいけない。

Ⅲ [a〜e]の中から適当な言葉を選んで、（　　）に入れなさい。（必要なら形を変えてください。）

a. 一時	b. 年中	c. いずれ	d. 先程	e. いつまでも

❶ このスーパーは（　　　　　　　　）無休で営業していて、とても便利だ。

❷ 嘘を言っても（　　　　　　　　）ばれるだろうから、正直に言いなさい。

❸ （　　　　　　　　）は苦しい生活だったが、今は再就職してがんばっている。

❹ 渋谷の「ハチ公」は、帰らぬ主人を（　　　　　　　）待っていた。

❺ （　　　　　　　）召し上がったステーキは、神戸牛でございます。

3
時間
(3)

11

4 住居（1）　住房(1)

◆ 家　住家

衣食住 いしょくじゅう	名 衣食住
井戸 いど	名 井
外出 がいしゅつ	名・自サ 出門，外出
帰す かえ	他五 讓…回去，打發回家
家屋 かおく	名 房屋，住房
暮らし く	名 度日，生活；生計，家境
自宅 じたく	名 自己家，自己的住宅
住居 じゅうきょ	名 住所，住宅
修繕 しゅうぜん	名・他サ 修繕，修理
住宅 じゅうたく	名 住宅
住宅地 じゅうたくち	名 住宅區
スタート【start】	名・自サ 起動，出發，開端；開始（新事業等）
宅 たく	名・漢造 住所，自己家，宅邸；（前加接頭詞「お」成為敬稱）尊處
ついで	名 順便，就便；順序，次序
出かける で	自下一 出門，出去，到…去；剛要走，要出去；剛要…
取り壊す と こわ	他五 拆除
軒 のき	名 屋簷
別荘 べっそう	名 別墅
訪問 ほうもん	名・他サ 訪問，拜訪

◆ 家の外側　住家的外側

雨戸 あまど	名 （為防風防雨而罩在窗外的）木板套窗，滑窗
石垣 いしがき	名 石牆
垣根 かきね	名 籬笆，柵欄，圍牆
瓦 かわら	名 瓦
隙間 すきま	名 空隙，隙縫；空閒，閒暇
涼む すず	自五 乘涼，納涼
塀 へい	名 圍牆，牆院，柵欄
物置 ものおき	名 庫房，倉房
煉瓦 れんが	名 磚，紅磚

練習

Ⅰ [a～e]の中から適当な言葉を選んで、（　）に入れなさい。（必要なら形を変えてください。）

a. 取り壊す	b. 涼む	c. 外出する	d. 帰す	e. 訪問する

❶ 一緒に買い物に行った弟を先に（　　　　　　　　　）、私は本屋に寄った。

❷ 在宅医療は患者さんのご自宅に（　　　　　　　　）看護・リハビリを提供しています。

❸ すみませんが、私用で2時間ほど（　　　　　　　　　）もいいですか。

❹ 古いアパートを（　　　　　　　　　）、10階建てのマンションを建てる。

❺ 本当に暑いですね。あの木陰で少し（　　　　　　　）か。

Ⅱ [a～e]の中から適当な言葉を選んで、（　）に入れなさい。（必要なら形を変えてください。）

a. 井戸	b. 家屋	c. 雨戸	d. 物置	e. 自宅

❶ 台風が近づいているから早く（　　　　　　　　　）を閉めておこう。

❷ 昔は、よく（　　　　　　　　）の周りに人が集まっておしゃべりをしていた。

❸ このあたりは古い木造（　　　　　　　　　）が集まっているので、火事が心配だ。

❹ 今回は（　　　　　　　　　）収納についてお伝えします。まずは（　　　　　　　　　）に入れるものを分別しましょう。

❺ （　　　　　　　　　）に携帯電話を忘れたことに気づいて、取りに帰った。

Ⅲ [a～e]の中から適当な言葉を選んで、（　）に入れなさい。（必要なら形を変えてください。）

a. 煉瓦	b. 隙間	c. 修繕	d. 住居	e. 垣根

❶ （　　　　　　　　　）を積んで大きな壁を作った。

❷ 朝、目が覚めたら、戸の（　　　　　　　　　）から太陽の光が部屋に差しこんできた。

❸ ここには、昔、有名な作家の（　　　　　　　　　）があったと聞きました。

❹ 隣の家の（　　　　　　　　　）には、夏になるといつも白い花が咲く。

❺ 靴は月に1度くらい（　　　　　　　　　）に出している。

じゅうきょ

◆ 部屋、設備　房間、設備

泡 あわ	(名) 泡，沫，水花
板 いた	(名) 木板；薄板；舞台
快適 かいてき	(形動) 舒適，暢快，愉快
換気 かんき	(名・自他サ) 換氣，通風，使空氣流通
客間 きゃくま	(名) 客廳
綺麗・奇麗 きれい・きれい	(形) 好看，美麗；乾淨；完全徹底；清白，純潔；正派，公正
座敷 ざしき	(名) 日本式客廳；酒席，宴會，應酬；宴客的時間；接待客人
敷く し	(自五・他五) 鋪上一層，(作接尾詞用) 鋪滿，遍佈，落滿鋪墊，鋪設；布置，發佈
障子 しょうじ	(名) 日本式紙拉門，隔扇
食卓 しょくたく	(名) 餐桌
書斎 しょさい	(名) (個人家中的) 書房，書齋
洗面 せんめん	(名・他サ) 洗臉
散らかす ち	(他五) 弄得亂七八糟；到處亂放，亂扔
散らかる ち	(自五) 凌亂，亂七八糟，到處都是
手洗い てあら	(名) 洗手；洗手盆，洗手用的水；洗手間
床の間 とこま	(名) 壁龕 (牆身所留空間，傳統和室常有擺設插花或是貴重的藝術品之特別空間)
引っ込む ひこ	(自五・他五) 引退，隱居；縮進，縮入；拉入，拉進；拉攏

風 ふう	(名・漢造) 樣子，態度；風度；習慣；情況；傾向；打扮；風；風教；風景；因風得病；諷刺
襖 ふすま	(名) 隔扇，拉門
ふわふわ	(副・自サ) 輕飄飄地；浮躁，不沈著；軟綿綿的
便所 べんじょ	(名) 廁所，便所
跨ぐ また	(他五) 跨立，叉開腿站立；跨過，跨越
銘々 めいめい	(名・副) 各自，每個人
物音 ものおと	(名) 響聲，響動，聲音
破く やぶ	(他五) 撕破，弄破

◆ 住む　居住

薄暗い うすぐら	(形) 微暗的，陰暗的
貸間 かしま	(名) 出租的房間
貸家 かしや	(名) 出租的房子
貸す か	(他五) 借出，出借；出租；提出策劃
下宿 げしゅく	(名・自サ) 租屋；住宿
住まい す	(名) 居住；住處，寓所；地址
団地 だんち	(名) (為發展產業而成片劃出的) 工業區；(有計畫的集中建立住房的) 住宅區

練習

Ⅰ [a～e]の中から適当な言葉を選んで、(　　　)に入れなさい。(必要なら形を変えてください。)

a. 貸家	b. 洗面	c. 客間	d. 床の間	e. 書斎

❶ (　　　　　　　　)にはよく掛け軸やお花を飾る。

❷ 母は(　　　　　　　　)にいる父とお客さんに紅茶とケーキを持っていった。

❸ 父は仕事が休みの日はいつも(　　　　　　　　)で本を読んでいる。

❹ ずっと(　　　　　　　　)で暮らしていたが、一生懸命働いて家を買った。

❺ 古い社宅なので、(　　　　　　　　)所は水しか出ません。

Ⅱ [a～e]の中から適当な言葉を選んで、(　　　)に入れなさい。(必要なら形を変えてください。)

a. 住まい	b. 団地	c. 障子	d. 板	e. 食卓

❶ 日本では高度経済成長期に多くの(　　　　　　　　)が建てられ、人気があった。

❷ 私の新しい(　　　　　　　　)は地下鉄の駅に近くて通勤に便利だ。

❸ 父が釣って来た魚が(　　　　　　　　)に上ったので、みんな大喜びだった。

❹ なぜか眠れなくて、ついに(　　　　　　　　)の向こうが明るくなってしまった。

❺ 部屋の端に置いてある(　　　　　　　　)の上に荷物を置いてください。

Ⅲ [a～e]の中から適当な言葉を選んで、(　　　)に入れなさい。(必要なら形を変えてください。)

a. 破く	b. 引っ込む	c. 敷く	d. またぐ	e. 散らかる

❶ 古くなったカレンダーは、(　　　　　　　　)ずにリサイクルに出そう。

❷ 父の書斎は、雑誌や新聞でいつも(　　　　　　　　)いる。

❸ 昨夜の雨でできた水たまりを(　　　　　　　　)、急いで学校へ行った。

❹ 薄緑色のカーペットを(　　　　　　　　)ら、部屋の雰囲気がずいぶん変わった。

❺ 姉は昨日から部屋に(　　　　　　　　)、卒業論文を書いている。

6 食事 (1) 用餐(1)

◆ 食事、食べる、味　用餐、吃、味道

味わう あじ	他五 品嚐；體驗，玩味，鑑賞
旺盛 おうせい	形動 旺盛
お代わり か	名・自サ（酒、飯等）再來一杯、一碗
齧る かじ	他五 咬，啃；一知半解
カロリー【calorie】	名（熱量單位）卡，卡路里；（食品營養價值單位）卡，大卡
食う く	他五（俗）吃，（蟲）咬
高級 こうきゅう	名・形動（級別）高，高級；（等級程度）高
肥える こ	自下一 肥，胖；土地肥沃；豐富；（識別力）提高，（鑑賞力）強
献立 こんだて	名 菜單
刺身 さしみ	名 生魚片
さっぱり	名・他サ 整潔，俐落，瀟灑；（個性）直爽，坦率；（感覺）爽快，病癒；（味道）清淡
塩辛い しおから	形 鹹的
しつこい	形（色香味等）過於濃的，油膩；執拗，糾纏不休
しゃぶる	他五（放入口中）含，吸吮
上 じょう	名・漢造（書籍的）上卷；上部，上面；上好的，上等的
上品 じょうひん	名・形動 高級品，上等貨；莊重，高雅，優雅
食生活 しょくせいかつ	名 飲食生活
食欲 しょくよく	名 食慾

そのまま	副 照樣的，按照原樣；（不經過一般順序、步驟）就那樣，馬上，立刻；非常相像
粗末 そまつ	名・形動 粗糙，不精緻；疏忽，簡慢；糟蹋
昼食 ちゅうしょく	名 午飯，午餐，中飯，中餐
朝食 ちょうしょく	名 早餐
追加 ついか	名・他サ 追加，添付，補上
注ぐ つ	他五 注入，斟，倒入（茶、酒等）
残らず のこ	副 全部，通通，一個不剩
飲み会 の かい	名 喝酒的聚會
バイキング【viking】	名 自助式吃到飽
賄う まかな	他五 供給飯食；供給，供應；維持
夕食 ゆうしょく	名 晚餐
酔う よ	自五 醉，酒醉；暈（車、船）；（吃魚等）中毒；陶醉
欲張る よくば	自五 貪婪，貪心，貪得無厭

◆ 食器　餐廚用具

窯 かま	名 窯，爐；鍋爐
缶詰 かんづめ	名 罐頭；不與外界接觸的狀態；擁擠的狀態
匙 さじ	名 匙子，小杓子
皿 さら	名 盤子；盤形物；（單位量詞）一碟等

食器 しょっき	名 餐具		瓶詰 びんづめ	名 瓶裝；瓶裝罐頭
済み ず	名 完了，完結；付清，付訖		塞ぐ ふさ	他五・自五 塞閉；阻塞，堵；佔用；不舒服，鬱悶
瀬戸物 せ ともの	名 陶瓷品		薬缶 や かん	名（銅、鋁製的）壺，水壺
罅・罅 ひび ひび	名（陶器、玻璃等）裂紋，裂痕；（人和人之間）發生裂痕；（身體、精神）發生毛病			

練 習

Ⅰ [a〜e]の中から適当な言葉を選んで、（　　　）に入れなさい。（必要なら形を変えてください。）

a. 味わう あじ	b. 酔う よ	c. 注ぐ そそ	d. しゃぶる	e. 齧る かじ

❶ いつもキャンディーを（　　　　　　　　）いると虫歯になるよ。

❷ 朝はパンを食べ牛乳を飲み、それからりんごを（　　　　　　　　）出かけた。

❸ 魚市場近くの店で、獲れたばかりの新鮮な魚介を（　　　　　　　　）。

❹ 忘年会の季節になると、電車の中は（　　　　　　　　）会社員が多くなる。

❺ おいしいお茶ですね。もう一杯（　　　　　　　　）いただけませんか。

Ⅱ [a〜e]の中から適当な言葉を選んで、（　　　）に入れなさい。（必要なら形を変えてください。）

a. バイキング	b. 食欲 しょくよく	c. カロリー	d. 瓶詰 びんづめ	e. 献立 こんだて

❶ フランスを旅行した知人のご夫婦からお土産に（　　　　　　　　）のジャムをいただいた。

❷ 今夜はレストランの（　　　　　　　　）へ行こう。

❸ 今日の（　　　　　　　　）は、天ぷらと野菜の煮物、それにみそ汁です。

❹ ダイエット中なので、（　　　　　　　　）の高い物は食べないことにしている。

❺ （　　　　　　　　）がなくなるから、食事中にそんな汚い話をしないで。

7 食事 (2) 用餐 (2)

しょく じ

◆ 食べ物　食物
た　もの

飴 あめ	（名）糖，麥芽糖
ウィスキー 【whisky】	（名）威士忌（酒）
お数・お菜 かず　　かず	（名）菜飯，菜餚
おやつ	（名）（特指下午 2 到 4 點給兒童吃的）點心，零食
可 か	（名）可，可以；及格
菓子 か　し	（名）點心，糕點，糖果
偏る・片寄る かたよ　　かたよ	（自五）偏於，不公正，偏袒；失去平衡
クリーム【cream】	（名）鮮奶油，奶酪；膏狀化妝品；皮鞋油；冰淇淋
持参 じ　さん	（名・他サ）帶來（去），自備
食塩 しょくえん	（名）食鹽
食品 しょくひん	（名）食品
食物 しょくもつ	（名）食物
汁 しる	（名）汁液，漿；湯；味噌湯
茶 ちゃ	（名・漢造）茶；茶樹；茶葉；茶水
チップ【chip】	（名）（削木所留下的）片削；洋芋片
豆腐 とう　ふ	（名）豆腐
ハム【ham】	（名）火腿
飯 めし	（名）米飯；吃飯，用餐；生活，生計
餅 もち	（名）年糕

盛る も	（他五）盛滿，裝滿；堆滿，堆高；配藥，下毒；刻劃，標記刻度
冷凍食品 れいとうしょくひん	（名）冷凍食品

◆ 調理、料理、クッキング　調理、菜餚、烹調
ちょう り　　りょう り

炙る・焙る あぶ　　あぶ	（他五）烤；烘乾；取暖
煎る・炒る い　　い	（他五）炒，煎
薄める うす	（他下一）稀釋，弄淡
加熱 か　ねつ	（名・他サ）加熱，高溫處理
焦がす こ	（他五）弄糊，烤焦，燒焦；（心情）焦急，焦慮；用香薰
焦げる こ	（自下一）烤焦，燒焦，焦，糊；曬至褐色
炊事 すい　じ	（名・自サ）烹調，煮飯
注ぐ そそ	（自五・他五）（水不斷地）注入，流入；（雨、雪等）落下；（把液體等）注入，倒入；澆，灑
調味料 ちょう み りょう	（名）調味料，佐料
出来上がり で　き　あ	（名）做好，做完；完成的結果（手藝，質量）
出来上がる で　き　あ	（自五）完成，做好；天性，生來就…
熱する ねっ	（自サ・他サ）加熱，變熱，發熱；熱衷於，興奮，激動
火を通す ひ　　とお	（慣）加熱；烹煮
湯気 ゆ　げ	（名）蒸氣，熱氣；（蒸汽凝結的）水珠，水滴
冷凍 れいとう	（名・他サ）冷凍

練 習

Ⅰ [a〜e]の中から適当な言葉を選んで、（　　）に入れなさい。（必要なら形を変えてください。）

| a. 湯気 | b. ウィスキー | c. おかず | d. おやつ | e. 調味料 |

❶ （　　　　　　　　　）のような強い酒は昔ほど売れないそうです。

❷ やかんの口から（　　　　　　　　　）が吹き出す。

❸ 今日の（　　　　　　　　　）は私の大好きな餃子とじゃが芋のサラダです。

❹ 子どもにはできるだけ手作りの（　　　　　　　　　）を食べさせたい。

❺ 野菜を柔らかくなるまでゆでてから、（　　　　　　　　　）を入れます。

Ⅱ [a〜e]の中から適当な言葉を選んで、（　　）に入れなさい。（必要なら形を変えてください。）

| a. 煎る | b. 焦げる | c. 焙る | d. 偏る | e. 熱する |

❶ 日本では、節分に大豆を（　　　　　　　　　）豆まきをする習慣がある。

❷ （　　　　　　　　　）フライパンに、よく溶いた卵液を流し込みます。

❸ 栄養が（　　　　　　　　　）と体調が悪くなってしまうので、気をつけよう。

❹ 台所から、干物を（　　　　　　　　　）いるいい匂いがして目が覚めた。

❺ 友だちと長電話をしていたら、煮ていたカレーが（　　　　　　　　　）しまった。

Ⅲ [a〜e]の中から適当な言葉を選んで、（　　）に入れなさい。（必要なら形を変えてください。）

| a. 加熱する | b. 持参する | c. 冷凍する | d. 注ぐ | e. 薄める |

❶ （　　　　　　　　　）肉は電子レンジで解凍してから調理します。

❷ スープの味が濃いので、少し水を加えて（　　　　　　　　　）。

❸ この容器のまま電子レンジで2分（　　　　　　　　　）れば食べられます。

❹ このカップ麺は、お湯を（　　　　　　　　　）3分待つとでき上がる。

❺ お弁当を（　　　　　　　　　）、ご参加ください。

8 衣服 衣服

◆ 衣服、洋服、和服　衣服、西服、和服

衣服	⑧ 衣服
衣料品	⑧ 衣料；衣服
映す	(他五) 映，照；放映
お出掛け	⑧ 出門，正要出門
香り	⑧ 芳香，香氣
生地	⑧ 本色，素質，本來面目；布料；（陶器等）毛坯，素胚
切れ	⑧ 衣料，布頭，碎布
毛皮	⑧ 毛皮
染み	⑧ 汙垢；玷汙
吊るす	(他五) 懸起，吊起，掛著
ドレス【dress】	⑧ 女西服，洋裝，女禮服
寝間着	⑧ 睡衣
肌着	⑧ （貼身）襯衣，汗衫
華やか	(形動) 華麗；輝煌；活躍；引人注目
服装	⑧ 服裝，服飾
膨らむ	(自五) 鼓起，膨脹；（因為不開心而）�’嘴
水着	⑧ 泳裝
モダン【modern】	（名・形動）現代的，流行的，時髦的
浴衣	⑧ 夏季穿的單衣，浴衣
ゆったり	（副・自サ）寛敞舒適

| 和服 | ⑧ 日本和服 |
| ワンピース【onepiece】 | ⑧ 連身裙，洋裝 |

◆ 着る、装身具　穿戴、服飾用品

裏返す	(他五) 翻過來；通敵，叛變
上	(漢造)（位置的）上邊，上面，表面；（價值、程度）高；輕率，隨便
エプロン【apron】	⑧ 圍裙
帯	⑧（和服裝飾用的）衣帶，腰帶；「帶紙」的簡稱
被せる	(他下一) 蓋上；（用水）澆沖；戴上（帽子等）；推卸
着替え	⑧ 換衣服；替換的衣服
下駄	⑧ 木屐
直に	(副) 直接地，親自地；貼身
足袋	⑧ 日式白布襪
垂れ下がる	(自五) 下垂
着ける	(他下一) 佩帶，穿上
長袖	⑧ 長袖
バンド【band】	⑧ 樂團；帶狀物；皮帶，腰帶
ブローチ【brooch】	⑧ 胸針
綻びる	(自下一) 脫線；使微微地張開，綻放
解く	(他五) 解開（繩結等）；拆解（縫的東西）

◆ 繊維　衣料繊維

毛糸　けいと	名 毛線	紐　ひも	名（布、皮革等的）細繩，帶
手ぬぐい　て	名 布手巾	羊毛　ようもう	名 羊毛
布　ぬの	名 布匹；棉布；麻布	綿　わた	名（植）棉；棉花；柳絮；絲棉

練 習

Ⅰ [a〜e]の中から適当な言葉を選んで、（　　）に入れなさい。（必要なら形を変えてください。）

a. ブローチ	b. 手ぬぐい　て	c. エプロン	d. ドレス	e. 寝間着　ねまき

❶ 祖母は泥だらけの私の顔を（　　　　　　　　）でふいてくれた。

❷ 服が汚れないように、（　　　　　　　　）をして皿を洗った方がいいよ。

❸ （　　　　　　　　）に着替えたらもう何もしたくない。

❹ 純白の（　　　　　　　　）を着た彼女は、見違えるほどきれいだった。

❺ この（　　　　　　　　）をつけたら、秋冬の装いがぐっとかわいくなりますね。

Ⅱ [a〜e]の中から適当な言葉を選んで、（　　）に入れなさい。（必要なら形を変えてください。）

a. 紐　ひも	b. 綿　めん	c. 生地　きじ	d. 肌着　はだぎ	e. 下駄　げた

❶ 鞄の肩（　　　　　　　　）で擦れて、肩が真っ赤になってしまった。

❷ 浴衣に（　　　　　　　　）をはいて、彼と花火大会に行きたい。

❸ ライトアップした白川郷です。（　　　　　　　　）のような雪に覆われた茅葺の大きな屋根、やっぱりいいですね。

❹ 北欧柄の（　　　　　　　　）はとても人気だ。

❺ 子ども用の（　　　　　　　　）売り場はどこですか。

Ⅲ [a〜d]の中から適当な言葉を選んで、（　　）に入れなさい。（必要なら形を変えてください。）

a. 膨らむ　ふく	b. 吊るす　つ	c. 解く　と	d. 裏返す　うらがえ

❶ 箱のリボンを（　　　　　　　　）ふたを取ると、帽子が入っていた。

❷ クリーニング済みのコートを、クローゼットに（　　　　　　　　）。

❸ トースターに入れたお餅が（　　　　　　　　）、おいしそうな匂いがする。

❹ セーターを（　　　　　　　　）着たまま学校に行ったら、友だちに笑われた。

21

9 人体 (1) じんたい 人體(1)

◆ 身体、体 しんたい からだ 胴體、身體

浴びる あ	他上一 洗，浴；曬，照；遭受，蒙受
胃 い	名 胃
担ぐ かつ	他五 扛，挑；推舉，擁戴；受騙
筋肉 きんにく	名 肌肉
腰 こし	名・接尾 腰；（衣服、裙子等的）腰身
腰掛ける こし か	自下一 坐下
転ぶ ころ	自五 跌倒，倒下；滾轉；趨勢發展，事態變化
姿勢 し せい	名（身體）姿勢；態度
しゃがむ	自五 蹲下
心身 しんしん	名 身和心；精神和肉體
心臓 しんぞう	名 心臟；厚臉皮，勇氣
全身 ぜんしん	名 全身
だらり（と）	副 無力地（下垂著）
手入れ て い	名・他サ 收拾，修整；檢舉，搜捕
動作 どう さ	名・自サ 動作
飛び跳ねる と は	自下一 跳躍
鈍い にぶ	形（刀劍等）鈍，不鋒利；（理解、反應）慢，遲鈍，動作緩慢；（光）朦朧，（聲音）渾濁
肌 はだ	名 肌膚，皮膚；物體表面；氣質，風度；木紋

裸 はだか	名 裸體；沒有外皮的東西；精光，身無分文；不存先入之見，不裝飾門面
凭れる・靠れる もた もた	自下一 依靠，憑靠；消化不良
揉む も	他五 搓，揉；捏，按摩；（很多人）互相推擠；爭辯；（被動式型態）錘鍊，受磨練
脇 わき	名 腋下，胳肢窩；（衣服的）旁側；旁邊，附近，身旁；旁處，別的地方；（演員）配角

◆ 顔 (1) かお 臉(1)

編む あ	他五 編，織；編輯，編纂
息 いき	名 呼吸，氣息；步調
嗽 うがい	名・自サ 漱口
頷く うなず	自五 點頭同意，首肯
笑顔 え がお	名 笑臉，笑容
覆う おお	他五 覆蓋，籠罩；掩飾；籠罩，充滿；包含，概括
面長 おもなが	名・形動 長臉，橢圓臉
口 くち	名・接尾 口，嘴；用嘴說話；口味；人口，人數；出入或存取物品的地方；放進口中或動口的次數；股，份
窪む・凹む くぼ くぼ	自五 凹下，塌陷
銜える くわ	他一 叼，銜
煙い けむ	形 煙撲到臉上使人無法呼吸，嗆人

呼吸〔こきゅう〕	(名・自他サ) 呼吸，吐納；（合作時）步調，拍子，節奏；竅門，訣竅	**透き通る**〔すとお〕	(自五) 通明，透亮，透過去；清澈；清脆（的聲音）
探る〔さぐ〕	(他五)（用手腳等）探，摸；探聽，試探，偵查；探索，探求，探訪	**鋭い**〔するど〕	(形) 尖的；（刀子）鋒利的；（視線）尖銳的；激烈，強烈；（頭腦）敏銳，聰明
囁く〔ささや〕	(自五) 低聲自語，小聲說話，耳語	**剃る**〔そ〕	(他五) 剃（頭），刮（臉）
焦点〔しょうてん〕	(名) 焦點；（問題的）中心，目標	**ため息**〔いき〕	(名) 嘆氣，長吁短嘆
白髪〔しら が〕	(名) 白頭髮		

練習

I [a～e]の中から適当な言葉を選んで、（　　　）に入れなさい。（必要なら形を変えてください。）

a. もたれる　　b. もむ　　c. しゃがむ　　d. 担ぐ〔かつ〕　　e. 転ぶ〔ころ〕

❶ 舞台〔ぶたい〕に出〔で〕るとき、観衆〔かんしゅう〕の前〔まえ〕で（　　　　　　　）とても恥〔は〕ずかしかった。

❷ 私〔わたし〕は日本〔にほん〕へ行〔い〕って、1度〔ど〕はお祭〔まつ〕りの神輿〔みこし〕を（　　　　　　　）みたい。

❸ 最近〔さいきん〕、道端〔みちばた〕に（　　　　　　　）ゲームをしている若者〔わかもの〕が多〔おお〕い。

❹ 公園〔こうえん〕のベンチに（　　　　　　　）、ひなたぼっこをするのが好〔す〕きだ。

❺ 夜遅〔よるおそ〕く残業〔ざんぎょう〕で疲〔つか〕れて帰宅〔きたく〕すると、娘〔むすめ〕が肩〔かた〕を（　　　　　　　）くれた。

II [a～e]の中から適当な言葉を選んで、（　　　）に入れなさい。（必要なら形を変えてください。）

a. 飛〔と〕び跳〔は〕ねる　　b. 衒える〔くわ〕　　c. 窪む〔くぼ〕　　d. 探る〔さぐ〕　　e. 透き通る〔す とお〕

❶ 保育園〔ほいくえん〕で、園児〔えんじ〕が、歌〔うた〕いながら元気〔げんき〕に（　　　　　　　）いる。

❷ 猫〔ねこ〕がサンマを（　　　　　　　）に逃〔に〕げたので、慌〔あわ〕てて追〔お〕い掛〔か〕けた。

❸ 徹夜〔てつや〕でパソコンを操作〔そうさ〕していたので、目〔め〕が（　　　　　　　）しまった。

❹ 海〔うみ〕の水〔みず〕が（　　　　　　　）いて、海底〔かいてい〕の海藻〔かいそう〕や魚〔さかな〕がはっきり見〔み〕えた。

❺ 古代遺跡〔こだいいせき〕の謎〔なぞ〕を（　　　　　　　）プロジェクトにぜひ参加〔さんか〕したいと思〔おも〕っている。

10 人体 (2) 人體 (2)
じんたい

◆ 顔 (2) 臉 (2)
かお

垂らす た	(名) 滴；垂
縮れる ちぢ	(自下一) 巻曲；起皺，出摺
付き つ	(接尾)（前接某些名詞）樣子；附屬
突っ込む つ こ	(他五・自五) 衝入，闖入；深入；塞進，插入；沒入；深入追究
艶 つや	(名) 光澤，潤澤；興趣，精彩；豔事，風流事
覗く のぞ	(自五・他五) 露出（物體的一部份）；窺視，探視；往下看；晃一眼；窺探他人秘密
挟まる はさ	(自五) 夾，(物體) 夾在中間；夾在（對立雙方中間）
ぱっちり	(副・自サ) 眼大而水汪汪；睜大眼睛
瞳 ひとみ	(名) 瞳孔，眼睛
ふと	(副) 忽然，偶然，突然；立即，馬上
微笑む ほほ え	(自五) 微笑，含笑；(花) 微開，乍開
ぼんやり	(名・副・自サ) 模糊，不清楚；迷糊，傻楞楞；心不在焉；笨蛋，呆子
前髪 まえがみ	(名) 瀏海
見上げる み あ	(他下一) 仰視，仰望；欽佩，尊敬，景仰
見下ろす み お	(他五) 俯視，往下看；輕視，藐視，看不起；視線從上往下移動
見詰める み つ	(他下一) 凝視，注視，盯著
目立つ め だ	(自五) 顯眼，引人注目，明顯

◆ 手足 手腳
て あし

扇ぐ あお	(自・他五)（用扇子）搧（風）
足跡 あしあと	(名) 腳印；(逃走的) 蹤跡；事蹟，業績
足元 あしもと	(名) 腳下；腳步；身旁，附近
足を運ぶ あし はこ	(慣) 去，前往拜訪
器用 きよう	(名・形動) 靈巧，精巧；手藝巧妙；精明
汲む く	(他五) 打水，取水
組む く	(自五) 聯合，組織起來
漕ぐ こ	(他五) 划船，搖櫓，蕩槳；蹬 (自行車)，盪 (鞦韆)
擦る こす	(他五) 擦，揉，搓；摩擦
痺れる しび	(自下一) 麻木；(俗) 因強烈刺激而興奮
絞る しぼ	(他五) 扭，搾；引人 (流淚)；拼命發出 (高聲)，絞盡 (腦汁)；剝削，勒索；拉開 (幕)
仕舞う し ま	(自五・他五・補動) 結束，完了，收拾；收拾起來；關閉；表不能恢復原狀
すっと	(副・自サ) 動作迅速地，飛快，輕快；(心中) 輕鬆，痛快
立ち止まる た ど	(自五) 站住，停步，停下
ちぎる	(他五・接尾) 撕碎 (成小段)；摘取，揪下；(接動詞連用形後加強語氣) 非常，極力
鈍い のろ	(形)（行動）緩慢的，慢吞吞的；(頭腦) 遲鈍的，笨的；對女人軟弱，唯命是從的人
のろのろ	(副・自サ) 遲緩，慢吞吞地

剥がす	（他五）剥下	震える	（自下一）顫抖，發抖，震動
引っ張る	（他五）（用力）拉；拉上，拉緊；強拉走；引誘；拖長，拖延；拉（電線等）；（棒球向左面或右面）打球	触れる	（他下一・自下一）接觸，觸摸（身體）；涉及，提到；感觸到；抵觸，觸犯；通知
塞がる	（自五）阻塞；關閉；佔用，佔滿	歩	（名・漢造）步，步行；（距離單位）步
節	（名）（竹、葦的）節；關節，骨節；（線、繩的）繩結；曲調	持ち上げる	（他下一）（用手）舉起，抬起；阿諛奉承，吹捧；抬頭
打つ	（他五）（「うつ」的強調說法）打，敲	ゆっくり	（副・自サ）慢慢地，不著急的，從容地；安適的，舒適的；充分的，充裕的
ぶら下げる	（他下一）佩帶，懸掛；手提，拎		

練習

Ⅰ [a～e]の中から適当な言葉を選んで、（　　）に入れなさい。（必要なら形を変えてください。）

a. ぱっちり　　b. ぼんやり　　c. すっと　　d. ふと　　e. のろのろ

❶ 改札口で（　　　　　　　）振り返ると、出張から帰った父が立っていた。

❷ 月明かりが（　　　　　　　）見える空は、ほぼ雲に覆われています。

❸ その言葉を聞くだけで、不安が（　　　　　　　）解けてしまった。

❹ 山間をかき分け、川を渡りながら電車は（　　　　　　　）と進んでいく。

❺ 僕の彼女は二重の（　　　　　　　）した目をしている。

Ⅱ [a～e]の中から適当な言葉を選んで、（　　）に入れなさい。（必要なら形を変えてください。）

a. 見詰める　　b. 目立つ　　c. 見上げる　　d. 覗く　　e. 垂らす

❶ 子どもたちはどんなに寒くても外で鼻水を（　　　　　　　）遊んでいる。

❷ 市役所は赤い屋根の歴史的な建物で、とても（　　　　　　　）。

❸ 窓から顔を出し夜空を（　　　　　　　）と、満月が輝いていた。

❹ 弟の部屋をそっと（　　　　　　　）みると、勉強もせず、ゲームに夢中だった。

❺ 母は、私が嘘をつくと、厳しい目で私の顔を（　　　　　　　）。

生理 (1)

せい り

生理（現象）(1)

◆ 誕生、生命　誕生、生命
たんじょう　せいめい

遺伝 い でん	(名・自サ) 遺傳	
遺伝子 い でん し	(名) 基因	
生まれ う	(名) 出生；出生地；門第，出生	
産 さん	(名) 生產，分娩；（某地方）出生；財產	
人命 じんめい	(名) 人命	
生 せい	(名・漢造) 生命，生活；生計，生業，營生；出生，生長；活著，生存	
生命 せいめい	(名) 生命，壽命；重要的東西，關鍵，命根子	

◆ 老い、死　老年、死亡
お　　し

遺体 い たい	(名) 遺體
係わる かか	(自五) 關係到，涉及到；有牽連，有瓜葛；拘泥
去る さ	(自五・他五・連體) 離開；經過，結束；（空間、時間）距離；消除，去掉
自殺 じ さつ	(名・自サ) 自殺，尋死
死者 し しゃ	(名) 死者，死人
死体 し たい	(名) 屍體
寿命 じゅみょう	(名) 壽命；（物）耐用期限
しわ	(名)（皮膚的）皺紋；（紙或布的）綯褶，褶子
生存 せいぞん	(名・自サ) 生存
絶つ た	(他五) 切，斷，切斷；絕，斷絕；消滅

縮める ちぢ	(他下一) 縮小，縮短，縮減；縮回，捲縮，起皺紋
吊る つ	(他五) 吊，懸掛，佩帶
老ける ふ	(自下一) 上年紀，老

◆ 発育、健康　發育、健康
はついく　けんこう

育児 いく じ	(名) 養育兒女
いけない	(形・連語) 不好，糟糕；沒希望，不行；不能喝酒，不能喝酒的人；不許，不可以
維持 い じ	(名・他サ) 維持，維護
こんなに	(副) 這樣，如此
作法 さ ほう	(名) 禮法，禮節，禮貌，規矩；（詩、小說等文藝作品的）作法
障害 しょうがい	(名) 障礙，妨礙；（醫）損害，毛病；（障礙賽中的）欄，障礙物
生長 せいちょう	(名・自サ)（植物、草木等）生長，發育
測定 そくてい	(名・他サ) 測定，測量
縮む ちぢ	(自五) 縮，縮小，收縮；起皺紋，出褶；畏縮，退縮，惶恐；縮回去，縮進去
発育 はついく	(名・自サ) 發育，成長
昼寝 ひる ね	(名・自サ) 午睡
若々しい わかわか	(形) 年輕有朝氣的，年輕的，富有朝氣的

練　習

Ⅰ [a～e]の中から適当な言葉を選んで、（　　）に入れなさい。（必要なら形を変えてください。）

a. 生命 _{せいめい}	b. 寿命 _{じゅみょう}	c. 遺体 _{いたい}	d. 生まれ _う	e. しわ

❶ 私_{わたし}は都会_{とかい}（　　　　　　　）都会育_{とかいそだ}ちなので、一度田舎_{いちどいなか}で暮_くらしてみたい。

❷ その事件_{じけん}の犯人_{はんにん}の（　　　　　　　）は大学_{だいがく}の研究室_{けんきゅうしつ}に運_{はこ}ばれていった。

❸ 王_{おう}は国民_{こくみん}の（　　　　　　　）を守_{まも}るために最後_{さいご}まで兵士_{へいし}とともに戦_{たたか}った。

❹ （　　　　　　　）が延_のびるのはいいことだが、健康_{けんこう}でいたい。

❺ シーツを敷_しくときは、（　　　　　　　）が寄_よらないようにしてください。

Ⅱ [a～e]の中から適当な言葉を選んで、（　　）に入れなさい。（必要なら形を変えてください。）

a. 係わる _{かか}	b. 縮める _{ちぢ}	c. 去る _さ	d. 老ける _ふ	e. 絶つ _た

❶ 決勝_{けっしょう}では準決勝_{じゅんけっしょう}の記録_{きろく}を更_{さら}に２秒_{びょう}（　　　　　　　）。

❷ 去年_{きょねん}アメリカに行_いった友人_{ゆうじん}は、連絡_{れんらく}を（　　　　　　　）しまった。

❸ 生_うまれ育_{そだ}った故郷_{こきょう}を（　　　　　　　）、台北_{たいぺい}に住_すんでもう５年_{ねん}になる。

❹ 母_{はは}は、年_{とし}よりも（　　　　　　　）見_みえることを気_きにしている。

❺ 彼_{かれ}のお兄_{にい}さんも、その事件_{じけん}に（　　　　　　　）いたそうだ。

Ⅲ [a～e]の中から適当な言葉を選んで、（　　）に入れなさい。（必要なら形を変えてください。）

a. 昼寝 _{ひるね}	b. 生長 _{せいちょう}	c. 作法 _{さほう}	d. 障害 _{しょうがい}	e. 育児 _{いくじ}

❶ 冬眠_{とうみん}は人間_{にんげん}の（　　　　　　　）とは違_{ちが}い、動物_{どうぶつ}にとって命懸_{いのちが}けの行為_{こうい}だそうだ。

❷ お茶_{ちゃ}や生_いけ花_{ばな}では、技術_{ぎじゅつ}とともにいろいろな（　　　　　　　）があります。

❸ 男性_{だんせい}が（　　　　　　　）休暇_{きゅうか}を取_とりにくいことが社会問題_{しゃかいもんだい}になっている。

❹ 留学生活_{りゅうがくせいかつ}には色々_{いろいろ}と（　　　　　　　）があるけれど、負_まけないでください。

❺ 植物_{しょくぶつ}の（　　　　　　　）を楽_{たの}しむ。

12 生理 (2)

せい り

生理（現象）(2)

◆ 体調、体質 身體狀況、體質

たいちょう たいしつ

欠伸 あく び	名・自サ 呵欠
荒い あら	形 凶猛的；粗野的，粗暴的；濫用
荒れる あ	自下一 天氣變壞；（皮膚）變粗糙；荒廢，荒蕪；暴戾，胡鬧；秩序混亂
意識 い しき	名・他サ（哲學的）意識；知覺，神智；自覺，意識到
異常 い じょう	名・形動 異常，反常，不尋常
居眠り い ねむ	名・自サ 打瞌睡，打盹兒
失う うしな	他五 失去，喪失；改變常態；喪，亡；迷失；錯過
切る き	接尾（接助詞運用形）表示達到極限；表示完結
崩す くず	他五 拆毀，粉碎
消耗 しょうもう	名・自他サ 消費，消耗；（體力）耗盡，疲勞；磨損
身体 しんたい	名 身體，人體
すっきり	副・自サ 舒暢，暢快，輕鬆；流暢，通暢；乾淨整潔，俐落
体温 たいおん	名 體溫
取れる と	自下一（附著物）脫落，掉下；需要，花費（時間等）；去掉，刪除；協調，均衡
計る はか	他五 測量；計量；推測，揣測；徵詢，諮詢
吐き気 は け	名 噁心，作嘔

回す まわ	他五・接尾 轉，轉動；（依次）傳遞；傳送；調職；各處活動奔走；想辦法；運用；投資；（前接某些動詞連用形）表示遍布四周
目眩・眩暈 め まい め まい	名 頭暈眼花
蘇る よみがえ	自五 甦醒，復活；復興，復甦，回復；重新想起

◆ 体の器官の働き 身體器官功能

からだ き かん はたら

汗 あせ	名 汗
溢れる あふ	自下一 溢出，漾出，充滿
休息 きゅうそく	名・自サ 休息
嚔 くしゃみ	名 噴嚏
血圧 けつあつ	名 血壓
循環 じゅんかん	名・自サ 循環
消化 しょう か	名・他サ 消化（食物）；掌握，理解，記牢（知識等）；容納，吸收，處理
小便 しょうべん	名・自サ 小便，尿；（俗）終止合約，食言，毀約
神経 しんけい	名 神經；察覺力，感覺，神經作用
睡眠 すいみん	名・自サ 睡眠，休眠，停止活動
吐く は	他五 吐，吐出；說出，吐露出；冒出，噴出

練習

Ⅰ [a～e]の中から適当な言葉を選んで、（　　）に入れなさい。（必要なら形を変えてください。）

a. 消化<ruby>消化<rt>しょうか</rt></ruby>	b. 神経<ruby><rt>しんけい</rt></ruby>	c. 睡眠<ruby><rt>すいみん</rt></ruby>	d. 血圧<ruby><rt>けつあつ</rt></ruby>	e. 体温<ruby><rt>たいおん</rt></ruby>

❶ 十分<ruby><rt>じゅうぶん</rt></ruby>に（　　　　　　　）を取<ruby><rt>と</rt></ruby>った方<ruby><rt>ほう</rt></ruby>がいいよ。

❷ 毎日<ruby><rt>まいにち</rt></ruby>（　　　　　　）を測<ruby><rt>はか</rt></ruby>ると、自分<ruby><rt>じぶん</rt></ruby>の体調<ruby><rt>たいちょう</rt></ruby>を把握<ruby><rt>はあく</rt></ruby>しやすい。

❸ 年<ruby><rt>とし</rt></ruby>をとるにつれて（　　　　　　　）が高<ruby><rt>たか</rt></ruby>くなるので食<ruby><rt>た</rt></ruby>べ物<ruby><rt>もの</rt></ruby>にも注意<ruby><rt>ちゅうい</rt></ruby>しよう。

❹ ウォーキングは（　　　　　　　）を助<ruby><rt>たす</rt></ruby>けます。

❺ 交通事故<ruby><rt>こうつうじこ</rt></ruby>で腕<ruby><rt>うで</rt></ruby>の（　　　　　　）を痛<ruby><rt>いた</rt></ruby>めて、動<ruby><rt>うご</rt></ruby>かなくなってしまった。

Ⅱ [a～e]の中から適当な言葉を選んで、（　　）に入れなさい。（必要なら形を変えてください。）

a. 居眠<ruby>居眠<rt>いねむ</rt></ruby>り	b. めまい	c. くしゃみ	d. 吐<ruby><rt>は</rt></ruby>き気<ruby><rt>け</rt></ruby>	e. あくび

❶ （　　　　　　）運転<ruby><rt>うんてん</rt></ruby>は大変危険<ruby><rt>たいへんきけん</rt></ruby>だ。

❷ （　　　　　　）や頭痛<ruby><rt>ずつう</rt></ruby>がしたら、脱水症状<ruby><rt>だっすいしょうじょう</rt></ruby>を疑<ruby><rt>うたが</rt></ruby>ってください。

❸ 昼食<ruby><rt>ちゅうしょく</rt></ruby>が傷<ruby><rt>いた</rt></ruby>んでいたようで、後<ruby><rt>あと</rt></ruby>から（　　　　　　）に襲<ruby><rt>おそ</rt></ruby>われた。

❹ 春<ruby><rt>はる</rt></ruby>になると花粉<ruby><rt>かふん</rt></ruby>が飛<ruby><rt>と</rt></ruby>んで、（　　　　　　）や鼻水<ruby><rt>はなみず</rt></ruby>が止<ruby><rt>と</rt></ruby>まらなくなる。

❺ （　　　　　　）がうつる理由<ruby><rt>りゆう</rt></ruby>はまだはっきりとは解明<ruby><rt>かいめい</rt></ruby>されていないが、共感<ruby><rt>きょうかん</rt></ruby>するからという説<ruby><rt>せつ</rt></ruby>が有力<ruby><rt>ゆうりょく</rt></ruby>だ。

Ⅲ [a～e]の中から適当な言葉を選んで、（　　）に入れなさい。（必要なら形を変えてください。）

a. 吐<ruby>吐<rt>は</rt></ruby>く	b. 崩<ruby><rt>くず</rt></ruby>す	c. 計<ruby><rt>はか</rt></ruby>る	d. 蘇<ruby><rt>よみがえ</rt></ruby>る	e. 溢<ruby><rt>あふ</rt></ruby>れる

❶ 祖母<ruby><rt>そぼ</rt></ruby>は３か月前<ruby><rt>げつまえ</rt></ruby>から体調<ruby><rt>たいちょう</rt></ruby>を（　　　　　　）、病院<ruby><rt>びょういん</rt></ruby>に入院<ruby><rt>にゅういん</rt></ruby>している。

❷ 古<ruby><rt>ふる</rt></ruby>いアルバムを見<ruby><rt>み</rt></ruby>ていると、幼<ruby><rt>おさな</rt></ruby>い頃<ruby><rt>ころ</rt></ruby>のことが（　　　　　　）。

❸ 牛乳<ruby><rt>ぎゅうにゅう</rt></ruby>を飲<ruby><rt>の</rt></ruby>んだら変<ruby><rt>へん</rt></ruby>な味<ruby><rt>あじ</rt></ruby>がしたので、すぐに（　　　　　　）しまった。

❹ 風邪<ruby><rt>かぜ</rt></ruby>が悪化<ruby><rt>あっか</rt></ruby>して病院<ruby><rt>びょういん</rt></ruby>に行<ruby><rt>い</rt></ruby>くと、看護師<ruby><rt>かんごし</rt></ruby>が最初<ruby><rt>さいしょ</rt></ruby>に熱<ruby><rt>ねつ</rt></ruby>を（　　　　　　）。

❺ 卒業式<ruby><rt>そつぎょうしき</rt></ruby>での先生<ruby><rt>せんせい</rt></ruby>の言葉<ruby><rt>ことば</rt></ruby>を聞<ruby><rt>き</rt></ruby>いて、涙<ruby><rt>なみだ</rt></ruby>が（　　　　　　）。

13 生理 (3)
せい り

生理（現象）(3)

◆ 病気、治療　疾病、治療
びょう き　ち りょう

あそこ	代 那裡；那種程度；那種地步
害 がい	名・漢造 為害，損害；災害；妨礙
風邪薬 か ぜ ぐすり	名 感冒藥
勝ち が	接尾 往往，容易，動輒；大部分是
看病 かんびょう	名・他サ 看護，護理病人
気味・気味 き み・ぎ み	名・接尾 感觸，感受，心情；有一點兒，稍稍
苦しめる くる	他下一 使痛苦，欺負
効果的 こう か てき	形動 有效的
効力 こうりょく	名 效力，效果，效應
克服 こくふく	名・他サ 克服
骨折 こっせつ	名・自サ 骨折
差し支え さ つか	名 不方便，障礙，妨礙
重傷 じゅうしょう	名 重傷
重体 じゅうたい	名 病危，病篤
順調 じゅんちょう	名・形動 順利，順暢；（天氣、病情等）良好
消毒 しょうどく	名・他サ 消毒，殺菌
生活習慣病 せいかつしゅうかんびょう	名 文明病
戦う・闘う たたか・たたか	自五 （進行）作戰，戰爭；鬥爭；競賽
低下 てい か	名・自サ 降低，低落；（力量、技術等）下降

適切 てきせつ	名・形動 適當，恰當，妥切
伝染 でんせん	名・自サ （病菌的）傳染；（惡習的）傳染，感染
病 びょう	漢造 病，患病；毛病，缺點
病む や	自他五 得病，患病；煩惱，憂慮

◆ 痛み　痛疼
いた

痛み いた	名 痛，疼；悲傷，難過；損壞；（水果因碰撞而）腐爛
痛む いた	自五 疼痛；苦惱；損壞
唸る うな	自五 呻吟；（野獸）吼叫；發出鳴聲；吟，哼；贊同，喝彩
傷 きず	名 傷口，創傷；缺陷，瑕疵
凝る こ	自五 凝固，凝集；（因血行不周、肌肉僵硬等）痠痛；狂熱，入迷；講究，精緻
頭痛 ず つう	名 頭痛
程度 てい ど	名・接尾 （高低大小）程度，水平；（適當的）程度，適度，限度
虫歯 むし ば	名 齲齒，蛀牙
火傷 やけ ど	名・自サ 燙傷，燒傷；（轉）遭殃，吃虧
因る よ	自五 由於，因為；任憑，取決於；依靠，依賴；按照，根據

練 習

Ⅰ [a～e]の中から適当な言葉を選んで、（　　）に入れなさい。（必要なら形を変えてください。）

a. 痛み	b. 虫歯	c. 重体	d. 頭痛	e. 火傷

❶ 昨日お酒を飲み過ぎたせいで、朝から（　　　　　　　　）がする。

❷ まだ少し（　　　　　　　）はありますが、傷はどんどんよくなっています。

❸ 熱湯で（　　　　　　）をしないように十分注意してください 。

❹ 友人は（　　　　　　）に陥ったが、手術の後はすっかり元気になった。

❺ （　　　　　　　　）を放置していたら、いつの間にか治ったようだ。

Ⅱ [a～e]の中から適当な言葉を選んで、（　　）に入れなさい。（必要なら形を変えてください。）

a. 病む	b. 唸る	c. 苦しめる	d. 痛む	e. よる

❶ 医師は、「食べ過ぎに（　　　　　　　）腹痛です」 という診断をした。

❷ 5年前事故で骨折した右足が、冬になると今でも（　　　　　　）。

❸ 伯母は今、胸を（　　　　　　　）、市内の大学病院に入院している。

❹ 天候不順で野菜の価格が上がり、家計を（　　　　　　）いる。

❺ 檻の中で（　　　　　　）いるライオンを見て、赤ちゃんが泣き出した。

Ⅲ [a～e]の中から適当な言葉を選んで、（　　）に入れなさい。（必要なら形を変えてください。）

a. 消毒する	b. 骨折する	c. 看病する	d. 伝染する	e. 克服する

❶ 傷口を（　　　　　　　）包帯を巻く。

❷ 鳥インフルエンザが（　　　　　　　　）ことを官民一体となって防ぎます。

❸ 病気を（　　　　　　）池田選手は、全国大会で見事な復活を遂げた。

❹ 母は三日三晩、ほとんど寝ないで（　　　　　　）くれた。

❺ 実は今年初めにスキーで足を（　　　　　　）しまったんだ。

14 人物 (1)　人物(1)

◆ 人物　人物

偉大（いだい）	形動 偉大的，魁梧的
園児（えんじ）	名 上幼稚園的兒童
女の人（おんなのひと）	名 女人
架空（かくう）	名 空中架設；虛構的，空想的
各自（かくじ）	名 每個人，各自
影（かげ）	名 影子；倒影；蹤影，形跡
兼ね備える（かねそなえる）	他下一 兩者兼備
気配（けはい）	名 跡象，苗頭，氣息
才能（さいのう）	名 才能，才幹
自身（じしん）	名・接尾 自己，本人；本身
実に（じつに）	副 確實，實在，的確；（驚訝或感慨時）實在是，非常，很
実物（じつぶつ）	名 實物，實在的東西，原物；（經）現貨
人物（じんぶつ）	名 人物；人品，為人；人材；人物（繪畫的），人物（畫）
玉（たま）	名 玉，寶石，珍珠；球，珠；眼鏡鏡片；燈泡；子彈
短（たん）	名・漢造 短；不足，缺點
名（な）	名 名字，姓名；名稱；名分；名譽，名聲；名義，藉口
人間（にんげん）	名 人，人類；人品，為人；（文）人間，社會，世上
年齢（ねんれい）	名 年齡，歲數
人目（ひとめ）	名 世人的眼光；旁人看見；一眼望盡，一眼看穿
一人一人（ひとりひとり）	名 逐個地，依次的；人人，每個人，各自
身分（みぶん）	名 身分，社會地位；（諷刺）生活狀況，境遇
酔っ払い（よっぱらい）	名 醉鬼，喝醉酒的人
呼び掛ける（よびかける）	他下一 招呼，呼喚；號召，呼籲

◆ 神仏、化け物　神佛、怪物

悪魔（あくま）	名 惡魔，魔鬼
拝む（おがむ）	他五 叩拜；合掌作揖；懇求，央求；瞻仰，見識
鬼（おに）	名・接頭 鬼：人們想像中的怪物，具有人的形狀，有角和獠牙。也指沒有人的感情的冷酷的人。熱衷於一件事的人。也引申為大型的，突出的意思。
お化け（おばけ）	名 鬼；怪物
お参り（おまいり）	名・自サ 參拜神佛或祖墳
お神輿・お御輿（おみこし）	名 神轎；（俗）腰
神（かみ）	名 神，神明，上帝，造物主；（死者的）靈魂
神様（かみさま）	名（神的敬稱）上帝，神；（某方面的）專家，活神仙，（接在某方面技能後）…之神
信仰（しんこう）	名・他サ 信仰，信奉
神話（しんわ）	名 神話
精（せい）	名 精，精靈；精力
仏（ほとけ）	名 佛，佛像；（佛一般）溫厚，仁慈的人；死者，亡魂

練 習

Ⅰ [a～e]の中から適当な言葉を選んで、（　　）に入れなさい。（必要なら形を変えてください。）

a. 各自 _{かく じ}	b. 自身 _{じ しん}	c. 才能 _{さいのう}	d. 年齢 _{ねんれい}	e. 人目 _{ひと め}

❶ 成功するためには（　　　　　　　　）よりも努力が必要だと言われた。

❷ どの大学を選ぶかは、自分（　　　　　　　　）でよく考えてみてください。

❸ 度胸を鍛えていくなら、（　　　　　　　　）を気にしすぎないことから始めましょう。

❹ この問題について、明日までに（　　　　　　　　）で考えて来てください。

❺ 主人公と（　　　　　　　　）が近いせいか、共感する部分が多かった。

Ⅱ [a～e]の中から適当な言葉を選んで、（　　）に入れなさい。（必要なら形を変えてください。）

a. 仏 _{ほとけ}	b. 信仰 _{しんこう}	c. お参り _{まい}	d. 精 _{せい}	e. 鬼 _{おに}

❶ 母親は、嘘をついた子を、心を（　　　　　　　　）にして厳しく叱った。

❷ この間、パワースポットとして有名な神社に（　　　　　　　　）に行きました。

❸ 日本では（　　　　　　　　）の自由が保障されています。

❹ いつも（　　　　　　　　）の慈悲に接していると思えば、不安や心配が絶えない毎日も少し気が楽になります。

❺ 山の奥には水の（　　　　　　　　）が現れそうなほど静かで美しい湖があった。

Ⅲ [a～e]の中から適当な言葉を選んで、（　　）に入れなさい。（必要なら形を変えてください。）

a. 架空 _{か くう}	b. 神話 _{しん わ}	c. 人物 _{じんぶつ}	d. 気配 _{け はい}	e. 実物 _{じつぶつ}

❶ 勤めている会社は最近売り上げが落ち、給料が上がる（　　　　　　　　）はない。

❷ 歴史上の（　　　　　　　　）で、最も人気があるのは誰でしょうか。

❸ 若者に人気のあるこの映画の舞台は、（　　　　　　　　）の場所だ。

❹ 写真を撮るのが上手だったので、（　　　　　　　　）よりきれいに写っているよ。

❺ この地方には古い（　　　　　　　　）が今でも数多く残っている。

15 人物 (2)

じんぶつ

人物 (2)

◆ いろいろな人を表すことば (1)　各種人物的稱呼 (1)

おう 王	名 帝王，君王，國王；首領，大王；（象棋）王將
おうさま 王様	名 國王，大王
おうじ 王子	名 王子；王族的男子
おうじょ 王女	名 公主；王族的女子
おおや 大家	名 房東；正房，上房，主房
てつだ お手伝いさん	名 傭人
まえ お前	代・名 你（用在交情好的對象或同輩以下。較為高姿態的語氣）；神前，佛前
か 家	漢造 專家
ガールフレンド 【girl friend】	名 女友
がくしゃ 学者	名 學者；科學家
かたがた 方々	名・代・副 （敬）大家；您們；這個那個，種種；各處；總之
かんじゃ 患者	名 病人，患者
ぎいん 議員	名 （國會，地方議會的）議員
ぎし 技師	名 技師，工程師，專業技術人員
ぎちょう 議長	名 會議主席，主持人；（聯合國等）主席
キャプテン 【captain】	名 團體的首領；船長；隊長；主任
ギャング【gang】	名 持槍強盜團體，盜伙
きょうじゅ 教授	名・他サ 教授；講授，教

コーチ【coach】	名・他サ 教練，技術指導；教練員
こうし 講師	名 （高等院校的）講師；演講者
こくおう 国王	名 國王，國君
コック【cook】	名 廚師
さくしゃ 作者	名 作者
し 氏	代・接尾・漢造 （做代詞用）這位，他；（接人姓名表示敬稱）先生；氏，姓氏；家族
しかい 司会	名・自他サ 司儀，主持會議（的人）
ジャーナリスト 【journalist】	名 記者
しゅしょう 首相	名 首相，內閣總理大臣
しゅふ 主婦	名 主婦，女主人
じゅんきょうじゅ 准教授	名 （大學的）副教授
じょうきゃく 乗客	名 乘客，旅客

練 習

Ⅰ [a～e]の中から適当な言葉を選んで、（　　　）に入れなさい。（必要なら形を変えてくだ
さい。）

| a. コーチ | b. 乗客^{じょうきゃく} | c. 司会^{しかい} | d. キャプテン | e. 首相^{しゅしょう} |

❶ 日本^{にほん}の（　　　　　　　　　　）は間接選挙^{かんせつせんきょ}で決^きめることになっている。

❷ 彼^{かれ}は高^{こう}３でサッカーチームの（　　　　　　　　　）になり、活躍^{かつやく}している。

❸ （　　　　　　　　　　　）の指導^{しどう}のおかげで、私^{わたし}たちのチームは初優勝^{はつゆうしょう}を飾^{かざ}ることができまし
た。

❹ 事故^{じこ}が起^おきたとき、バスには３人^{にん}の（　　　　　　　　　）が乗^のっていた。

❺ 来月催^{らいげつもよお}される音楽祭^{おんがくさい}で（　　　　　　　　）を務^{つと}めることになった。

Ⅱ [a～e]の中から適当な言葉を選んで、（　　　）に入れなさい。（必要なら形を変えてくだ
さい。）

| a. 国王^{こくおう} | b. 患者^{かんじゃ} | c. コック | d. 作者^{さくしゃ} | e. 教授^{きょうじゅ} |

❶ （　　　　　　　　　　）の誕生日^{たんじょうび}には全国^{ぜんこく}でにぎやかな祭^{まつ}りが行^{おこな}われる。

❷ あのレストランにはフランス人^{じん}の（　　　　　　　　）が３人^{にん}いる。

❸ この本^{ほん}の（　　　　　　　　）は、まだ16歳^{さい}の高校生^{こうこうせい}だと聞^きいて驚^{おどろ}いた。

❹ あの医者^{いしゃ}は（　　　　　　　　）を長^{なが}い時間待^{じかんま}たせて、３分^{ぷん}しか診察^{しんさつ}をしない。

❺ 林^{はやし}（　　　　　　　　）は寛容^{かんよう}な人柄^{ひとがら}で、学生^{がくせい}からの信頼^{しんらい}も厚^{あつ}い。

Ⅲ [a～e]の中から適当な言葉を選んで、（　　　）に入れなさい。（必要なら形を変えてくだ
さい。）

| a. 王女^{おうじょ} | b. 大家^{おおや} | c. 技師^{ぎし} | d. 主婦^{しゅふ} | e. ギャング |

❶ 実家^{じっか}から送^{おく}られてきたみかんを、アパートの（　　　　　　　　）さんにあげた。

❷ 今^{いま}から10年前^{ねんまえ}、この国^{くに}の（　　　　　　　　）は隣^{となり}の国^{くに}の王子^{おうじ}と結婚^{けっこん}した。

❸ 息子^{むすこ}は３年前^{ねんまえ}から自動車工場^{じどうしゃこうじょう}で（　　　　　　　　）として働^{はたら}いている。

❹ 専業^{せんぎょう}（　　　　　　　　）だった妻^{つま}は、子^こどもが中学生^{ちゅうがくせい}になると銀行^{ぎんこう}で働^{はたら}き始^{はじ}めた。

❺ その黒^{くろ}いサングラスをかけると（　　　　　　　　）みたいだね。

16 人物 (3)

じんぶつ

人物 (3)

◆ いろいろな人を表すことば (2)　各種人物的稱呼 (2)

しょうにん **商人**	名 商人	ぼう **坊さん**	名 和尚
じょおう **女王**	名 女王，王后；皇族之女，王族之女	まいご **迷子**	名 迷路的孩子，走失的孩子
じょきょう **助教**	名 助理教員；代理教員	**ママ【mama】**	名（兒童對母親的愛稱）媽媽；（酒店的）老闆娘
じょしゅ **助手**	名 助手，幫手；（大學）助教	めいじん **名人**	名 名人，名家，大師，專家
しろうと **素人**	名 外行，門外漢；業餘愛好者，非專業人員；良家婦女	もの **者**	名（特定情況之下的）人，者
しんゆう **親友**	名 知心朋友	やくしゃ **役者**	名 演員；善於做戲的人，手段高明的人
たいし **大使**	名 大使		

◆ 人の集まりを表すことば　各種人物相關團體的稱呼

ちしきじん **知識人**	名 知識份子	
ちじん **知人**	名 熟人，認識的人	
ちょしゃ **著者**	名 作者	
でし **弟子**	名 弟子，徒弟，門生，學徒	
てんのう **天皇**	名 日本天皇	
はかせ **博士**	名 博士；博學之人	
はんじ **判事**	名 審判員，法官	
ひっしゃ **筆者**	名 作者，筆者	
ぶし **武士**	名 武士	
ふじん **婦人**	名 婦女，女子	
ふりょう **不良**	名・形動 不舒服，不適；壞，不良；（道德、品質）敗壞；流氓，小混混	
ボーイフレンド【boy friend】	名 男朋友	

こくみん **国民**	名 國民
じゅうみん **住民**	名 居民
じんるい **人類**	名 人類
のうみん **農民**	名 農民
われわれ **我々**	代（人稱代名詞）我們；（謙卑說法的）我；每個人

練 習

Ⅰ [a〜e]の中から適当な言葉を選んで、（　　）に入れなさい。（必要なら形を変えてください。）

a. 博士 はかせ	b. 女王 じょおう	c. 助手 じょしゅ	d. 商人 しょうにん	e. 天皇 てんのう

❶ 江戸時代、大阪は（　　　　　　　　　）の町として栄え、天下の台所と呼ばれた。

❷ 今日は（　　　　　　　　　）誕生日なので、ほとんどの学校は休みです。

❸ 教授の（　　　　　　　　　）が一人でずっとこの実験の記録をしています。

❹ 田中課長は、まるで（　　　　　　　　　）のように部下たちに命令している。

❺ 息子は昆虫が大好きで知識も豊富なため、昆虫（　　　　　　　　　）と呼ばれている。

Ⅱ [a〜e]の中から適当な言葉を選んで、（　　）に入れなさい。（必要なら形を変えてください。）

a. 婦人 ふじん	b. 知人 ちじん	c. 素人 しろうと	d. 著者 ちょしゃ	e. 名人 めいじん

❶ （　　　　　　　　　）とは思えないほど歌がうまいね。歌手になればいいのに。

❷ この本の（　　　　　　　　　）の講演会に行ったことがあります。

❸ ここでは野菜づくりの（　　　　　　　　　）が野菜づくりのコツを教えてくれます。

❹ 高級（　　　　　　　　　）服を取り扱っています。

❺ 妻とは、共通の（　　　　　　　　　）の紹介で、10年前に知り合った。

Ⅲ [a〜e]の中から適当な言葉を選んで、（　　）に入れなさい。（必要なら形を変えてください。）

a. 役者 やくしゃ	b. 武士 ぶし	c. 迷子 まいご	d. 親友 しんゆう	e. 弟子 でし

❶ 新渡戸稲造著の『（　　　　　　　　　）道』は1899年にアメリカで出版された。

❷ 私たちは森の中で（　　　　　　　　　）になった。

❸ 有名な歌手の（　　　　　　　　　）になるために、毎日一生懸命歌の練習をした。

❹ Aさんは（　　　　　　　　　）になるきっかけをくれた。

❺ お互いの第一印象は悪かったが、今や、私と彼は大の（　　　　　　　　　）だ。

17 人物 (4) 人物 (4)

じんぶつ

◆ 老若男女　男女老少
ろうにゃくなんにょ

| ウーマン【woman】 | (名) 婦女，女人 |

| 男の人 おとこ ひと | (名) 男人，男性 |

| 児童 じ どう | (名) 兒童 |

| 女子 じょ し | (名) 女孩子，女子，女人 |

| 青少年 せいしょうねん | (名) 青少年 |

| 性別 せいべつ | (名) 性別 |

| 対象 たいしょう | (名) 對象 |

| 男子 だん し | (名) 男子，男孩，男人，男子漢 |

| 年下 としした | (名) 年幼，年紀小 |

| 平等 びょうどう | (名・形動) 平等，同等 |

| 坊や ぼう | (名) 對男孩的親切稱呼；未見過世面的男青年；對別人家男孩的敬稱 |

| 坊ちゃん ぼっ | (名)（對別人家男孩的稱呼）公子，令郎；少爺，不通事故的人，少爺作風的人 |

| 目下 め した | (名) 部下，下屬，晚輩 |

◆ 容姿　姿容
よう し

| 下品 げ ひん | (形動) 卑鄙，下流，低俗，低級 |

| 様 さま | (名・代・接尾) 樣子，狀態；姿態；表示尊敬 |

| スタイル【style】 | (名) 文體；（服裝、美術、工藝、建築等）樣式；風格，姿態，體態 |

| 素敵 す てき | (形動) 絕妙的，極好的，極漂亮；很多 |

| スマート【smart】 | (形動) 瀟灑，時髦，漂亮；苗條；智能型，智慧型 |

| 洗練 せんれん | (名・他サ) 精錬，講究 |

| 中肉中背 ちゅうにくちゅうぜい | (名) 中等身材 |

| ハンサム【handsome】 | (名・形動) 帥，英俊，美男子 |

| 美容 び よう | (名) 美容 |

| 品 ひん | (名・漢造)（東西的）品味，風度；辨別好壞；品質；種類 |

| 平凡 へいぼん | (名・形動) 平凡的 |

| ほっそり | (副・自サ) 纖細，苗條 |

| ぽっちゃり | (副・自サ) 豐滿，胖 |

| 見掛け み か | (名) 外貌，外觀，外表 |

| 見っとも無い み な | (形) 難看的，不像樣的，不體面的，不成體統；醜 |

| 醜い みにく | (形) 難看的，醜的；醜陋，醜惡 |

| 魅力 み りょく | (名) 魅力，吸引力 |

練 習

Ⅰ [a〜e]の中から適当な言葉を選んで、（　　　）に入れなさい。（必要なら形を変えてください。）

a. 醜^{みにく}い	b. 下品^{げひん}	c. 平凡^{へいぼん}	d. スマート	e. 素敵^{すてき}

❶ 誕生日^{たんじょうび}のプレゼントに、叔母^{おば}から（　　　　　　　）帽子^{ぼうし}をいただいた。

❷ 綺麗^{きれい}だった王子様^{おうじさま}は、悪^{わる}い魔女^{まじょ}の魔法^{まほう}によって（　　　　　）姿^{すがた}へと変^かわってしまった。

❸ 紺^{こん}のスーツを着^きた級友^{きゅうゆう}たちは、みんな普段^{ふだん}より（　　　　　　）に見^みえた。

❹ 展覧会^{てんらんかい}の絵画^{かいが}はどれも（　　　　　　）作品^{さくひん}で、つまらなかった。

❺ 口^{くち}の中^{なか}に食^たべ物^{もの}を入^いれたまま話^{はな}すのは、とても（　　　　　　）である。

Ⅱ [a〜e]の中から適当な言葉を選んで、（　　　）に入れなさい。（必要なら形を変えてください。）

a. 美容^{びよう}	b. 見掛^{みか}け	c. 魅力^{みりょく}	d. スタイル	e. さま

❶ よく寝^ねることは（　　　　　　）にいいのだ。

❷ 姉^{あね}は若^{わか}い頃^{ころ}と（　　　　　　）が変^かわらないそうで、羨^{うらや}ましいことだ。

❸ 彼^{かれ}の撮^とる写真^{しゃしん}には映画^{えいが}のワンシーンのような動的^{どうてき}な（　　　　）がある。

❹ 景気^{けいき}の良^よい花火^{はなび}だが（　　　　　　）ほどの威力^{いりょく}はない気^きがする。

❺ 公園^{こうえん}の銀杏^{ぎんなん}の葉^はが、風^{かぜ}で舞^まいながら落^おちる（　　　　　　）が好^すきだ。

Ⅲ [a〜e]の中から適当な言葉を選んで、（　　　）に入れなさい。（必要なら形を変えてください。）

a. 性別^{せいべつ}	b. 児童^{じどう}	c. 年下^{としした}	d. 坊^{ぼっ}ちゃん	e. 対象^{たいしょう}

❶ 相手^{あいて}が（　　　　　　）だからといって、失礼^{しつれい}なことを言^いってはいけません。

❷ 彼^{かれ}は（　　　　　　）育^{そだ}ちで節約^{せつやく}というものを知^しらないみたいです。

❸ 私^{わたし}の夢^{ゆめ}は、子^こどもの心^{こころ}を育^{そだ}てる（　　　　　　）文学^{ぶんがく}を書^かくことです。

❹ 自分^{じぶん}の子^こどもは（　　　　　　）や性格^{せいかく}にかかわらずかわいいものです。

❺ 調査^{ちょうさ}の（　　　　　　）は、30代^{だい}から70代^{だい}までの女性^{じょせい}です。

18 人物 (5) 人物(5)

◆ 態度、性格(1) 態度、性格(1)

曖昧 あいまい	形動 含糊，不明確，曖昧，模稜兩可；可疑，不正經	
厚かましい あつ	形 厚臉皮的，無恥	
怪しい あや	形 奇怪的，可疑的；靠不住的，難以置信；奇異，特別；笨拙；關係曖昧的	
慌ただしい あわ	形 匆匆忙忙的，慌慌張張的	
生き生き い い	副・自サ 活潑，生氣勃勃，栩栩如生	
勇ましい いさ	形 勇敢的，振奮人心的；活潑的；(俗)有勇無謀	
一段と いちだん	副 更加，越發	
威張る い ば	自五 誇耀，逞威風	
うろうろ	副・自サ 徘徊；不知所措，驚慌失措	
大雑把 おおざっ ぱ	形動 草率，粗枝大葉；粗略，大致	
落ち着く お つ	自五 (心神，情緒等)穩靜；鎮靜，安祥；穩坐，穩當；(長時間)定居；有頭緒；淡雅，協調	
賢い かしこ	形 聰明的，周到，賢明的	
活気 かっ き	名 活力，生氣；興旺	
勝手 かっ て	形動 任意，任性，隨便	
からかう	他五 逗弄，調戲	
可愛がる か わい	他五 喜愛，疼愛；嚴加管教，教訓	
可愛らしい か わい	形 可愛的，討人喜歡；小巧玲瓏	

歓迎 かんげい	名・他サ 歡迎
機嫌 き げん	名 心情，情緒
行儀 ぎょう ぎ	名 禮儀，禮節，舉止
くどい	形 冗長乏味的，(味道)過於膩的
欠点 けってん	名 缺點，欠缺，毛病
謙虚 けんきょ	形動 謙虛
謙遜 けんそん	名・形動・自サ 謙遜，謙虛
懸命 けんめい	形動 拼命，奮不顧身，竭盡全力
強引 ごういん	形動 強行，強制，強勢
自分勝手 じ ぶんかって	形動 任性，恣意妄為
純情 じゅんじょう	名・形動 純真，天真
純粋 じゅんすい	名・形動 純粹的，道地；純真，純潔，無雜念的
常識 じょうしき	名 常識

練 習

Ⅰ [a～e]の中から適当な言葉を選んで、（　　）に入れなさい。（必要なら形を変えてください。）

a. かわいらしい	b. 賢い	c. 勇ましい	d. くどい	e. 怪しい

❶ 店内を（　　　　　　　　　）人がうろうろしているよ。気をつけよう。

❷ 運動会の会場から、（　　　　　　　　　）行進曲が聞こえてきた。

❸ 先輩は酒を飲むと話が（　　　　　　　　　）なるので、困ってしまう。

❹ 隣の家の犬は（　　　　　　　　　）て、飼い主の命令に従って行動する。

❺ 歩き始めたばかりの幼児の歩き方は、とても（　　　　　　　　　）。

Ⅱ [a～e]の中から適当な言葉を選んで、（　　）に入れなさい。（必要なら形を変えてください。）

a. 懸命	b. 勝手	c. 曖昧	d. 謙虚	e. 強引

❶ そんな（　　　　　　　　　）な返事では、相手に誤解されてしまうよ。

❷ 私の部屋なのだから、どんな家具を置こうが（　　　　　　　　　）だろう。

❸ 日本の大学に留学するため、（　　　　　　　　　）に日本語を勉強している。

❹ 嫌がる友だちを（　　　　　　　　　）に誘って、二人で登山部に入部した。

❺ 部活の監督や先輩の意見は、（　　　　　　　　　）に聞くようにしよう。

Ⅲ [a～e]の中から適当な言葉を選んで、（　　）に入れなさい。（必要なら形を変えてください。）

a. からかう	b. かわいがる	c. 謙遜する	d. うろうろする	e. 威張る

❶ 弟を（　　　　　　　　　）と、大きな声で泣き出したので困ってしまった。

❷ 多くの日本人は褒められると（　　　　　　　　　）態度になる。

❸ 兄は僕には（　　　　　　　　　）いるが、妹にはとても優しい。

❹ 富士山に登るかやめるか、迷って（　　　　　　　　　）。

❺ （　　　　　　　　　）いた猫が死んだので、土を掘って墓を作ってあげる。

19 人物 (6)

じんぶつ

人物 (6)

◆ 態度、性格 (2)　態度、性格 (2)

たいど　せいかく

しんちょう **慎重**	(名・形動) 慎重，穩重，小心謹慎
ずうずう **図々しい**	(形) 厚顏，厚皮臉，無恥
すなお **素直**	(形動) 純真，天真的，誠摯的，坦率的；大方，工整，不矯飾的；（沒有毛病）完美的，無暇的
せきにんかん **責任感**	(名) 責任感
そそっかしい	(形) 冒失的，輕率的，毛手毛腳的，粗心大意的
たいそう **大層**	(形動・副) 很，非常，了不起；過分的，誇張的
たっぷり	(副・自サ) 足夠，充份，多；寬綽，綽綽有餘；（接名詞後）充滿（某表情、語氣等）
たの **頼もしい**	(形) 靠得住的；前途有為的，有出息的
だらしない	(形) 散漫的，邋遢的，不檢點的；不爭氣的，沒出息的，沒志氣
たんじゅん **単純**	(名・形動) 單純，簡單；無條件
たんしょ **短所**	(名) 缺點，短處
ちょうしょ **長所**	(名) 長處，優點
つよき **強気**	(名・形動)（態度）強硬，（意志）堅決；（行情）看漲
とくしょく **特色**	(名) 特色，特徵，特點，特長
とくちょう **特長**	(名) 專長
なまいき **生意気**	(名・形動) 驕傲，狂妄；自大，逞能，臭美，神氣活現
なま **怠ける**	(自他下一) 懶惰，怠惰
にこにこ	(副・自サ) 笑嘻嘻，笑容滿面
にっこり	(副・自サ) 微笑貌，莞爾，嫣然一笑，微微一笑
のんき **呑気**	(名・形動) 悠閑，無憂無慮；不拘小節，不慌不忙；滿不在乎，漫不經心
パターン 【pattern】	(名) 形式，樣式，模型；紙樣；圖案，花樣
はんこう **反抗**	(名・自サ) 反抗，違抗，反擊
ひきょう **卑怯**	(名・形動) 怯懦，卑怯；卑鄙，無恥
ふけつ **不潔**	(名・形動) 不乾淨，骯髒；（思想）不純潔
ふざけ **巫山戯る**	(自下一) 開玩笑，戲謔；愚弄人，戲弄人；（男女）調情，調戲；（小孩）吵鬧
太い	(形) 粗的；肥胖；膽子大；無恥，不要臉；聲音粗
ふるま **振舞う**	(自五・他五)（在人面前的）行為，動作；請客，招待，款待
ふんいき **雰囲気**	(名) 氣氛，空氣
ほが **朗らか**	(形動)（天氣）晴朗，萬里無雲；明朗，開朗；（聲音）嘹亮；（心情）快活
まごまご	(名・自サ) 不知如何是好，慌張失措，手忙腳亂；閒蕩，遊蕩，懶散
もともと	(名・副) 與原來一樣，不增不減；從來，本來，根本
ゆうじゅうふだん **優柔不断**	(名・形動) 優柔寡斷
ゆうゆう **悠々**	(副・形動) 悠然，不慌不忙；綽綽有餘，充分；（時間）悠久，久遠；（空間）浩瀚無垠

様（よう）	(名・形動) 様子，方式；風格；形狀		欲張り（よくばり）	(名・形動) 貪婪，貪得無厭（的人）
陽気（ようき）	(名・形動) 季節，氣候；陽氣（萬物發育之氣）；爽朗，快活；熱鬧，活躍		余裕（よゆう）	(名) 富餘，剩餘；寬裕，充裕
			楽天的（らくてんてき）	(形動) 樂觀的
用心（ようじん）	(名・自サ) 注意，留神，警惕，小心		利己主義（りこしゅぎ）	(名) 利己主義
幼稚（ようち）	(名・形動) 年幼的；不成熟的，幼稚的		冷静（れいせい）	(名・形動) 冷靜，鎮靜，沉著，清醒

練習

I [a～e]の中から適当な言葉を選んで、（　　）に入れなさい。（必要なら形を変えてください。）

a. にっこり	b. 大層（たいそう）	c. もともと	d. 悠々（ゆうゆう）	e. たっぷり

❶（　　　　　　　　）りっぱなマンションにお住（す）まいですね。うらやましい。

❷ 赤（あか）ちゃんがお母（かあ）さんを見（み）ているとき、お母（かあ）さんは（　　　　　　　）と笑（わら）い返（かえ）した。

❸ 肥満（ひまん）の彼（かれ）は、（　　　　　　　）ファストフードが好（す）きな子（こ）どもだった。

❹ 父（ちち）はいつも（　　　　　　　）としているので、周（まわ）りの人（ひと）から尊敬（そんけい）されている。

❺ 財布（さいふ）に金（かね）が（　　　　　　　）入（はい）っている。

II [a～e]の中から適当な言葉を選んで、（　　）に入れなさい。（必要なら形を変えてください。）

a. そそっかしい	b. 卑怯（ひきょう）	c. 頼（たの）もしい	d. 素直（すなお）	e. 図々（ずうずう）しい

❶ 娘（むすめ）は（　　　　　　　）子（こ）どもなので、逆（ぎゃく）に悪（わる）い大人（おとな）に騙（だま）されないか心配（しんぱい）だ。

❷ 彼（かれ）は力持（ちから も）ちなので、引（ひ）っ越（こ）しのときなどには、（　　　　　　　）存在（そんざい）だ。

❸ ドアをノックせずに入（はい）ってくるなんて、（　　　　　　　）人（ひと）だ。

❹ 本人（ほんにん）の前（まえ）では言（い）わないで、陰（かげ）で文句（もんく）を言（い）うなんて（　　　　　　　）だ。

❺ 私（わたし）は（　　　　　　　）性格（せいかく）で、いつも失敗（しっぱい）ばかりしている。

20 人物 (7)
じんぶつ

人物 (7)

◆ 人間関係　人際關係
にんげんかんけい

お互い様 たが　　さま	名・形動 彼此，互相	**便り** たよ	名 音信，消息，信
解釈 かいしゃく	名・他サ 解釋，理解，說明	**頼る** たよ	自他五 依靠，依賴，仰仗；拄著；投靠，找門路
間接 かんせつ	名 間接	**付き合い** つ　あ	名・自サ 交際，交往，打交道；應酬，作陪
強力 きょうりょく	名・形動 力量大，強力，強大	**出会い** で　あ	名 相遇，不期而遇，會合；幽會；河流會合處
交際 こうさい	名・自サ 交際，交往，應酬	**敵** てき	名・漢造 敵人，仇敵；（競爭的）對手；障礙，大敵；敵對，敵方
交流 こうりゅう	名・自サ 交流，往來；交流電	**同一** どういつ	名・形動 同樣，相同；相等，同等
裂く さ	他五 撕開，切開；扯散；分出，擠出，勻出，破裂，分裂	**溶け込む** と　こ	自五 （理、化）融化，溶解，熔化；融合，融
上下 じょうげ	名・自他サ （身分、地位的）高低，上下，低賤	**友** とも	名 友人，朋友；良師益友
隙 すき	名 空隙，縫；空暇，功夫，餘地；漏洞，可乘之機	**仲直り** なかなお	名・自サ 和好，言歸於好
接する せっ	自他サ 接觸；連接，靠近；接待，應酬；連結，接上；遇上，碰上	**仲間** なかま	名 伙伴，同事，朋友；同類
相互 そうご	名 相互，彼此；輪流，輪班；交替，交互	**仲良し** なか よ	名 好朋友；友好，相好
存在 そんざい	名・自サ 存在，有；人物，存在的事物；存在的理由，存在的意義	**ばったり**	副 物體突然倒下（跌落）貌；突然相遇貌；突然終止貌
尊重 そんちょう	名・他サ 尊重，重視	**話し合う** はな　あ	自五 對話，談話；商量，協商，談判
対立 たいりつ	名・他サ 對立，對峙	**話しかける** はな	自下一 （主動）跟人說話，攀談；開始談，開始說
立場 たち ば	名 立足點，站立的場所；處境；立場，觀點	**甚だしい** はなは	形 （不好的狀態）非常，很，甚
他人 た にん	名 別人，他人；（無血緣的）陌生人，外人；局外人	**引っ掛かる** ひ　か	自五 掛起來，掛上，卡住；連累，牽累；受騙，上當；心裡不痛快
偶々 たまたま	副 偶然，碰巧，無意間；偶爾，有時	**隔てる** へだ	他下一 隔開，分開；（時間）相隔，遮擋；離間；不同，有差別

襤褸（ぼろ）	(名) 破布，破爛衣服；破爛的狀態；破綻，缺點	友情（ゆうじょう）	(名) 友情
摩擦（まさつ）	(名・自他サ) 摩擦；不和睦，意見紛歧，不合	両（りょう）	(漢造) 雙，兩
待ち合わせる（まちあわせる）	(自他下一) (事先約定的時間、地點)等候，會面，碰頭	和（わ）	(名) 和，人和；停止戰爭，和好
見送る（みおくる）	(他五) 目送；送別；(把人)送到(某地方)；觀望，擱置，暫緩考慮；送葬	悪口・悪口（わるくち・わるぐち）	(名) 壞話，誹謗人的話；罵人
味方（みかた）	(名・自サ) 我方，自己的這一方；夥伴		
友好（ゆうこう）	(名) 友好		

練習

Ⅰ [a～e]の中から適当な言葉を選んで、（　　）に入れなさい。（必要なら形を変えてください。）

a. 相互（そうご）	b. 悪口（わるぐち）	c. 便り（たよ）	d. 仲間（なかま）	e. 立場（たちば）

❶ 外国人留学生（がいこくじんりゅうがくせい）と日本人学生（にほんじんがくせい）は（　　　　　　　）の文化（ぶんか）を受（う）け入（い）れ始（はじ）めている。

❷ 学生時代（がくせいじだい）、趣味（しゅみ）の（　　　　　　　）を集（あつ）めて、漫画同好会（まんがどうこうかい）を結成（けっせい）した。

❸ 年末（ねんまつ）に会（あ）って以来（いらい）、彼（かれ）から何（なに）も（　　　　　　　）がないので、心配（しんぱい）だ。

❹ 大人（おとな）なら自分（じぶん）の（　　　　　　　）をよく考（かんが）えて行動（こうどう）してほしいものだ。

❺ 課長（かちょう）の（　　　　　　　）を言（い）ってたら、課長（かちょう）が部屋（へや）に入（はい）って来（き）て本当（ほんとう）に焦（あせ）った。

Ⅱ [a～e]の中から適当な言葉を選んで、（　　）に入れなさい。（必要なら形を変えてください。）

a. 頼る（たよ）	b. 隔てる（へだ）	c. 接する（せっ）	d. 見送る（みおく）	e. 裂く（さ）

❶ 二人（ふたり）の両親（りょうしん）の反対（はんたい）で、二人（ふたり）の仲（なか）は（　　　　　　　）しまった。

❷ 家族（かぞく）には優（やさ）しく（　　　　　　　）べきだ。

❸ 部屋探（へやさが）しから荷造（にづく）りまで、誰（だれ）にも（　　　　　　　）ずに引（ひ）っ越（こ）しをした。

❹ 机（つくえ）を（　　　　　　　）、開発（かいはつ）に賛成派（さんせいは）と反対派（はんたいは）に分（わ）かれて座（すわ）った。

❺ アメリカに留学（りゅうがく）するいとこを、空港（くうこう）で（　　　　　　　）ことにした。

21 親族 _{しんぞく} 親屬

◆ 家族 _{かぞく} 家族

甘やかす _{あま}	（他五）嬌生慣養，縱容放任；嬌養，嬌寵
一家 _{いっか}	（名）一戶；一家人；一個團體；一派
甥 _{おい}	（名）姪子，外甥
親子 _{おやこ}	（名）父母和子女
虐待 _{ぎゃくたい}	（名・他サ）虐待
孝行 _{こうこう}	（名・自サ・形動）孝敬，孝順
支える _{ささ}	（他下一）支撐；維持，支持；阻止，防止
姉妹 _{しまい}	（名）姊妹
親戚 _{しんせき}	（名）親戚，親屬
親類 _{しんるい}	（名）親戚，親屬；同類，類似
姓 _{せい}	（名・漢造）姓氏；族，血族；（日本古代的）氏族姓，稱號
全般 _{ぜんぱん}	（名）全面，全盤，通盤
連れ _つ	（名・接尾）同伴，伙伴；（日本能劇或狂言的）配角
独身 _{どくしん}	（名）單身
母親 _{ははおや}	（名）母親
無事 _{ぶじ}	（名・形動）平安無事，無變故；健康；最好，沒毛病；沒有過失

◆ 夫婦 _{ふうふ} 夫婦

奥様 _{おくさま}	（名）尊夫人，太太
婚約 _{こんやく}	（名・自サ）訂婚，婚約

共に _{とも}	（副）共同，一起，都；隨著，隨同；全，都，均
女房 _{にょうぼう}	（名）（自己的）太太，老婆
花嫁 _{はなよめ}	（名）新娘
夫妻 _{ふさい}	（名）夫妻
夫人 _{ふじん}	（名）夫人
嫁 _{よめ}	（名）兒媳婦，妻，新娘

◆ 先祖、親 _{せんぞ、おや} 祖先、父母

先祖 _{せんぞ}	（名）始祖；祖先，先人
祖先 _{そせん}	（名）祖先
代 _{だい}	（名・漢造）代，輩；一生，一世；代價
父親 _{ちちおや}	（名）父親
務め _{つと}	（名）本分，義務，責任
独立 _{どくりつ}	（名・自サ）孤立，單獨存在；自立，獨立，不受他人援助
墓 _{はか}	（名）墓地，墳墓
父母 _{ふぼ}	（名）父母，雙親
参る _{まい}	（自五・他五）（敬）去，來；參拜（神佛）；認輸；受不了，吃不消；（俗）死；（文）（從前婦女寫信，在收件人的名字右下方寫的敬語）鈞啟；（古）獻上；吃，喝；做
祭る _{まつ}	（他五）祭祀，祭奠；供奉

◆ 子、子孫 <ruby>子<rt>こ</rt></ruby>、<ruby>子孫<rt>しそん</rt></ruby>　孩子、子孫

<ruby>幼<rt>おさな</rt></ruby>い	形	幼小的，年幼的；孩子氣，幼稚的
<ruby>子孫<rt>しそん</rt></ruby>	名	子孫；後代
<ruby>末<rt>すえ</rt></ruby>っ<ruby>子<rt>こ</rt></ruby>	名	最小的孩子
<ruby>姿<rt>すがた</rt></ruby>	名・接尾	身姿，身段；裝束，風采；形跡，身影；面貌，狀態；姿勢，形象
<ruby>適<rt>てき</rt></ruby>する	自サ	（天氣、飲食、水土等）適宜，適合；適當，適宜於（某情況）；具有做某事的資格與能力
<ruby>双子<rt>ふたご</rt></ruby>	名	雙胞胎，孿生；雙
<ruby>向<rt>む</rt></ruby>け	造語	向，對

21
親屬

練習

Ⅰ [a～e]の中から適当な言葉を選んで、（　　　）に入れなさい。（必要なら形を変えてください。）

a. <ruby>夫人<rt>ふじん</rt></ruby>	b. <ruby>先祖<rt>せんぞ</rt></ruby>	c. <ruby>甥<rt>おい</rt></ruby>	d. <ruby>嫁<rt>よめ</rt></ruby>	e. <ruby>末<rt>すえ</rt></ruby>っ<ruby>子<rt>こ</rt></ruby>

❶ ご（　　　　　　　）<ruby>同伴<rt>どうはん</rt></ruby>で<ruby>出席願<rt>しゅっせきねが</rt></ruby>えれば<ruby>幸<rt>さいわ</rt></ruby>いです。

❷ （　　　　　　　）が<ruby>国立大学<rt>こくりつだいがく</rt></ruby>に<ruby>合格<rt>ごうかく</rt></ruby>したお<ruby>祝<rt>いわ</rt></ruby>いには<ruby>本革<rt>ほんがわ</rt></ruby>の<ruby>財布<rt>さいふ</rt></ruby>が<ruby>一番<rt>いちばん</rt></ruby>いいと<ruby>思<rt>おも</rt></ruby>う。

❸ <ruby>僕<rt>ぼく</rt></ruby>のお（　　　　　　　）さんとは、お<ruby>互<rt>たが</rt></ruby>いに<ruby>何<rt>なん</rt></ruby>でも<ruby>話<rt>はな</rt></ruby>せて<ruby>支<rt>ささ</rt></ruby>え<ruby>合<rt>あ</rt></ruby>え、とても<ruby>幸<rt>しあわ</rt></ruby>せだ。

❹ <ruby>子<rt>こ</rt></ruby>どもの<ruby>頃<rt>ころ</rt></ruby>、<ruby>祖父<rt>そふ</rt></ruby>はよく<ruby>我<rt>わ</rt></ruby>が<ruby>家<rt>や</rt></ruby>の（　　　　　　）について<ruby>話<rt>はな</rt></ruby>してくれた。

❺ <ruby>弟<rt>おとうと</rt></ruby>は<ruby>三人兄弟<rt>さんにんきょうだい</rt></ruby>の（　　　　　　　）なので、とてもかわいがられて<ruby>育<rt>そだ</rt></ruby>った。

Ⅱ [a～e]の中から適当な言葉を選んで、（　　　）に入れなさい。（必要なら形を変えてください。）

a. <ruby>参<rt>まい</rt></ruby>る	b. <ruby>適<rt>てき</rt></ruby>する	c. <ruby>支<rt>ささ</rt></ruby>える	d. <ruby>甘<rt>あま</rt></ruby>やかす	e. <ruby>祭<rt>まつ</rt></ruby>る

❶ <ruby>友<rt>とも</rt></ruby>だちの<ruby>励<rt>はげ</rt></ruby>ましの<ruby>言葉<rt>ことば</rt></ruby>が、くじけそうな<ruby>私<rt>わたし</rt></ruby>を（　　　　　　　）くれた。

❷ この<ruby>神社<rt>じんじゃ</rt></ruby>では、<ruby>江戸時代<rt>えどじだい</rt></ruby>の<ruby>武士<rt>ぶし</rt></ruby>の<ruby>霊<rt>れい</rt></ruby>を（　　　　　　）いる。

❸ <ruby>子<rt>こ</rt></ruby>どもを（　　　　　　）<ruby>育<rt>そだ</rt></ruby>てると、わがままな<ruby>子<rt>こ</rt></ruby>になるよ。

❹ <ruby>明日<rt>あした</rt></ruby>の<ruby>午後<rt>ごご</rt></ruby>、<ruby>友<rt>とも</rt></ruby>だちと<ruby>一緒<rt>いっしょ</rt></ruby>に<ruby>先生<rt>せんせい</rt></ruby>のお<ruby>宅<rt>たく</rt></ruby>に（　　　　　　　）。

❺ この<ruby>靴<rt>くつ</rt></ruby>は<ruby>走<rt>はし</rt></ruby>るのに（　　　　　　）いない。

22 動物 動物

◆ 動物の仲間　動物類

生き物	(名) 生物，動物；有生命力的東西，活的東西
魚	(名) 魚
兎	(名) 兔子
餌	(名) 飼料，飼食
蚊	(名) 蚊子
金魚	(名) 金魚
猿	(名) 猴子，猿猴
巣	(名) 巢，窩，穴；賊窩，老巢；家庭；蜘蛛網
絶滅	(名・自他サ) 滅絕，消滅，根除
象	(名) 大象
属する	(自サ) 屬於，歸於，從屬於；隸屬，附屬
翼	(名) 翼，翅膀；(飛機) 機翼；(風車) 翼板；使者，使節
虎	(名) 老虎
捕る	(他五) 抓，捕捉，逮捕
撫でる	(他下一) 摸，撫摸；梳理 (頭髮)；撫慰，安撫
馴れる	(自下一) 馴熟
鶏	(名) 雞
ねずみ	(名) 老鼠
群れ	(名) 群，伙，幫；伙伴

◆ 動物の動作、部位　動物的動作、部位

駆け回る	(自五) 到處亂跑
牙	(名) 犬齒，獠牙
尻尾	(名) 尾巴；末端，末尾；尾狀物
這う	(自五) 爬，爬行；(植物) 攀纏，緊貼；(趴) 下
羽	(名) 羽毛；(鳥與昆蟲等的) 翅膀；(機器等) 翼，葉片；箭翎
跳ねる	(自下一) 跳，蹦起；飛濺；散開，散場；爆，裂開
吠える	(自下一) (狗、犬獸等) 吠，吼；(人) 大聲哭喊，喊叫

練 習

Ⅰ [a～e]の中から適当な言葉を選んで、（　　　）に入れなさい。（必要なら形を変えてください。）

a. 群れ	b. 翼	c. うさぎ	d. 蚊	e. 猿

❶ これは野生の象の（　　　　　　　　）を追ったドキュメンタリーだ。

❷ 昼間、森の中で（　　　　　　　　）に刺されたところがかゆくて眠れない。

❸ 寒くなると、（　　　　　　　　）も温泉に入りにやって来るそうだ。

❹ （　　　　　　　　）は声を出して鳴かないので、家の中で飼う人が多い。

❺ 大空に（　　　　　　）を広げて飛んでいく鳥がうらやましい。

Ⅱ [a～e]の中から適当な言葉を選んで、（　　　）に入れなさい。（必要なら形を変えてください。）

a. 尻尾	b. 羽	c. 餌	d. 巣	e. 牙

❶ ここに集まってくる鳩に、（　　　　　　　　）をやらないでください。

❷ 春はカラスの（　　　　　　　　）に絶対に近づかない方がいいですよ。

❸ 私が家に帰ると、犬が（　　　　　　　）を振って飛びついてきた。

❹ ライオンは、鋭い（　　　　　　　）で捕まえた動物の肉を食いちぎった。

❺ 巣から落ちた小雀が木の下で（　　　　　　　）を震わしている。

Ⅲ [a～e]の中から適当な言葉を選んで、（　　　）に入れなさい。（必要なら形を変えてください。）

a. 捕る	b. 撫でる	c. 跳ねる	d. 這う	e. 馴れる

❶ 映画で、地面を（　　　　　　　　）必死に逃げる兵士の姿を見た。

❷ 犬の頭を（　　　　　　　）と、気持ちよさそうに甘えた声を出した。

❸ 小学生のときこの山で、友だちと蝉を（　　　　　　　）遊んだものだ。

❹ 1週間前から飼い始めた犬は、やっと家族に（　　　　　　）ようだ。

❺ 池で蛙がぴょんぴょん（　　　　　　）いるところを、写真に撮った。

49

23 植物 植物

Track 23

◆ 野菜、果物 蔬菜、水果

苺	（名）草莓
梅	（名）梅花，梅樹；梅子
果実	（名）果實，水果
じゃが芋	（名）馬鈴薯
西瓜	（名）西瓜
種	（名）（植物的）種子，果核；（動物的）品種；原因，起因；素材，原料
豆	（名・接頭）（總稱）豆；大豆；小的，小型；（手腳上磨出的）水泡
実	（名）（植物的）果實；（植物的）種子；成功，成果；內容，實質
実る	（自五）（植物）成熟，結果；取得成績，獲得成果，結果實
桃	（名）桃子

◆ 草、木、樹木 草木、樹木

稲	（名）水稲，稲子
植木	（名）植種的樹；盆景
街路樹	（名）行道樹
紅葉	（名・自サ）紅葉；變成紅葉
穀物	（名）五穀，糧食
小麦	（名）小麥
しなやか	（形動）柔軟，溫和；巍巍顫顫，有彈性；優美，柔和，溫柔

芝生	（名）草皮，草地
植物	（名）植物
杉	（名）杉樹，杉木
大木	（名）大樹，巨樹
竹	（名）竹子
並木	（名）街樹，路樹；並排的樹木
伸び伸び（と）	（副・自サ）生長茂盛；輕鬆愉快
松	（名）松樹，松木；新年裝飾正門的松枝，裝飾松枝的期間
紅葉	（名）紅葉；楓樹

◆ 植物関連のことば 植物相關用語

植わる	（自五）栽上，栽植
園芸	（名）園藝
温室	（名）溫室，暖房
殻	（名）外皮，外殼
刈る	（他五）割，剪，剃
枯れる	（自上一）枯萎，乾枯；老練，造詣精深；（身材）枯瘦
観察	（名・他サ）觀察
作物	（名）農作物；莊稼
茂る	（自五）（草木）繁茂，茂密
萎む・凋む	（自五）枯萎，凋謝；扁掉

50

散らばる （ち）	自五 分散；散亂	蒔く （ま）	他五 播種；（在漆器上）畫泥金畫
生る （な）	自五（植物）結果；生，產出	蜜 （みつ）	名 蜜；花蜜；蜂蜜
匂う （にお）	自五 散發香味，有香味；（顏色）鮮豔美麗；隱約發出，使人感到似乎…	芽 （め）	名（植）芽
根 （ね）	名（植物的）根；根底；根源根據；天性，根本	養分 （ようぶん）	名 養分
鉢 （はち）	名 鉢盆；大碗；花盆；頭蓋骨	若葉 （わかば）	名 嫩葉，新葉
鉢植え （はちうえ）	名 盆栽		

練習

Ⅰ [a〜e]の中から適当な言葉を選んで、（　）に入れなさい。（必要なら形を変えてください。）

a. じゃが芋	b. 果実	c. 並木	d. 鉢	e. 芝生

❶ 晴れた日はよく公園の（　　　　　）に座って弁当を食べたものだ。

❷ 街路が狭くて（　　　　　）を植える余地もない。

❸ 料理の材料は、（　　　　　）と玉ねぎ、それと鶏肉だけです。

❹ 買ってきた苗を（　　　　　）に植えようとした。

❺ のどが渇いたので、新鮮な（　　　　　）でジュースを作って飲んだ。

Ⅱ [a〜e]の中から適当な言葉を選んで、（　）に入れなさい。（必要なら形を変えてください。）

a. 刈る	b. 植わる	c. 蒔く	d. 枯れる	e. 茂る

❶ 庭の隅に（　　　　　）いる木は桜で、春にきれいな花が咲く。

❷ 1週間前、庭に朝顔の種を（　　　　　）ら、芽が出始めた。

❸ 畑に雑草が（　　　　　）ので、朝から家族みんなで草取りをした。

❹ 理髪店で頭の髪を短く（　　　　　）ら、とてもさっぱりした。

❺ この夏は日照りが続き、畑の農作物が（　　　　　）しまった。

物質 (1) 物質 (1)

◆ 物、物質　物、物質

液体　　㈎ 液體

塊　　（名・接尾）塊狀，疙瘩；集團；極端…的人

固まる　　（自五）（粉末、顆粒、黏液等）變硬，凝固；固定，成形；集在一起，成群；熱衷，篤信（宗教等）

金属　　㈎ 金屬，五金

屑　　㈎ 碎片；廢物，廢料（人）；（挑選後剩下的）爛貨

下水　　㈎ 污水，髒水，下水；下水道的簡稱

鉱物　　㈎ 礦物

固体　　㈎ 固體

粉　　㈎ 粉，粉末，麵粉

混合　　（名・自他サ）混合

錆　　㈎（金屬表面因氧化而生的）鏽；（轉）惡果

酸性　　㈎（化）酸性

酸素　　㈎（理）氧氣

水素　　㈎ 氫

成分　　㈎（物質）成分，元素；（句子）成分；（數）成分

ダイヤモンド【diamond】　　㈎ 鑽石

宝　　㈎ 財寶，珍寶；寶貝，金錢

地質　　㈎（地）地質

粒　　（名・接尾）（穀物的）穀粒；粒，丸，珠；（數小而圓的東西）粒，滴，丸

鉄　　㈎ 鐵

銅　　㈎ 銅

透明　　（名・形動）透明；純潔，單純

毒　　（名・自サ・漢造）毒，毒藥；毒害，有害；惡毒，毒辣

花火　　㈎ 煙火

破片　　㈎ 破片，碎片

嵌める　　（他下一）嵌上，鑲上；使陷入，欺騙；擲入，使沈入

物質　　㈎ 物質；（哲）物體，實體

古　　（名・漢造）舊東西；舊，舊的

宝石　　㈎ 寶石

埃　　㈎ 灰塵，塵埃

無　　（名・接頭・漢造）無，沒有；徒勞，白費；無…，不…；欠缺，無

薬品　　㈎ 藥品；化學試劑

練習

Ⅰ [a～e]の中から適当な言葉を選んで、（　　　）に入れなさい。（必要なら形を変えてください。）

a. 酸素（さんそ）	b. 下水（げすい）	c. 錆（さび）	d. 屑（くず）	e. 鉱物（こうぶつ）

❶ 高（たか）い山（やま）に登（のぼ）ると、（　　　　　　　　　）が薄（うす）くなって呼吸（こきゅう）が苦（くる）しくなる。

❷ 紙（かみ）（　　　　　　　　　）を捨（す）てるところがないので、各自（かくじ）持（も）って帰（かえ）ってください。

❸ 湿気（しっけ）と潮風（しおかぜ）のせいで、海辺（うみべ）の町（まち）の車（くるま）は、すぐ（　　　　　　　　　）が出（で）る。

❹ 今日（きょう）3時（じ）から（　　　　　　　　　）道（どう）の工事（こうじ）があるので、しばらく水道（すいどう）は使（つか）えない。

❺ この山（やま）では昔（むかし）から多（おお）くの（　　　　　　　　　）が採（と）れるそうだ。

Ⅱ [a～e]の中から適当な言葉を選んで、（　　　）に入れなさい。（必要なら形を変えてください。）

a. 粉（こな）	b. 地質（ちしつ）	c. ダイヤモンド	d. 水素（すいそ）	e. 固体（こたい）

❶ 氷（こおり）は、液体（えきたい）である水（みず）が凍（こお）って（　　　　　　　　　）になったものです。

❷ 抹茶（まっちゃ）は、緑茶（りょくちゃ）の一種（いっしゅ）の茶葉（ちゃば）を（　　　　　　　　　）にしたものです。

❸ 土地開発（とちかいはつ）の前（まえ）に、十分（じゅうぶん）な（　　　　　　　　　）調査（ちょうさ）を行（おこな）わなければならない。

❹ （　　　　　　　　　）で走（はし）る自動車（じどうしゃ）が発売（はつばい）されたが、売（う）れるだろうか。

❺ 結婚（けっこん）10年目（ねんめ）の記念（きねん）に（　　　　　　　　　）のネックレスをもらった。

Ⅲ [a～e]の中から適当な言葉を選んで、（　　　）に入れなさい。（必要なら形を変えてください。）

a. 毒（どく）	b. 花火（はなび）	c. 塊（かたまり）	d. 宝（たから）	e. 破片（はへん）

❶ 子（こ）どもは国（くに）の（　　　　　　　　　）として、社会全体（しゃかいぜんたい）で大切（たいせつ）に育（そだ）てていきたい。

❷ 車（くるま）のタイヤにガラスの（　　　　　　　　　）が刺（さ）さった。

❸ 熱（ねつ）を加（くわ）えてよく混（ま）ぜないと、砂糖（さとう）の（　　　　　　　　　）がなかなか溶（と）けませんよ。

❹ この植物（しょくぶつ）の（　　　　　　　　　）に当（あ）たったら、神経（しんけい）が麻痺（まひ）し無表情（むひょうじょう）になる。

❺ 雨天（うてん）のため本日（ほんじつ）の（　　　　　　　　　）大会（たいかい）は開催（かいさい）を見合（みあ）わせることとします。

◆ エネルギー、燃料　能源、燃料

あ 上げる	他下一・自下一 舉起，抬起，揚起，懸掛；（從船上）卸貨；增加；升遷；送入；表示做完；表示自謙

オイル【oil】	名 油，油類；油畫，油畫顏料；石油

すいじょうき 水蒸気	名 水蒸氣；霧氣，水霧

すいぶん 水分	名 物體中的含水量；（蔬菜水果中的）液體，含水量，汁

すいめん 水面	名 水面

せきたん 石炭	名 煤炭

せきゆ 石油	名 石油

だんすい 断水	名・他サ・自サ 斷水，停水

ちかすい 地下水	名 地下水

ちょくりゅう 直流	名・自サ 直流電；（河水）直流，沒有彎曲的河流；嫡系

でんりゅう 電流	名（理）電流

でんりょく 電力	名 電力

とうゆ 灯油	名 燈油；煤油

ばくはつ 爆発	名・自サ 爆炸，爆發

はつでん 発電	名・他サ 發電

ひ 灯	名 燈光，燈火

ほのお 炎	名 火焰，火苗

ようがん 溶岩	名（地）溶岩

◆ 原料、材料　原料、材料

げんりょう 原料	名 原料

コンクリート 【concrete】	名・形動 混凝土；具體的

ざいもく 材木	名 木材，木料

ざいりょう 材料	名 材料，原料；研究資料，數據

セメント 【cement】	名 水泥

どろ 泥	名・造語 泥土；小偷

ビタミン【vitamin】	名（醫）維他命，維生素

もくざい 木材	名 木材，木料

練 習

I [a～e]の中から適当な言葉を選んで、（　　　）に入れなさい。（必要なら形を変えてください。）

| a. オイル | b. セメント | c. 炎^{ほのお} | d. 電力^{でんりょく} | e. 材料^{ざいりょう} |

❶ 爆発^{ばくはつ}すると生石灰^{せいせっかい} に引火^{いんか}し、あたり一面^{いちめん}、（　　　　　　　　　　）の海^{うみ}となった。

❷ 夏^{なつ}はエアコンを使^{つか}う人^{ひと}が多^{おお}いので、（　　　　　　　　　　）の消費^{しょうひ}が心配^{しんぱい}される。

❸ 工場^{こうじょう}で働^{はたら}いている父^{ちち}の服^{ふく}からはいつも（　　　　　　　　　　）の匂^{にお}いがした。

❹ 工事現場^{こうじげんば}に（　　　　　　　　）を積^つんだトラックが入^{はい}っていった。

❺ 私^{わたし}の国^{くに}の料理^{りょうり}を作^{つく}りたいのですが、それには（　　　　　　　　　）が足^たりません。

II [a～e]の中から適当な言葉を選んで、（　　　）に入れなさい。（必要なら形を変えてください。）

| a. 発電^{はつでん} | b. 材木^{ざいもく} | c. 泥^{どろ} | d. 水蒸気^{すいじょうき} | e. 灯油^{とうゆ} |

❶ 雨^{あめ}の中^{なか}を歩^{ある}いたので、スニーカーが（　　　　　　　　　　）だらけになった。

❷ この町^{まち}には昔^{むかし}、（　　　　　　　　　　）問屋^{どんや}がたくさん並^{なら}んでいた。

❸ 最近^{さいきん}（　　　　　　　　）が値上^{ねあ}がりしているので、冬^{ふゆ}の暖房費^{だんぼうひ}が苦^{くる}しい。

❹ この大^{おお}きい船^{ふね}が（　　　　　　　　）で動^{うご}くなんて信^{しん}じられない。

❺ 太陽光^{たいようこう}（　　　　　　　　）をはじめとする再生可能^{さいせいかのう}エネルギーに期待^{きたい}する。

III [a～e]の中から適当な言葉を選んで、（　　　）に入れなさい。（必要なら形を変えてください。）

| a. 石油^{せきゆ} | b. 電流^{でんりゅう} | c. コンクリート | d. ビタミン | e. 水分^{すいぶん} |

❶ これからも（　　　　　　　　）の輸入量^{ゆにゅうりょう}はどんどん増^ふえていくと考^{かんが}えられる。

❷ 人^{ひと}の体^{からだ}にも弱^{よわ}い（　　　　　　　　）が流^{なが}れていることを知^しっていましたか。

❸ （　　　　　　　　）の欠乏^{けつぼう}は目^めや骨^{ほね}、神経等^{しんけいなど}の深刻^{しんこく}な病^{やまい}を招^{まね}く。

❹ 最近^{さいきん}、この辺^{あた}りは鉄筋^{てっきん}（　　　　　　　　）の高層^{こうそう}マンションが増^ふえた。

❺ 今日^{きょう}は気温^{きおん}が高^{たか}いので十分^{じゅうぶん}に（　　　　　　　　）をとった方^{ほう}がいい。

26 天体、気象 (1) 天體、氣象(1)

てんたい　　　　　きしょう

Track 26

◆ 天体　天體
てんたい

宇宙 うちゅう	(名)	宇宙；(哲)天地空間；天地古今
汚染 おせん	(名・自他サ)	污染
輝く かがや	(自五)	閃光，閃耀；洋溢；光榮，顯赫
観測 かんそく	(名・他サ)	觀察(事物)，(天體，天氣等)觀測
気圧 きあつ	(名)	氣壓；(壓力單位)大氣壓
気体 きたい	(名)	(理)氣體
きらきら	(副・自サ)	閃耀
ぎらぎら	(副・自サ)	閃耀(程度比きらきら還強)
高気圧 こうきあつ	(名)	高氣壓
光線 こうせん	(名)	光線
大気 たいき	(名)	大氣；空氣
三日月 みかづき	(名)	新月，月牙；新月形
満ちる み	(自上一)	充滿；月盈，月圓；(期限)滿，到期；漲潮

◆ さまざまな自然現象　各種自然現象
しぜんげんしょう

明るい あか	(形)	明亮的，光明的；開朗的，快活的；精通，熟悉
及ぼす およ	(他五)	波及到，影響到，使遭到，帶來
火災 かさい	(名)	火災
乾燥 かんそう	(名・自他サ)	乾燥；枯燥無味

清い きよ	(形)	清澈的，清潔的；(內心)暢快的，問心無愧的；正派的，光明磊落；乾脆
霧 きり	(名)	霧，霧氣；噴霧
砕ける くだ	(自下一)	破碎，粉碎
曇る くも	(自五)	陰天，朦朧
現象 げんしょう	(名)	現象
錆びる さ	(自上一)	生鏽，長鏽；(聲音)蒼老
湿る しめ	(自五)	受潮，濡濕；(火)熄滅，(勢頭)漸消
霜 しも	(名)	霜；白髮
重力 じゅうりょく	(名)	(理)重力
蒸気 じょうき	(名)	蒸汽
蒸発 じょうはつ	(名・自サ)	蒸發，汽化；(俗)失蹤，出走，去向不明，逃之夭夭
接近 せっきん	(名・自サ)	接近，靠近；親密，親近，密切
増水 ぞうすい	(名・自サ)	氾濫，漲水
備える そな	(他下一)	準備，防備；配置，裝置；天生具備
天然 てんねん	(名)	天然，自然
土砂崩れ どしゃくず	(名)	土石流
突風 とっぷう	(名)	突然颳起的暴風
成る な	(自五)	成功，完成；組成，構成；允許，能忍受

濁る にご	自五 混濁，不清晰；（聲音）嘶啞；（顏色）不鮮明；（心靈）污濁，起邪念	防ぐ ふせ	他五 防禦，防守，防止；預防，防備
虹 にじ	名 虹，彩虹	噴火 ふんか	名・自サ 噴火
反映 はんえい	名・自サ・他サ （光）反射；反映	法則 ほうそく	名 規律，定律；規定，規則
ぴかぴか	副・自サ 雪亮地；閃閃發亮的	万一 まんいち	名・副 萬一
独りでに ひと	副 自行地，自動地，自然而然地	湧く わ	自五 湧出；產生（某種感情）；大量湧現

練 習

Ⅰ [a～e]の中から適当な言葉を選んで、（　　）に入れなさい。（必要なら形を変えてください。）

a. 大気 たいき	b. 光線 こうせん	c. 蒸気 じょうき	d. 天然 てんねん	e. 気圧 きあつ

❶ （　　　　　）機関車が煙を吐きながら走っていたのは、昔のことだ。

❷ 山の（　　　　　）を胸いっぱいに吸い込んだら、気分がよかった。

❸ このテーブルと椅子は、全部（　　　　　）の木で作られている。

❹ 太陽の（　　　　　）が湖にキラキラ反射してとてもまぶしい。

❺ 関東地方は高（　　　　　）に覆われて、晴れの日が続いている。

Ⅱ [a～e]の中から適当な言葉を選んで、（　　）に入れなさい。（必要なら形を変えてください。）

a. 錆びる さ	b. 満ちる み	c. 濁る にご	d. 曇る くも	e. 輝く かがや

❶ この地域は工場が多いので、煙で空気が（　　　　　）いる。

❷ 仕事の帰り、夜空を見上げると満月が（　　　　　）いた。

❸ 潮が（　　　　　）、浜辺で脱いだサンダルが流されてしまった。

❹ 午後になって（　　　　　）きたので、急いで洗濯物を取り込んだ。

❺ ずっと野外に自転車を放置していたら、すっかり（　　　　　）しまった。

27 天体、気象 (2)
てんたい きしょう

天體、氣象 (2)

◆ 気象、天気、気候　氣象、天氣、氣候
きしょう てんき きこう

明け方 あ がた	(名) 黎明，拂曉
暖かい あたた	(形) 溫暖，暖和；熱情，熱心； 和睦；充裕，手頭寬裕
嵐 あらし	(名) 風暴，暴風雨
勢い いきお	(名) 勢，勢力；氣勢，氣焰
一層 いっそう	(副) 更，越發
穏やか おだ	(形動) 平穩；溫和，安詳；穩妥， 穩當
劣る おと	(自五) 劣，不如，不及，比不上
温暖 おんだん	(名・形動) 溫暖
快晴 かいせい	(名) 晴朗，晴朗無雲
格別 かくべつ	(副) 特別，顯著，格外；姑且不 論
雷 かみなり	(名) 雷；雷神；大發雷霆的人
気温 き おん	(名) 氣溫
気候 き こう	(名) 氣候
強風 きょうふう	(名) 強風
愚図つく ぐ ず	(自五) 陰天；動作遲緩拖延
崩れる くず	(自下一) 崩潰；散去；潰敗，粉 碎
凍える こご	(自下一) 凍僵
差す さ	(他五・助動・五型) 指，指示；使， 叫，令，命令做…
寒さ さむ	(名) 寒冷

爽やか さわ	(形動) (心情、天氣) 爽朗的，清 爽的；(聲音、口齒) 鮮明的， 清楚的，巧妙的
直 じき	(名・副) 直接；(距離) 很近，就 在眼前；(時間) 立即，馬上
静まる しず	(自五) 變平靜；平靜，平息；減 弱；平靜的 (存在)
沈む しず	(自五) 沉沒，沈入；西沈，下山； 消沈，落魄，氣餒；沈淪
照る て	(自五) 照耀，曬，晴天
天候 てんこう	(名) 天氣，天候
日光 にっこう	(名) 日光，陽光；日光市
にわか	(名・形動) 突然，驟然；立刻，馬 上；一陣子，臨時，暫時
梅雨 ばい う	(名) 梅雨
晴れ は	(名) 晴天；隆重；消除嫌疑
日当たり ひ あ	(名) 採光，向陽處
日陰 ひ かげ	(名) 陰涼處，背陽處；埋沒人間； 見不得人
日差し ひ ざ	(名) 陽光照射，光線
日の入り ひ い	(名) 日暮時分，日落，黃昏
日の出 ひ で	(名) 日出 (時分)
日除け ひ よ	(名) 遮陽；遮陽光的遮棚
吹雪 ふぶき	(名) 暴風雪
ふわっと	(副・自サ) 輕軟蓬鬆貌；輕飄貌
舞う ま	(自五) 飛舞；舞蹈

めっきり	副 變化明顯，顯著的，突然，劇烈	**夕日**（ゆうひ）	名 夕陽
物凄い（ものすごい）	形 可怕的，恐怖的，令人恐懼的；猛烈的，驚人的	**予報**（よほう）	名・他サ 預報
夕立（ゆうだち）	名 雷陣雨	**落雷**（らくらい）	名・自サ 打雷，雷擊

27 天體、氣象 (2)

練習

Ⅰ [a～e]の中から適当な言葉を選んで、（　　）に入れなさい。（必要なら形を変えてください。）

a. 嵐（あらし）	b. 吹雪（ふぶき）	c. 雷（かみなり）	d. 快晴（かいせい）	e. 夕日（ゆうひ）

❶ こんな（　　　　　　　）の日に船を出すのは危険すぎるからやめよう。

❷ 雨が続いていたが、スポーツ大会が行われた日は（　　　　　）だった。

❸ 昨日は家の近所に（　　　　　）が落ちたらしく、大きな音がして驚いた。

❹ （　　　　　）が沈み、真っ暗になったから、やはり帰ろう。

❺ 高速道路が（　　　　　）のため通行止めになっています。

Ⅱ [a～e]の中から適当な言葉を選んで、（　　）に入れなさい。（必要なら形を変えてください。）

a. 日陰（ひかげ）	b. 夕立（ゆうだち）	c. 勢い（いきお）	d. 明け方（あけがた）	e. 梅雨（つゆ）

❶ 今朝は（　　　　　）まで勉強をしていたのでとても眠い。

❷ 台風が近づいているせいか風の（　　　　　）が激しくなってきた。

❸ それは日に当たると黄色くなっちゃうので、（　　　　　）で干しておいた。

❹ 激しい（　　　　　）が上がって雲が切れると、山が姿を現した。

❺ （　　　　　）時は部屋が湿気て、黴が生えそうだ。

28 地理、場所 (1)

ちり ばしょ

地理、地方 (1)

◆ 地理 (1) 地理 (1)

泉 いずみ	㊂ 泉，泉水；泉源；話題
緯度 いど	㊂ 緯度
運河 うんが	㊂ 運河
丘 おか	㊂ 丘陵，山崗，小山
溺れる おぼれる	㉕自下一 溺水，淹死；沉溺於，迷戀於
温泉 おんせん	㊂ 溫泉
貝 かい	㊂ 貝類
海洋 かいよう	㊂ 海洋
火口 かこう	㊂ (火山)噴火口；(爐灶等)爐口
火山 かざん	㊂ 火山
岸 きし	㊂ 岸，岸邊；崖
旧跡 きゅうせき	㊂ 古蹟
経度 けいど	㊂ (地)經度
険しい けわしい	㊒ 陡峭，險峻；險惡，危險；(表情等)嚴肅，可怕，粗暴
耕地 こうち	㊂ 耕地
越す・超す こす・こす	㉕自他五 越過，跨越，渡過；超越，勝於；過，度過；遷居，轉移
砂漠 さばく	㊂ 沙漠
山林 さんりん	㊂ 山上的樹林；山和樹林
地盤 じばん	㊂ 地基，地面；地盤，勢力範圍

地面 じめん	㊂ 地面，地表；土地，地皮，地段
森林 しんりん	㊂ 森林
水平線 すいへいせん	㊂ 水平線；地平線
赤道 せきどう	㊂ 赤道
全国 ぜんこく	㊂ 全國
大陸 たいりく	㊂ 大陸，大洲；(日本指)中國；(英國指)歐洲大陸
滝 たき	㊂ 瀑布
谷 たに	㊂ 山谷，山澗，山洞
谷底 たにぞこ	㊂ 谷底
ダム【dam】	㊂ 水壩，水庫，攔河壩，堰堤
淡水 たんすい	㊂ 淡水

練 習

Ⅰ [a〜e]の中から適当な言葉を選んで、(　　　)に入れなさい。(必要なら形を変えてくだ
さい。)

a. ダム	b. 泉^{いずみ}	c. 砂漠^{さばく}	d. 丘^{おか}	e. 火口^{かこう}

❶ この (　　　　　　　　　) の水^{みず}はおいしいので大勢^{おおぜい}の人^{ひと}が遠^{とお}くから飲^のみに来^くる。

❷ 富士山^{ふじさん}は山腹^{やまぷく}にも昔^{むかし}の (　　　　　　　　　) がある。

❸ (　　　　　　　　　) は昼^{ひる}は暑^{あつ}いですが、夜^{よる}になるとぐっと気温^{きおん}が下^さがります。

❹ 晴^はれた日^ひに (　　　　　　　　) の上^{うえ}から町^{まち}を見下^{みお}ろすと、とても気分^{きぶん}がいい。

❺ この辺^{あた}りは昔洪水被害^{むかしこうずいひがい}が大^{おお}きかったため、この川^{かわ}の上流^{じょうりゅう}に (　　　　　　　) が建設^{けんせつ}さ
れた。

Ⅱ [a〜e]の中から適当な言葉を選んで、(　　　)に入れなさい。(必要なら形を変えてくだ
さい。)

a. 大陸^{たいりく}	b. 淡水^{たんすい}	c. 谷底^{たにぞこ}	d. 耕地^{こうち}	e. 火山^{かざん}

❶ 日本^{にほん}には多^{おお}くの (　　　　　　　　　) がありますが、富士山^{ふじさん}もその一^{ひと}つです。

❷ 野菜^{やさい}などの生産量^{せいさんりょう}を今^{いま}より増^ふやすためには広^{ひろ}い (　　　　　　　) が必要^{ひつよう}だ。

❸ 一般的^{いっぱんてき}には、地球上^{ちきゅうじょう}には六^{むっ}つの (　　　　　　　　) があると言^いわれている。

❹ そのニュースを聞^きいて、(　　　　　　　　) に落^おとされたような気^きがした。

❺ 山^{やま}のホテルで、珍^{めずら}しい (　　　　　　　) 魚^{ぎょ}の料理^{りょうり}が出^だされた。

Ⅲ [a〜e]の中から適当な言葉を選んで、(　　　)に入れなさい。(必要なら形を変えてくだ
さい。)

a. 緯度^{いど}	b. 地盤^{じばん}	c. 赤道^{せきどう}	d. 滝^{たき}	e. 貝^{かい}

❶ この川^{かわ}の100メートルほど先^{さき}のきれいな (　　　　　　　　) で写真^{しゃしん}を撮^とろう。

❷ パーティで新鮮^{しんせん}な魚^{さかな}や (　　　　　　　) の刺身^{さしみ}をたくさん食^たべた。

❸ この近所^{きんじょ}は (　　　　　　　) がしっかりしているので地震^{じしん}が来^きても安心^{あんしん}だ。

❹ この国^{くに}は (　　　　　　) が高^{たか}いため、夏^{なつ}は夜遅^{よるおそ}くまで明^{あか}るい。

❺ (　　　　　　) の近^{ちか}いほど、紫外線^{しがいせん}が強^{つよ}い。

29 地理、場所 (2)
地理、地方 (2)

◆ 地理 (2)　地理 (2)

地 ち	(名) 大地，地球，地面；土壤，土地；地表；場所；立場，地位
地平線 ち へいせん	(名)(地) 地平線
地名 ち めい	(名) 地名
頂上 ちょうじょう	(名) 山頂，峰頂；極點，頂點
頂点 ちょうてん	(名)(數) 頂點；頂峰，最高處；極點，絕頂
土 つち	(名) 土地，大地；土壤，土質；地面，地表；地面土，泥土
釣り橋・吊り橋 つ ばし　つ ばし	(名) 吊橋
島 とう	(名) 島嶼
峠 とうげ	(名) 山路最高點（從此點開始下坡），山巔；頂部，危險期，關頭
灯台 とうだい	(名) 燈塔
飛び込む と こ	(自五) 跳進；飛入；突然闖入；（主動）投入，加入
眺め なが	(名) 眺望，瞭望；（眺望的）視野，景致，景色
眺める なが	(他下一) 眺望；凝視，注意看；（商）觀望
流れ なが	(名) 水流，流動；河流，流水；潮流，趨勢；血統，派系，（藝術的）風格
波 なみ	(名) 波浪，波濤；波瀾，風波；聲波；電波；潮流，浪潮；起伏，波動
野 の	(名・漢造) 原野；田地，田野；野生的
野原 の はら	(名) 原野

原 はら	(名) 平原，平地；荒原，荒地
半島 はんとう	(名) 半島
風景 ふうけい	(名) 風景，景致；情景，光景，狀況；（美術）風景
故郷 ふるさと	(名) 老家，故郷
平野 へいや	(名) 平原
盆地 ぼんち	(名)(地) 盆地
岬 みさき	(名)(地) 海角，岬
見慣れる みな	(自下一) 看慣，眼熟，熟識
陸 りく	(名・漢造) 陸地，旱地；陸軍的通稱
流域 りゅういき	(名) 流域
列島 れっとう	(名)(地) 列島，群島

練 習

Ⅰ [a～e]の中から適当な言葉を選んで、(　　　)に入れなさい。(必要なら形を変えてくだ
さい。)

| a. 波<ruby>波<rt>なみ</rt></ruby> | b. 峠<ruby>峠<rt>とうげ</rt></ruby> | c. 野原<ruby>野原<rt>のはら</rt></ruby> | d. 故郷<ruby>故郷<rt>こきょう</rt></ruby> | e. 灯台<ruby>灯台<rt>とうだい</rt></ruby> |

❶ (　　　　　　　　)でクローバーの花を摘んで、冠を作った。

❷ ここの海は(　　　　　　　　)が荒いので、日によっては道路全体がかぶる。

❸ (　　　　　　　　)の光は、今もなお夜の航海の助けになっている。

❹ この仕事は今日が(　　　　　　　　)だから、みんなで力を合わせて頑張ろう。

❺ 彼女にとって(　　　　　　　　)の思い出は何よりも大切なものだった。

Ⅱ [a～e]の中から適当な言葉を選んで、(　　　)に入れなさい。(必要なら形を変えてくだ
さい。)

| a. 岬<ruby>岬<rt>みさき</rt></ruby> | b. 頂上<ruby>頂上<rt>ちょうじょう</rt></ruby> | c. 地<ruby>地<rt>ち</rt></ruby> | d. 盆地<ruby>盆地<rt>ぼんち</rt></ruby> | e. 半島<ruby>半島<rt>はんとう</rt></ruby> |

❶ (　　　　　　　　)には灯台があり、視野が開けてとにかく美しい。

❷ 山の(　　　　　　　　)から美しい景色を見下ろしたら、気持ちがすっきりした。

❸ 自然の豊かなこの(　　　　　　　　)でとれた野菜はとてもおいしい。

❹ 12日には台風19号が伊豆(　　　　　　　　)に上陸し、関東平野を縦断した。

❺ (　　　　　　　　)になっているA市では、雨や台風の被害が少なく安心して暮らすこ
とができます。

Ⅲ [a～e]の中から適当な言葉を選んで、(　　　)に入れなさい。(必要なら形を変えてくだ
さい。)

| a. 吊り橋<ruby>吊り橋<rt>つりばし</rt></ruby> | b. 列島<ruby>列島<rt>れっとう</rt></ruby> | c. 流域<ruby>流域<rt>りゅういき</rt></ruby> | d. 地平線<ruby>地平線<rt>ちへいせん</rt></ruby> | e. 陸<ruby>陸<rt>りく</rt></ruby> |

❶ 宇宙から撮影された夜の日本(　　　　　　　　)は美しい。

❷ (　　　　　　　　)に揚げられた荷物は、大型トラックで東京まで運ばれる。

❸ ここは江合川の(　　　　　　　　)に広がる水田農業地帯として発展してきた。

❹ 川をわたるとき、(　　　　　　　　)がゆらゆら揺れてとても怖かった。

❺ バスに乗っているとき、窓から(　　　　　　　　)に沈む夕日が見えた。

30 地理、場所 (3) 地理、地方 (3)

◆ 地域、範囲 (1) 地域、範圍 (1)

あちこち	代 這兒那兒，到處	**空中**	名 空中，天空
あちらこちら	代 到處，四處；相反，顛倒	**郡**	名（地方行政區之一）郡
至る	自五 到，來臨；達到；周到	**国境**	名 國境，邊境，邊界
欧米	名 歐美	**際**	名・漢造 時候，時機，在…的狀況下；彼此之間，交接；交際，會晤；邊際
沖	名（離岸較遠的）海面，海上；湖心；（日本中部方言）寬闊的田地、原野	**境**	名 界線，疆界，交界；境界，境地；分界線，分水嶺
屋外	名 戶外	**敷地**	名 建築用地，地皮；房屋地基
温帯	名 溫帶	**州**	漢造 大陸，州
外	接尾・漢造 以外，之外；外側，外面，外部；妻方親戚；除外	**周囲**	名 周圍，四周；周圍的人，環境
海外	名 海外，國外	**周辺**	名 周邊，四周，外圍
拡充	名・他サ 擴充	**首都**	名 首都
拡大	名・自他サ 擴大，放大	**首都圏**	名 首都圈
各地	名 各地		
拡張	名・他サ 擴大，擴張		
箇所	名・接尾（特定的）地方；（單位量詞）處		
関西	名 日本關西地區（以京都、大阪為中心的地帶）		
寒帯	名 寒帶		
関東	名 日本關東地區（以東京為中心的地帶）		
境界	名 境界，疆界，邊界		
区域	名 區域		

練習

Ⅰ [a～e]の中から適当な言葉を選んで、（　）に入れなさい。（必要なら形を変えてください。）

a. 区域 く いき	b. 周囲 しゅう い	c. 首都 しゅ と	d. 境 さかい	e. 敷地 しき ち

❶ マンションの（　　　　　　　　）内に車を止めさせてもらってもいいですか。

❷ 隣の家との（　　　　　　　　）目に、白い花が咲く木を 10 本ほど植えた。

❸ 駅の（　　　　　　　　）には新しい高層ビルが次々に建てられている。

❹ 東京は、現在、日本の（　　　　　　　　）ですが、昔は京都が（　　　　　　　）でした。

❺ ここから先は危険（　　　　　　　　）なので立ち入らないでください。

Ⅱ [a～e]の中から適当な言葉を選んで、（　）に入れなさい。（必要なら形を変えてください。）

a. 海外 かいがい	b. 各地 かく ち	c. 空中 くうちゅう	d. 沖 おき	e. 寒帯 かんたい

❶ （　　　　　　　　）では樹木は育たず、その他の植物や動物の種類も少ない。

❷ その選手の（　　　　　　　　）回転はとても美しく、高い点数がつけられた。

❸ 夏になると（　　　　　　　　）で花火大会が開かれ、大勢の人が集まる。

❹ 小学生の子どもを一人で（　　　　　　　）に行かせるのは心配だ。

❺ 台風のせいで船が（　　　　　　　　）に出られないので、村の人たちは困っている。

Ⅲ [a～e]の中から適当な言葉を選んで、（　）に入れなさい。（必要なら形を変えてください。）

a. 州 しゅう	b. 欧米 おうべい	c. 境界 きょうかい	d. 箇所 か しょ	e. 屋外 おくがい

❶ 数学の試験で間違った（　　　　　　　）の解き方を友だちに教えてもらった。

❷ 兵士たちはついに（　　　　　　　）線を越え、戦いが始まった。

❸ この映画は、アメリカのジョージア（　　　　　　　）が舞台になっている。

❹ この会社では（　　　　　　　）だけでなく世界中の社員が働いている。

❺ 子どもはなるべく毎日、（　　　　　　　）で遊ばせたほうがいい。

31 地理、場所 (4) 地理、地方 (4)

◆ 地域、範囲 (2) 地域、範圍 (2)

上京 じょうきょう	(名・自サ) 進京，到東京去
地域 ちいき	(名) 地區
地帯 ちたい	(名) 地帶，地區
丁目 ちょうめ	(結尾) (街巷區劃單位) 段，巷，條
都 と	(名・漢造) 首都；「都道府縣」之一的行政單位，都市；東京都
都会 とかい	(名) 都會，城市，都市
特定 とくてい	(名・他サ) 特定；明確指定，特別指定
都心 としん	(名) 市中心
南極 なんきょく	(名) (地) 南極；(理) 南極 (磁針指南的一端)
南米 なんべい	(名) 南美洲
南北 なんぼく	(名) (方向) 南與北；南北
日本 にほん	(名) 日本
熱帯 ねったい	(名) (地) 熱帶
番地 ばんち	(名) 門牌號碼；住址
人込み・人混み ひとごみ ひとごみ	(名) 人潮擁擠 (的地方)，人山人海
付近 ふきん	(名) 附近，一帶
部分 ぶぶん	(名) 部分
分布 ぶんぷ	(名・自サ) 分布，散布
分野 ぶんや	(名) 範圍，領域，崗位，戰線

北極 ほっきょく	(名) 北極
都 みやこ	(名) 京城，首都；大都市，繁華的都市
ヨーロッパ 【Europe】	(名) 歐洲

◆ 場所、空間 地方、空間

空き あき	(名) 空隙，空白；閒暇；空缺
下町 したまち	(名) (普通百姓居住的) 小工商業區；(都市中) 低窪地區
真空 しんくう	(名) 真空；(作用、勢力達不到的) 空白，真空狀態
転々 てんてん	(副・自サ) 轉來轉去，輾轉，不斷移動；滾轉貌，咕嚕咕嚕地轉
東西 とうざい	(名) (方向) 東和西；(國家) 東方和西方；方向；事理，道理
どこか	(連語) 某處，某個地方
土地 とち	(名) 土地，耕地；土壤，土質；某地區，當地；地面；地區
懐かしい なつ	(形) 懷念的，思慕的，令人懷念的；眷戀，親近的
場 ば	(名) 場所，地方；座位；(戲劇) 場次；場合
バック【back】	(名・自サ) 後面，背後；背景；後退，倒車；金錢的後備，援助；靠山
広場 ひろば	(名) 廣場；場所
広々 ひろびろ	(副・自サ) 寬闊的，遼闊的
方々 ほうぼう	(名・副) 各處，到處

方面 ほうめん	图 方面，方向；領域	**名所** めいしょ	图 名勝地，古蹟
街角 まちかど	图 街角，街口，拐角	**他所** よそ	图 別處，他處；遠方；別的，其他的；不顧，無視，漠不關心
無限 むげん	名・形動 無限，無止境	**両面** りょうめん	图（表裡或內外）兩面；兩個方面
向こう側 む　　　がわ	图 對面；對方		

練習

I [a〜e]の中から適当な言葉を選んで、（　　）に入れなさい。（必要なら形を変えてください。）

a. 下町 したまち	b. 都 みやこ	c. 付近 ふきん	d. 都心 としん	e. 名所 めいしょ

❶（　　　　　　　　　　）は物価が安く住みやすいだけでなく、人の心も温かい。

❷ ここはバードウォッチングの（　　　　　　　　）として名高い沼だ。

❸ 中学生の頃から、ずっと（　　　　　　　　）で働きたいと思っていた。

❹ 警官が（　　　　　　　）一帯を捜索したが、手掛かりは得られなかった。

❺ 夕方から音楽の（　　　　　　　）ウィーンを徒歩観光した。

II [a〜e]の中から適当な言葉を選んで、（　　）に入れなさい。（必要なら形を変えてください。）

a. よそ	b. 広場 ひろば	c. ヨーロッパ	d. 北極 ほっきょく	e. 地帯 ちたい

❶（　　　　　　　　）大陸が海の向こう側にある。

❷ 温暖化によって、2040年には（　　　　　　　　）圏の氷がなくなる可能性があるという。

❸ 明るい奥さんと対照的に旦那さんが無口で、終始（　　　　　　　）を向いていた。

❹ 敵が近づいてきたので、みんなで安全（　　　　　　　）に逃げた。

❺ 警察はデモ隊が（　　　　　　　）に集まるのを妨げた。

32 地理、場所 (5)
ちり　　　ばしょ

地理、地方 (5)

◆ 方向、位置　方向、位置
ほうこう　いち

上がる あ	(自五・他五・接尾)（效果，地位，價格等）上升，提高；上，登，進入；上漲；提高，加薪；吃，喝，吸(煙)；表示完了
後 あと	(名)（地點、位置）後面，後方；（時間上）以後；（距現在）以前；（次序）之後，其後；以後的事；結果，後果；其餘，此外；子孫，後人
位置 いち	(名・自サ) 位置，場所；立場，遭遇；位於
下降 かこう	(名・自サ) 下降，下沉
上 かみ	(名・漢造) 上邊，上方，上游，上半身；以前，過去；開始，起源於；統治者，主人；京都；上座；（從觀眾看）舞台右側
逆 ぎゃく	(名・漢造) 反，相反，倒；叛逆
下 げ	(名) 下等；（書籍的）下卷
逆さ さか	(名)（「さかさま」的略語）逆，倒，顛倒，相反
逆様 さかさま	(名・形動) 逆，倒，顛倒，相反
遡る さかのぼ	(自五) 溯，逆流而上；追溯，回溯
左右 さゆう	(名・他サ) 左右方；身邊，旁邊；左右其詞，支支吾吾；（年齡）大約，上下；掌握，支配，操縱
水平 すいへい	(名・形動) 水平；平衡，穩定，不升也不降
前後 ぜんご	(名・自サ・接尾)（空間與時間）前和後，前後；相繼，先後；前因後果
先端 せんたん	(名) 頂端，尖端；時代的尖端，時髦，流行，前衛
先頭 せんとう	(名) 前頭，排頭，最前列
沿い そ	(造語) 順，延
逸れる そ	(自下一) 偏離正軌，歪向一旁；不合調，走調；走向一邊，轉過去
平ら たい	(名・形動) 平，平坦；（山區的）平原，平地；（非正坐的）隨意坐，盤腿坐；平靜，坦然
地点 ちてん	(名) 地點
中央 ちゅうおう	(名) 中心，正中；中心，中樞；中央，首都
中間 ちゅうかん	(名) 中間，兩者之間；（事物進行的）中途，半路
直線 ちょくせん	(名) 直線
通過 つうか	(名・自サ) 通過，經過；（電車等）駛過；（議案、考試等）通過，過關，合格
到着 とうちゃく	(名・自サ) 到達，抵達
退く ど	(自五) 讓開，離開，躲開
退ける ど	(他下一) 移開
なだらか	(形動) 平緩，坡度小，平滑；平穩，順利；流暢
斜 はす	(名)（方向）斜的，歪斜
反 はん	(名・漢造) 反，反對；（哲）反對命題；犯規；反覆
左側 ひだりがわ	(名) 左邊，左側
引っくり返る ひ　　かえ	(自五) 翻倒，顛倒，翻過來；逆轉，顛倒過來

<ruby>縁<rt>ふち</rt></ruby>	(名) 邊緣，框，檐，旁側	<ruby>向<rt>む</rt></ruby>かう	(自五) 向著，朝著；面向；往…去，向…去；趨向，轉向
<ruby>振<rt>ふ</rt></ruby>り<ruby>向<rt>む</rt></ruby>く	(自五)（向後）回頭過去看；回顧，理睬	<ruby>向<rt>む</rt></ruby>き	(名) 方向；適合，合乎；認真，慎重其事；傾向，趨向；（該方面的）人，人們
<ruby>平行<rt>へいこう</rt></ruby>	(名・自サ)（數）平行；並行	<ruby>目印<rt>めじるし</rt></ruby>	(名) 目標，標記，記號
<ruby>方角<rt>ほうがく</rt></ruby>	(名) 方向，方位	<ruby>戻<rt>もど</rt></ruby>す	(自五・他五) 退還，歸還；送回，退回；使倒退；（經）市場價格急遽回升
<ruby>方向<rt>ほうこう</rt></ruby>	(名) 方向；方針		
<ruby>曲<rt>ま</rt></ruby>がり<ruby>角<rt>かど</rt></ruby>	(名) 街角；轉折點	<ruby>矢印<rt>やじるし</rt></ruby>	(名)（標示去向、方向的）箭頭，箭形符號
<ruby>真<rt>ま</rt></ruby>ん<ruby>前<rt>まえ</rt></ruby>	(名) 正前方		
<ruby>右側<rt>みぎがわ</rt></ruby>	(名) 右側，右方	<ruby>両端<rt>りょうたん</rt></ruby>	(名) 兩端

32 地理、地方 (5)

練習

Ⅰ [a〜e]の中から適当な言葉を選んで、(　　　)に入れなさい。（必要なら形を変えてください。）

a. <ruby>沿<rt>そ</rt></ruby>い	b. <ruby>縁<rt>ふち</rt></ruby>	c. <ruby>矢印<rt>やじるし</rt></ruby>	d. <ruby>斜<rt>ななめ</rt></ruby>	e. <ruby>先端<rt>せんたん</rt></ruby>

❶ <ruby>標識<rt>ひょうしき</rt></ruby>の (　　　　　　　) の方向に<ruby>進<rt>すす</rt></ruby>んで<ruby>歩道橋<rt>ほどうきょう</rt></ruby>を<ruby>渡<rt>わた</rt></ruby>ると<ruby>海<rt>うみ</rt></ruby>が<ruby>見<rt>み</rt></ruby>えます。

❷ テーブルには (　　　　　　　) にレースの<ruby>付<rt>つ</rt></ruby>いたテーブルクロスが<ruby>掛<rt>か</rt></ruby>かっていた。

❸ <ruby>会社<rt>かいしゃ</rt></ruby>の (　　　　　　) <ruby>向<rt>む</rt></ruby>かいにカレー<ruby>屋<rt>や</rt></ruby>さんができて<ruby>嬉<rt>うれ</rt></ruby>しい。

❹ <ruby>私<rt>わたし</rt></ruby>は (　　　　　) <ruby>科学<rt>かがく</rt></ruby>について<ruby>学<rt>まな</rt></ruby>ぶために<ruby>日本<rt>にほん</rt></ruby>に<ruby>留学<rt>りゅうがく</rt></ruby>しました。

❺ <ruby>線路<rt>せんろ</rt></ruby> (　　　　　) にどこまでも<ruby>歩<rt>ある</rt></ruby>いていくと、<ruby>兄<rt>あに</rt></ruby>の<ruby>家<rt>いえ</rt></ruby>に<ruby>着<rt>つ</rt></ruby>くかもしれない。

Ⅱ [a〜e]の中から適当な言葉を選んで、(　　　)に入れなさい。（必要なら形を変えてください。）

a. どける	b. <ruby>遡<rt>さかのぼ</rt></ruby>る	c. <ruby>戻<rt>もど</rt></ruby>す	d. どく	e. <ruby>逸<rt>そ</rt></ruby>れる

❶ <ruby>台風<rt>たいふう</rt></ruby>の<ruby>進路<rt>しんろ</rt></ruby>は<ruby>台湾<rt>たいわん</rt></ruby>を (　　　　　　　)、<ruby>上陸<rt>じょうりく</rt></ruby>する<ruby>心配<rt>しんぱい</rt></ruby>がなくなった。

❷ <ruby>通行<rt>つうこう</rt></ruby>の<ruby>邪魔<rt>じゃま</rt></ruby>になるので、そこを (　　　　　　) ください。

❸ <ruby>使用<rt>しよう</rt></ruby>したテーブルと<ruby>椅子<rt>いす</rt></ruby>は、<ruby>元<rt>もと</rt></ruby>の<ruby>場所<rt>ばしょ</rt></ruby>に (　　　　　　) ください。

❹ <ruby>強風<rt>きょうふう</rt></ruby>で<ruby>道路<rt>どうろ</rt></ruby>に<ruby>倒<rt>たお</rt></ruby>れた<ruby>木<rt>き</rt></ruby>を (　　　　　　)、<ruby>車<rt>くるま</rt></ruby>が<ruby>通<rt>とお</rt></ruby>れるようにした。

❺ <ruby>川<rt>かわ</rt></ruby>をボートで5<ruby>時間<rt>じかん</rt></ruby>ほど (　　　　　　) と、<ruby>川<rt>かわ</rt></ruby>の<ruby>源流<rt>げんりゅう</rt></ruby>にたどり<ruby>着<rt>つ</rt></ruby>く。

69

33 施設、機関 (1)
設施、機關單位 (1)

◆ 施設、機関　設施、機關單位

会員 かいいん	(名) 會員
会館 かいかん	(名) 會館
係・係り かかり　かか	(名) 負責擔任某工作的人；關聯，牽聯
貸し出し か　だ	(名)（物品的）出借，出租；（金錢的）貸放，借出
官庁 かんちょう	(名) 政府機關
機関 き かん	(名)（組織機構的）機關，單位；（動力裝置）機關
企業 き ぎょう	(名) 企業；籌辦事業
見学 けんがく	(名・他サ) 參觀
建築 けんちく	(名・他サ) 建築，建造
高層 こうそう	(名) 高空，高氣層；高層
国立 こくりつ	(名) 國立
小屋 こ や	(名) 簡陋的小房，茅舍；（演劇、馬戲等的）棚子；畜舍
設備 せつ び	(名・他サ) 設備，裝設，裝設
センター【center】	(名) 中心機構；中心區；（棒球）中場
倉庫 そう こ	(名) 倉庫，貨棧
出入り口 で い ぐち	(名) 出入口
柱 はしら	(名・接尾)（建）柱子；支柱；（轉）靠山
噴水 ふんすい	(名) 噴水；（人工）噴泉
役所 やくしょ	(名) 官署，政府機關

◆ 病院　醫院

医療 い りょう	(名) 醫療
衛生 えいせい	(名) 衛生
休診 きゅうしん	(名・他サ) 停診
休養 きゅうよう	(名・自サ) 休養
外科 げ か	(名)（醫）外科
診察 しんさつ	(名・他サ)（醫）診察，診斷
診断 しんだん	(名・他サ)（醫）診斷；判斷
整形 せいけい	(名) 整形
内科 ない か	(名)（醫）內科
フリー【free】	(名・形動) 自由，無拘束，不受限制；免費；無所屬；自由業
見舞い み ま	(名) 探望，慰問；蒙受，挨（打），遭受（不幸）
見舞う み ま	(他五) 訪問，看望；問候，探望；遭受，蒙受（災害等）
輸血 ゆ けつ	(名・自サ)（醫）輸血

練　習

Ⅰ [a～e]の中から適当な言葉を選んで、(　　　)に入れなさい。（必要なら形を変えてください。）

a. 設備 せつび	b. 小屋 こや	c. 貸し出し かだ	d. 柱 はしら	e. 倉庫 そうこ

❶ 山(やま)(　　　　　　　)のトイレは水洗(すいせん)ではないが、トイレがあるだけ有難(ありがた)い。

❷ この椅子(いす)は当分(とうぶんつか)使わないので(　　　　　　　)に入(い)れておきましょう。

❸ このマンションは(　　　　　　　)が整(ととの)っている。

❹ 幼稚園(ようちえん)のとき、母(はは)は、家(いえ)の(　　　　　　　)に私(わたし)の身長(しんちょう)を記(しる)した。

❺ ここに置(お)いてあるマンガは全部(ぜんぶ)(　　　　　　　)用(よう)のものです。

Ⅱ [a～e]の中から適当な言葉を選んで、(　　　)に入れなさい。（必要なら形を変えてください。）

a. センター	b. 官庁 かんちょう	c. 医療 いりょう	d. 企業 きぎょう	e. 会館 かいかん

❶ 駅(えきちか)の近くの新(あたら)しい市民(しみん)(　　　　　　　)でクラシックのコンサートが開(ひら)かれた。

❷ 日本(にほん)の経済(けいざい)を支(ささ)えているのは大(だい)(　　　　　　)より中小(ちゅうしょう)(　　　　　　)だ。

❸ 彼(かれ)は有名大学(ゆうめいだいがく)を卒業(そつぎょう)して、(　　　　　　　)で40年間(ねんかん)も働(はたら)いている。

❹ 日本(にほん)では(　　　　　　　)技術(ぎじゅつ)の進歩(しんぽ)によって高齢化(こうれいか)が進(すす)んでいる。

❺ 大学(だいがく)の留学生(りゅうがくせい)(　　　　　　　)で、就職(しゅうしょく)について相談(そうだん)してみよう。

Ⅲ [a～e]の中から適当な言葉を選んで、(　　　)に入れなさい。（必要なら形を変えてください。）

a. 見舞い みま	b. 内科 ないか	c. 出入り口 でいぐち	d. 係り かか	e. 外科 げか

❶ 少々(しょうしょう)お待(ま)ちください。(　　　　　　　)の者(もの)を呼(よ)んでまいります。

❷ (　　　　　　　)に営業中(えいぎょうちゅう)の札(ふだ)がかかっている。

❸ 息子(むすこ)や娘(むすめ)、孫(まご)たちが、代(か)わる代(が)わる病室(びょうしつ)へ(　　　　　　　)にやって来(き)た。

❹ 熱(ねつで)が出て(　　　　　　　)へ行(い)ったら、インフルエンザだった。

❺ 転(ころ)んで腰(こしつよ)を強く打(う)ったので、近所(きんじょ)の(　　　　　　　)でレントゲンを撮(と)った。

71

34 施設、機関 (2)

しせつ きかん

設施、機關單位 (2)

◆ いろいろな施設　各種設施

落とし物 お　　もの	⑧ 不慎遺失的東西
局 きょく	(名・接尾) 房間，屋子；(官署，報社)局，室；特指郵局，廣播電臺；局面，局勢；(事物的)結局
クラブ【club】	⑧ 俱樂部，夜店；(學校)課外活動，社團活動
校舎 こうしゃ	⑧ 校舍
酒場 さかば	⑧ 酒館，酒家，酒吧
寺院 じいん	⑧ 寺院
支店 してん	⑧ 分店
宿泊 しゅくはく	(名・自サ) 投宿，住宿
書店 しょてん	⑧ 書店；出版社，書局
城 しろ	⑧ 城，城堡；(自己的)權力範圍，勢力範圍
水車 すいしゃ	⑧ 水車
滞在 たいざい	(名・自サ) 旅居，逗留，停留
展示会 てんじかい	⑧ 展示會
展望台 てんぼうだい	⑧ 瞭望台
塔 とう	(名・漢造) 塔
泊める と	(他下一) (讓…)住，過夜；(讓旅客)投宿；(讓船隻)停泊
美容院 びよういん	⑧ 美容院，美髮沙龍
ビル(ディング)【building】	⑧ 建築物

ボーイ【boy】	⑧ 少年，男孩；男服務員
堀 ほり	⑧ 溝渠，壕溝；護城河
待合室 まちあいしつ	⑧ 候車室，候診室，等候室
窓口 まどぐち	⑧ (銀行，郵局，機關等)窗口；(與外界交涉的)管道，窗口
溝 みぞ	⑧ 水溝；(拉門門框上的)溝槽，切口；(感情的)隔閡
宿 やど	⑧ 家，住處，房屋；旅館，旅店；下榻處，過夜
遊園地 ゆうえんち	⑧ 遊樂場
幼稚園 ようちえん	⑧ 幼稚園
寮 りょう	(名・漢造) 宿舍(狹義指學生、公司宿舍)；茶室；別墅
ロビー【lobby】	⑧ (飯店、電影院等人潮出入頻繁的建築物的)大廳，門廳；接待室，休息室，走廊

練習

Ⅰ [a〜e]の中から適当な言葉を選んで、(　)に入れなさい。(必要なら形を変えてください。)

a. 校舎	b. 支店	c. 酒場	d. 宿	e. 書店

❶ 私の小学校は緑に囲まれた木造の(　　　　　)だった。

❷ 弟は大阪(　　　　　)から東京の本店に転勤することになった。

❸ 駅前の(　　　　　)では、あの週刊誌が売り切れてしまったそうだ。

❹ 駅前には0時過ぎまで開いている(　　　　　)がたくさんある。

❺ その(　　　　　)は、川で釣れた魚と採れたての山菜で客をもてなす。

Ⅱ [a〜e]の中から適当な言葉を選んで、(　)に入れなさい。(必要なら形を変えてください。)

a. 遊園地	b. 美容院	c. 寮	d. 展示会	e. 寺院

❶ (　　　　　)に行って髪を切った。

❷ (　　　　　)に行ったら、観覧車に乗ってみたい。

❸ 入社から結婚するまでの5年間、会社の(　　　　　)で生活した。

❹ 日本の古い(　　　　　)には、外国からも大勢の観光客が見物に来る。

❺ 自動車の(　　　　　)では、多くの企業が自社の最新技術を用いた製品や自動車部品をお披露した。

Ⅲ [a〜e]の中から適当な言葉を選んで、(　)に入れなさい。(必要なら形を変えてください。)

a. 展望台	b. ビル	c. 待合室	d. 窓口	e. ロビー

❶ 空港の到着(　　　　　)では、多くの旅行会社がツアー客を待っている。

❷ 市役所の(　　　　　)にいるのは市の正規職員ではなく、アルバイトだそうだ。

❸ 小児科の(　　　　　)には絵本やおもちゃがたくさんある。

❹ 山の上にある(　　　　　)から海に浮かぶ小さな船が見える。

❺ (　　　　　)の屋上にゴルフ練習所を設置する。

35 施設、機関 (3)
設施、機關單位 (3)

◆ 店　商店

市場 いちば	(名) 市場，商場		**蕎麦屋** そばや	(名) 蕎麥麵店
移転 いてん	(名・自他サ) 轉移位置；搬家；（權力等）轉交，轉移		**努める** つと	(他下一) 努力，為…奮鬥，盡力；勉強忍住
営業 えいぎょう	(名・自他サ) 營業，經商		**定休日** ていきゅうび	(名)（商店、機關等）定期公休日
看板 かんばん	(名) 招牌；牌子，幌子；（店舖）關門，停止營業時間		**出迎える** でむか	(他下一) 迎接
喫茶 きっさ	(名) 喝茶，喫茶，飲茶		**店** てん	(名) 店家，店
共同 きょうどう	(名・自サ) 共同		**登場** とうじょう	(名・自サ)（劇）出場，登台，上場演出；（新的作品、人物、產品）登場，出現
行列 ぎょうれつ	(名・自サ) 行列，隊伍，列隊；（數）矩陣		**引き止める** ひ と	(他下一) 留，挽留；制止，拉住
クリーニング 【cleaning】	(名・他サ)（洗衣店）洗滌		**一先ず** ひとま	(副)（不管怎樣）暫且，姑且
これら	(代) 這些		**評判** ひょうばん	(名)（社會上的）評價，評論；名聲，名譽；受到注目，聞名；傳說，風聞
サービス【service】	(名・自他サ) 售後服務；服務，接待，侍候；（商店）廉價出售，附帶贈品出售		**閉店** へいてん	(名・自サ)（商店）關門；倒閉
品 しな	(名・接尾) 物品，東西；商品，貨物；（物品的）質量，品質；品種，種類；情況，情形		**店屋** みせや	(名) 店鋪，商店
仕舞い しまい	(名) 終了，末尾；停止，休止；閉店；賣光；化妝，打扮		**屋** や	(接尾)（前接名詞，表示經營某家店或從事某種工作的人）店，舖；（前接表示個性、特質）帶點輕蔑的稱呼；（寫作「舍」）表示堂號，房舍的雅號
シャッター 【shutter】	(名) 鐵捲門；照相機快門		**薬局** やっきょく	(名)（醫院的）藥局；藥鋪，藥店
商店 しょうてん	(名) 商店		**洋品店** ようひんてん	(名) 舶來品店，精品店，西裝店
上等 じょうとう	(名・形動) 上等，優質；很好，令人滿意			
ショップ【shop】	(接尾)（一般不單獨使用）店鋪，商店			
ずらり（と）	(副) 一排排，一大排，一長排			

練習

I [a～e]の中から適当な言葉を選んで、（　　　）に入れなさい。（必要なら形を変えてください。）

a. 蕎麦屋	b. 洋品店	c. 市場	d. 喫茶店	e. 薬局

❶ （　　　　　　　　　）では魚と肉だけでなく、野菜や花なども売っています。

❷ 最近は全席禁煙の（　　　　　　　　　）が増えたので、煙草が吸えない。

❸ 近所の（　　　　　　　　　）で体育着、上履きなど入学必需品を買った。

❹ 今日の昼休みは駅前にできた（　　　　　　　　　）へ行ってみよう。

❺ （　　　　　　　　　）でコンタクトレンズの保存液を買った。

II [a～e]の中から適当な言葉を選んで、（　　　）に入れなさい。（必要なら形を変えてください。）

a. サービス	b. 評判	c. 品	d. 商店	e. 看板

❶ 祖父は 16 才の頃、東京にある小さな（　　　　　　　　　）で働き始めたそうだ。

❷ 大型スーパーの（　　　　　　　　　）は安くて種類も多いので、よく買っている。

❸ （　　　　　　　　　）のデザインを変えたら、大勢の客が来るようになった。

❹ ご返品の際は、弊社消費者（　　　　　　　　　）係宛に、お送りください。

❺ 彼は職務に忠実な警察官として、周囲の（　　　　　　　　　）も高い。

III [a～e]の中から適当な言葉を選んで、（　　　）に入れなさい。（必要なら形を変えてください。）

a. 店屋	b. 定休日	c. 行列	d. しまい	e. 閉店

❶ 彼は最初真面目な顔で私の話を聞いていたが、（　　　　　　　　　）には笑い出した。

❷ ホテルに行くまではお（　　　　　　　　　）さんがたくさんあるので歩いていても苦ではない。

❸ 開場を待つ人の（　　　　　　　　　）は駅の近くまで及んだ。

❹ 夜 8 時になると（　　　　　　　　　）を告げる音楽が店内に鳴り響いた。

❺ スーパーが（　　　　　　　　　）だったので、八百屋で買い物をした。

75

36 交通 (1)

こうつう
交通 (1)

◆ 交通、運輸　交通、運輸

あ 遭う	自五 遭遇，碰上	ハンドル【handle】	名（門等）把手；（汽車、輪船）方向盤
い どう 移動	名・自他サ 移動，轉移	ひょうしき 標識	名 標誌，標記，記號，信號
うんぱん 運搬	名・他サ 搬運，運輸	ぶつかる	自五 碰，撞；偶然遇上；起衝突
エンジン【engine】	名 發動機，引擎	べん 便	名・形動・漢造 便利，方便；大小便；信息，音信；郵遞；隨便，平常
か そく 加速	名・自他サ 加速		
か そく ど 加速度	名 加速度；加速	めんきょしょう 免許証	名（政府機關）批准；許可證，執照
か もつ 貨物	名 貨物；貨車		
げ しゃ 下車	名・自サ 下車	モノレール 【monorail】	名 單軌電車，單軌鐵路
こうつう き かん 交通機関	名 交通機關，交通設施	ゆ そう 輸送	名・他サ 輸送，傳送
さいかい 再開	名・自他サ 重新進行	ヨット【yacht】	名 遊艇，快艇
ざ せき 座席	名 座位，座席，乘坐，席位		
さまた 妨げる	他下一 阻礙，防礙，阻攔，阻撓		
じ そく 時速	名 時速		
しゃりん 車輪	名 車輪；（演員）拼命，努力表現；拼命於，盡力於		
せいげん 制限	名・他サ 限制，限度，極限		
そくりょく 速力	名 速率，速度		
で むか 出迎え	名 迎接；迎接的人		
トンネル【tunnel】	名 隧道		
はいたつ 配達	名・他サ 送，投遞		
はっしゃ 発車	名・自サ 發車，開車		

練習

Ⅰ [a～e]の中から適当な言葉を選んで、（　　　）に入れなさい。（必要なら形を変えてください。）

| a. エンジン | b. トンネル | c. モノレール | d. ハンドル | e. ヨット |

❶（　　　　　　　）を抜けるとそこは雪国だった。

❷ 子どもが飛び出してきて、とっさに（　　　　　　　）を切った。

❸（　　　　　　　）をかけたまま車から離れてはいけませんよ。

❹（　　　　　　　）を走らせるエネルギーは風です。

❺ ここからだと、羽田空港には、京浜急行より（　　　　　　　）で行くほうが早いと思います。

Ⅱ [a～e]の中から適当な言葉を選んで、（　　　）に入れなさい。（必要なら形を変えてください。）

| a. 運搬する | b. 下車する | c. 配達する | d. 発車する | e. 輸送する |

❶ 冷蔵庫を（　　　　　　　）ときは、立てたまま運び出すのが基本だ。

❷ 小さな港町で途中（　　　　　　　）、いつもと違うゆるやかな時間を楽しもう。

❸ 特急「イドビューしなの」は、名古屋駅では全列車が 10 番線から（　　　　　　　）。

❹ あの米屋は注文の金額の多い少ないに関わらず、（　　　　　　　）くれる。

❺ 旅客機は人を（　　　　　　　）が、貨物も同時に（　　　　　　　）。

Ⅲ [a～e]の中から適当な言葉を選んで、（　　　）に入れなさい。（必要なら形を変えてください。）

| a. 標識 | b. 再開 | c. 制限 | d. 座席 | e. 時速 |

❶ データ容量の（　　　　　　　）を超えています。

❷ 一方通行の（　　　　　　　）をうっかり見落としてしまった。

❸ 公演は急遽中止となり、（　　　　　　　）の予定も未定だそうだ。

❹ 目が悪いので、映画館ではいつも前の方の（　　　　　　　）を予約する。

❺ 新幹線の最高（　　　　　　　）は、約 320 キロメートルだそうだ。

37 交通 (2) 交通 (2)

◆ 鉄道、船、飛行機 鐵路、船隻、飛機

往復 おうふく	(名・自サ) 往返，來往；通行量
改札 かいさつ	(名・自サ)（車站等）的驗票
機関車 きかんしゃ	(名) 機車，火車
航空 こうくう	(名) 航空；「航空公司」的簡稱
高度 こうど	(名・形動)（地）高度，海拔；（地平線到天體的）仰角；（事物的水平）高度，高級
最終 さいしゅう	(名) 最後，最終，最末；（略）末班車
私鉄 してつ	(名) 私營鐵路
終点 しゅうてん	(名) 終點
乗車 じょうしゃ	(名・自サ) 乘車，上車；乘坐的車
乗車券 じょうしゃけん	(名) 車票
寝台 しんだい	(名) 床，床鋪，（火車）臥鋪
隻 せき	(接尾)（單位量詞）計算船，箭，鳥的單位
船 せん	(漢造) 船
線路 せんろ	(名)（火車、電車、公車等）線路；（火車、有軌電車的）軌道
操作 そうさ	(名・他サ) 操作（機器等），駕駛；（設法）安排，（背後）操縱
脱線 だっせん	(名・他サ)（火車、電車等）脫軌，出軌；（言語、行動）脫離常規，偏離本題
停車 ていしゃ	(名・他サ・自サ) 停車，剎車
鉄道 てつどう	(名) 鐵道，鐵路

通りかかる とお	(自五) 碰巧路過
通り過ぎる とお す	(自上一) 走過，越過
飛行 ひこう	(名・自サ) 飛行，航空
便 びん	(名・漢造) 書信；郵寄，郵遞；（交通設施等）班機，班車；機會，方便
踏切 ふみきり	(名)（鐵路的）平交道，道口；（轉）決心
ヘリコプター【helicopter】	(名) 直昇機
ボート【boat】	(名) 小船，小艇
満員 まんいん	(名)（規定的名額）額滿；（車、船等）擠滿乘客，滿座；（會場等）塞滿觀眾
夜行 やこう	(名・接頭) 夜行；夜間列車；夜間活動
遊覧船 ゆうらんせん	(名) 渡輪

練 習

Ⅰ [a～e]の中から適当な言葉を選んで、（　）に入れなさい。（必要なら形を変えてください。）

a. ヘリコプター	b. 線路	c. 機関車	d. ボート	e. 遊覧船

❶ （　　　　　　　　　　）が沈没し、消防隊による懸命な救助活動が続けられた。

❷ 高層ビルの屋上によく（　　　　　　　　　　）が離着陸できる場所がある。

❸ 山の向こうから、煙とともに（　　　　　　　　　　）の音がどんどん近づいてきた。

❹ 学生時代、湖で恋人と（　　　　　　　　　　）を漕いだのは、懐かしい思い出だ。

❺ この部屋は（　　　　　　　　　）の近くだが、心配したほど電車の音もせず、比較的静かだ。

Ⅱ [a～e]の中から適当な言葉を選んで、（　）に入れなさい。（必要なら形を変えてください。）

a. 終点	b. 改札	c. 操作	d. 踏切	e. 停車

❶ （　　　　　　　　　）を出たら、東口の歩道橋を渡ってください。

❷ パソコンやスマホの（　　　　　　　　　）が苦手だ。

❸ その駅に特急は停まらないので、準急か各駅（　　　　　　　　　）に乗ってください。

❹ もし（　　　　　　　　　）で閉じこめられたら、そのまま車を進めて脱出してください。

❺ 電車が止まって降りてみたら（　　　　　　　　　）だったので、驚いた。眠ってしまったらしい。

Ⅲ [a～e]の中から適当な言葉を選んで、（　）に入れなさい。（必要なら形を変えてください。）

a. 通りかかる	b. 往復する	c. 通り過ぎる	d. 脱線する	e. 飛行する

❶ 最近、頻繁に日本と中国を（　　　　　　　　　）いる。

❷ 土砂崩れで列車が（　　　　　　　　　）。

❸ 村を（　　　　　　　　　）と、ずっとキャベツ畑が続いていた。

❹ 西の上空に光を放ちながら（　　　　　　　　　）謎の物体を発見。

❺ ちょうど今、祭りのパレードが駅前を（　　　　　　　　　）。

38 交通 (3)

交通 (3)

◆ 自動車、道路　汽車、道路

一方 いっぽう	名・副助・接 一個方向；一個角度；一面，同時；（兩個中的）一個；只顧，愈來愈…；從另一方面說
横断 おうだん	名・他サ 横斷；横渡，横越
凹凸 おうとつ	名 凹凸，高低不平
大通り おおどおり	名 大街，大馬路
カー【car】	名 車，車的總稱，狹義指汽車
カーブ【curve】	名・自サ 轉彎處；彎曲；（棒球、曲棍球）曲線球
開通 かいつう	名・自他サ （鐵路、電話線等）開通，通車，通話
交差 こうさ	名・自他サ 交叉
高速 こうそく	名 高速
示す しめす	他五 出示，拿出來給對方看；表示，表明；指示，指點，開導；呈現，顯示
車庫 しゃこ	名 車庫
車道 しゃどう	名 車道
乗用車 じょうようしゃ	名 自小客車
整備 せいび	名・自他サ 配備，整備；整理，修配；擴充，加強；組裝；保養
駐車 ちゅうしゃ	名・自サ 停車
通行 つうこう	名・自サ 通行，交通，往來；廣泛使用，一般通用
通路 つうろ	名 （人們通行的）通路，人行道；（出入通行的）空間，通道

飛び出す とびだす	自五 飛出，飛起來，起飛；跑出；（猛然）跳出；突然出現
パンク【puncture 之略】	名・自サ 爆胎；脹破，爆破
引き返す ひきかえす	自五 返回，折回
轢く ひく	他五 （車）壓，軋（人等）
人通り ひとどおり	名 人來人往，行人通行；來往的行人
凹む へこむ	自五 凹下，潰下；屈服，認輸；虧空，赤字
舗装 ほそう	名・他サ （用柏油等）鋪路
歩道 ほどう	名 人行道
回り道 まわりみち	名 繞道，繞遠路
道順 みちじゅん	名 順路，路線；步驟，程序
緩い ゆるい	形 鬆，不緊；徐緩，不陡；不急；不嚴格；稀薄
横切る よこぎる	他五 横越，横跨

練 習

I [a～e]の中から適当な言葉を選んで、（　　）に入れなさい。（必要なら形を変えてください。）

| a. 回り道 | b. カーブ | c. 車道 | d. 車庫 | e. 道順 |

❶ （　　　　　　　　）をしたからこそ、見えた景色がある。

❷ （　　　　　　　　）に置いてある古い車は、父が若いときに買ったものだ。

❸ この先（　　　　　　　　）がありますので、車は徐行運転してください。

❹ 小学校の通学路にはよく、子どもが（　　　　　　　　）に飛び出して来る絵が描かれた看板がある。

❺ 目的地までの（　　　　　　　）を調べる。

II [a～e]の中から適当な言葉を選んで、（　　）に入れなさい。（必要なら形を変えてください。）

| a. 示す | b. 轢く | c. 遅刻する | d. へこむ | e. 横切る |

❶ 横断歩道のない道路を（　　　　　　　　）ときは、左右に十分注意しよう。

❷ トラックが、急に飛び出した犬を（　　　　　　　）そうになった。

❸ 父が10年以上乗っている車は、あちこち（　　　　　　　）いる。

❹ 新入生にこのサークルの面白さを（　　　　　　）入部を勧める。

❺ 忘れ物を取りに家に引き返したため、（　　　　　　　）しまった。

III [a～e]の中から適当な言葉を選んで、（　　）に入れなさい。（必要なら形を変えてください。）

| a. 開通する | b. 駐車する | c. 整備する | d. 横断する | e. 交差する |

❶ 赤ちゃん象は、群れで道路を（　　　　　　　）いる。

❷ 三つの線路が（　　　　　　　）。

❸ 近所の道路はきちんと（　　　　　　　）おらず、でこぼこです。

❹ 世界最長の海を渡る道路鉄道橋が（　　　　　　　）。

❺ 昨日の夜に自動車を駅前に違法（　　　　　　　）しまいました。

39 通信、報道

つうしん、ほうどう

通訊、報導

◆ 通信、電話、郵便　通訊、電話、郵件

一応（いちおう）	副 大略做了一次，暫，先，姑且
印刷（いんさつ）	名・自他サ 印刷
絵葉書（えはがき）	名 圖畫明信片，照片明信片
応対（おうたい）	名・他サ 應對，接待，應酬
雑音（ざつおん）	名 雜音，噪音
受話器（じゅわき）	名 聽筒
直通（ちょくつう）	名・自サ 直達（中途不停）；直通
通信（つうしん）	名・自サ 通信，通音信；通訊，聯絡；報導消息的稿件，通訊稿
包み（つつみ）	名 包袱，包裹
電線（でんせん）	名 電線，電纜
電柱（でんちゅう）	名 電線桿
電波（でんぱ）	名（理）電波
問い合わせ（といあわせ）	名 詢問，打聽，查詢
取り上げる（とりあげる）	他下一 拿起，舉起；採納，受理；奪取，剝奪；沒收（財產），徵收（稅金）
内線（ないせん）	名 內線；（電話）內線分機
年賀状（ねんがじょう）	名 賀年卡
話し中（はなしちゅう）	名 通話中
呼び出す（よびだす）	他五 喚出，叫出；叫來，喚來，邀請；傳訊

◆ 伝達、通知、情報　傳達、告知、信息

跡（あと）	名 印，痕跡；遺跡；跡象；行蹤下落；家業；後任，後繼者
お知らせ	名 通知，訊息
掲示（けいじ）	名・他サ 牌示，佈告欄；公佈
ご覧（ごらん）	名（敬）看，觀覽；（親切的）請看；（接動詞連用形）試試看
通知（つうち）	名・他サ 通知，告知
不通（ふつう）	名（聯絡、交通等）不通，斷絕；沒有音信
募集（ぼしゅう）	名・他サ 募集，徵募
ポスター【poster】	名 海報

◆ 報道、放送　報導、廣播

アンテナ【antenna】	名 天線
解説（かいせつ）	名・他サ 解說，說明
構成（こうせい）	名・他サ 構成，組成，結構
公表（こうひょう）	名・他サ 公布，發表，宣布
撮影（さつえい）	名・他サ 攝影，拍照；拍電影
スピーチ【speech】	名・自サ（正式場合的）簡短演說，致詞，講話
世論・世論（せろん・よろん）	名 世間一般人的意見，民意，輿論
騒々しい（そうぞうしい）	形 吵鬧的，喧嚷的，宣嚷的；（社會上）動盪不安的
載る（のる）	他五 登上，放上；乘，坐，騎；參與；上當，受騙；刊載，刊登

| ほうそう
放送 | 名・他サ 廣播；（用擴音器）傳播，散佈（小道消息、流言蜚語等） | ろんそう
論争 | 名・自サ 爭論，爭辯，論戰 |

練習

Ⅰ [a～e]の中から適当な言葉を選んで、（　　）に入れなさい。（必要なら形を変えてください。）

| a. 応対 | b. 通信 | c. 不通 | d. 論争 | e. 電波 |
| おうたい | つうしん | ふつう | ろんそう | でんぱ |

❶ 大地震のため一部地域で、固定電話が（　　　　　　　　　）になっている。

❷ この事実については（　　　　　　　　　）の余地がない。

❸ 瞬時停電により、（　　　　　　　　　）がとだえた。

❹ 今日は夕方まで事務所で訪問客の（　　　　　　　　　）で忙しかった。

❺ この旅館は山の中にあるので、スマホの（　　　　　　　　　）が届かない。

Ⅱ [a～e]の中から適当な言葉を選んで、（　　）に入れなさい。（必要なら形を変えてください。）

| a. 載る | b. 募集する | c. 放送する | d. 解説する | e. 呼び出す |

❶ 来年度全国体育大会のポスターの図案を（　　　　　　　　　）。

❷ 新聞に遺跡発掘の記事が（　　　　　　　　　）と、読者からさまざまな反響があった。

❸ 映画は、残酷な場面がカットされた上でテレビ（　　　　　　　　　）。

❹ 子ども向けに「時事問題」をやさしく（　　　　　　　　　）。

❺ 弟を電話で（　　　　　　　　　）、駅まで傘を持って来させた。

Ⅲ [a～e]の中から適当な言葉を選んで、（　　）に入れなさい。（必要なら形を変えてください。）

| a. アンテナ | b. 世論 | c. スピーチ | d. ポスター | e. 包み |

❶ 防火を呼びかける（　　　　　　　　　）の図案を募集します。

❷ （　　　　　　　　　）の中に何が入っているかわからないので、楽しみだ。

❸ 結婚式で（　　　　　　　　　）をお願いされた。

❹ （　　　　　　　　　）は政治を動かすことも国を変えることもできるのだ。

❺ （　　　　　　　　　）工事をすれば、すぐにテレビが見られますよ。

40 スポーツ (1)
體育運動 (1)

◆ 試合 比賽

アウト【out】	名 外，外邊；出界；出局
補う	他五 補償，彌補，貼補
収める	他下一 接受；取得；收藏，收存；收集，集中；繳納；供應，賣給；結束
躍り出る	自下一 躍進到，跳到
開始	名・自他サ 開始
却って	副 反倒，相反地，反而
稼ぐ	名・他五（為賺錢而）拼命的勞動；（靠工作、勞動）賺錢；爭取，獲得
競技	名・自サ 競賽，體育比賽
組み合わせ	名 組合，配合，編配
競馬	名 賽馬
券	名 票，証，券
貢献	名・自サ 貢獻
最中	名 動作進行中，最頂點，活動中
弱点	名 弱點，痛處；缺點
終了	名・自他サ 終了，結束；作完；期滿，屆滿
準	接頭 準，次
勝敗	名 勝負，勝敗
勝負	名・自サ 勝敗，輸贏；比賽，競賽

スタンド【stand】	結尾・名 站立；台，托，架；檯燈，桌燈；看台，觀眾席；（攤販式的）小酒吧
選手	名 選拔出來的人；選手，運動員
全力	名 全部力量，全力；（機器等）最大出力，全力
大会	名 大會；全體會議
チャンス【chance】	名 機會，時機，良機
入場	名・自サ 入場
入場券	名 門票，入場券
狙う	他五 看準，把…當做目標；把…弄到手；伺機而動
引き分け	名（比賽）平局，不分勝負
閉会	名・自サ・他サ 閉幕，會議結束
目指す	他五 指向，以…為努力目標，瞄準
メンバー【member】	名 成員，一份子；（體育）隊員
優勝	名・自サ 優勝，取得冠軍
様子	名 情況，狀態；容貌，樣子，光景；緣故；徵兆

練習

Ⅰ [a～e]の中から適当な言葉を選んで、（　　　）に入れなさい。（必要なら形を変えてくだ
さい。）

a. 稼ぐ	b. 補う	c. 狙う	d. 目指す	e. 躍り出る

❶ 逆転ホームランを（　　　　　　　　　）、打者はバッターボックスに立った。

❷ マラソン大会の完走を（　　　　　　　　　）、毎日ジョギングしている。

❸ 無名のチームが、選手を強化した結果、優勝候補に（　　　　　　　）。

❹ 小遣いが足りなくなったので、貯金を下ろして（　　　　　　）。

❺ アルバイトをして、専門学校の入学金と授業料を（　　　　　　　）いる。

Ⅱ [a～e]の中から適当な言葉を選んで、（　　　）に入れなさい。（必要なら形を変えてくだ
さい。）

a. 速攻	b. 引き分け	c. 弱点	d. アウト	e. チャンス

❶ （　　　　　　　　　）で勝負をつけられた。

❷ 彼女の（　　　　　　　　）は、初めて会った人と話すときに緊張しやすいことだ。

❸ 時間通りなら問題ないが1秒でも遅刻すれば（　　　　　　　）だ。

❹ その野球の試合は（　　　　　　　）に終わった。

❺ 明日のデートは彼女に結婚を申し込む最後の（　　　　　　）だ。

Ⅲ [a～e]の中から適当な言葉を選んで、（　　　）に入れなさい。（必要なら形を変えてくだ
さい。）

a. 競技	b. 全力	c. 勝敗	d. 大会	e. 開始

❶ 今度の試合ではお互いに（　　　　　　　　　）で戦いたいですね。

❷ この（　　　　　　　）はスポーツというより、芸術の領域だ。

❸ 両方のチームは実力に差がなく、なかなか（　　　　　　　）が決まらない。

❹ 次のスポーツ（　　　　　　）ではぜひ優勝したいと思います。

❺ 試合（　　　　　　）5分でミスが続き、メンバーチェンジせざるを得なかった。

41 スポーツ (2) 體育運動 (2)

◆ スポーツ　體育運動

いんたい **引退**	（名・自サ） 隱退，退職	
およ **泳ぎ**	（名） 游泳	
から て **空手**	（名） 空手道	
かんとく **監督**	（名・他サ） 監督，督促；監督者，管理人；（影劇）導演；（體育）教練	
くわ **加える**	（他下一） 加，加上	
こうせき **功績**	（名） 功績	
スケート【skate】	（名） 冰鞋，冰刀；溜冰，滑冰	
す もう **相撲**	（名） 相撲	
せいしき **正式**	（名・形動） 正式的，正規的	
たいそう **体操**	（名） 體操；體育課	
てき ど **適度**	（名・形動） 適度，適當的程度	
もぐ **潜る**	（自五） 潛入（水中）；鑽進，藏入，躲入；潛伏活動，違法從事活動	
ランニング【running】	（名） 賽跑，跑步	

◆ きゅう ぎ　りくじょうきょう ぎ
球技、陸上競技　球類、田徑賽

かいさん **解散**	（名・自他サ） 散開，解散，（集合等）散會	
グラウンド【ground】	（造語） 運動場，球場，廣場，操場	
ゴール【goal】	（名）（體）決勝點，終點；球門；跑進決勝點，射進球門；奮鬥的目標	

ころ **転がす**	（他五） 滾動，轉動；開動（車），推進；轉賣；弄倒，扳倒	
サイン【sign】	（名・自サ） 簽名，署名，簽字；記號，暗號，信號，作記號	
すじ **筋**	（名・接尾） 筋；血管；線，條；紋絡，條紋；素質，血統；條理，道理	
トラック【track】	（名）（操場、運動場、賽馬場的）跑道	
に げ き **逃げ切る**	（自五）（成功地）逃跑	
のう **能**	（名・漢造） 能力，才能，本領；功效；（日本古典戲劇）能樂	
マラソン【marathon】	（名） 馬拉松長跑	

練 習

Ⅰ [a〜e]の中から適当な言葉を選んで、（　　）に入れなさい。（必要なら形を変えてください。）

a. スケート	b. ゴール	c. 体操	d. 引退	e. マラソン

❶ （　　　　　　　　　）を決意したのは、勝負に対する情熱がなくなったからです。

❷ 相手チームの不意を突いて、見事な（　　　　　　　　）を決めた。

❸ （　　　　　　　　　）のコースは、ここから区役所前で折り返すとちょうど10キロメートルです。

❹ （　　　　　　　　　）をするときは、転んで手を怪我しないように、必ず手袋をしよう。

❺ 彼女は有名な（　　　　　　　　）選手で、特に平均台の演技は素晴らしい。

Ⅱ [a〜e]の中から適当な言葉を選んで、（　　）に入れなさい。（必要なら形を変えてください。）

a. 相撲	b. 能	c. 泳ぎ	d. グラウンド	e. 功績

❶ 長雨で（　　　　　　　　）がぬかるんでいるので、整備が必要だ。

❷ クマは木登りや（　　　　　　　　）の上手な動物だと知っていましたか。

❸ 田中さんは20年間の（　　　　　　　）が認められて所長になった。

❹ 他の店の真似ばかりしたメニューでは、あまりに（　　　　　　　）がない。

❺ 最近、（　　　　　　　　）に興味をもつ外国人が増えているということだ。

Ⅲ [a〜e]の中から適当な言葉を選んで、（　　）に入れなさい。（必要なら形を変えてください。）

a. 逃げ切る	b. 転がす	c. 潜る	d. 解散する	e. 加える

❶ 祖父は、若いとき、海に（　　　　　　　　）貝を獲る仕事をしていたそうだ。

❷ 高校の体育祭で、タイヤを（　　　　　　　）走る競技に出た。

❸ 強盗は警察の追跡を（　　　　　　　）、結局、行方がわからなくなった。

❹ 警察は催涙スプレーを発射して、デモ隊を（　　　　　　　）。

❺ お風呂の湯が熱かったので、水を（　　　　　　　）ぬるくしてから入った。

42 趣味、娯楽
しゅみ ごらく

愛好、嗜好、娯樂

◆ 娯楽 娛樂
ごらく

海水浴 かいすいよく	(名) 海水浴場	将棋 しょうぎ	(名) 日本象棋，將棋
鑑賞 かんしょう	(名・他サ) 鑑賞，欣賞	手品 てじな	(名) 戲法，魔術；騙術，奸計
キャンプ【camp】	(名・自サ) 露營，野營；兵營，軍營；登山隊基地；(棒球等) 集訓	童話 どうわ	(名) 童話
娯楽 ごらく	(名) 娛樂，文娛	謎々 なぞなぞ	(名) 謎語
旅 たび	(名・他サ) 旅行，遠行	風船 ふうせん	(名) 氣球，氫氣球
登山 とざん	(名・自サ) 登山；到山上寺廟修行		
冒険 ぼうけん	(名・自サ) 冒險		
巡る めぐ	(自五) 循環，繞回原處，旋轉；巡遊；環繞，圍繞		
レクリエーション 【recreation】	(名) (身心) 休養；娛樂，消遣		
レジャー【leisure】	(名) 空閒，閒暇，休閒時間；休閒時間的娛樂		

◆ 趣味 嗜好
しゅみ

当たり・当り あ あた	(名) 命中；感覺，觸感；味道；猜中；中獎；待人態度；如願；(接尾) 每，平均
編み物 あ もの	(名) 編織；編織品
生け花 い ばな	(名) 插花，花道
占う うらな	(他五) 占卜，卜卦，算命
組み立てる く た	(他下一) 組織，組裝
碁 ご	(名) 圍棋
じゃん拳 けん	(名) 猜拳，划拳

88

練習

Ⅰ [a～e]の中から適当な言葉を選んで、（　　）に入れなさい。（必要なら形を変えてください。）

a. 童話	b. 将棋	c. 謎々	d. 旅	e. 風船

❶ 私は子どものとき、よく母に（　　　　　　　　）を読んでもらっていた。

❷ 異国の地で自分探しの（　　　　　　　　）に出掛ける。

❸ 小さい頃、よく兄と（　　　　　　　　）をしたが絶対に勝てなかった。

❹ （　　　　　　　　）をふくらまして、お尻で割ります。

❺ 哲学は（　　　　　　　　）から始まったという説がある。

Ⅱ [a～e]の中から適当な言葉を選んで、（　　）に入れなさい。（必要なら形を変えてください。）

a. じゃんけん	b. キャンプ	c. 碁	d. 手品	e. 登山

❶ パーティで、トランプを使った新しい（　　　　　　　　）を披露した。

❷ 子どもに（　　　　　　　　）を習わせると、集中力が高まり落ち着きも出てくる。

❸ （　　　　　　　　）でこのゲームのリーダーを決めましょう。

❹ 河原にテントを張って（　　　　　　　　）を楽しんだ。

❺ （　　　　　　　　）をはじめたきっかけは、親戚に山へ連れて行ってもらったことです。

Ⅲ [a～e]の中から適当な言葉を選んで、（　　）に入れなさい。（必要なら形を変えてください。）

a. レジャー	b. 鑑賞	c. 娯楽	d. 生け花	e. 海水浴

❶ 私の趣味は映画（　　　　　　　　）です。

❷ 私の田舎にはカラオケや映画館などの（　　　　　　　　）施設が少ない。

❸ ここはゴルフ場など、観光（　　　　　　　　）産業の進展が著しい。

❹ このホテルは夏になると（　　　　　　　　）客の予約でいっぱいだ。

❺ 私の趣味は、子どものときから続けている（　　　　　　　　）です。

43 芸術 (1) 藝術 (1)
げいじゅつ

◆ 芸術、絵画、彫刻　藝術、繪畫、雕刻
げいじゅつ　かいが　ちょうこく

描く えが	他五 畫，描繪；以…為形式，描寫；想像
絵の具 えのぐ	名 顔料
絵画 かいが	名 繪畫，畫
刻む きざ	他五 切碎；雕刻；分成段；銘記，牢記
芸能 げいのう	名 （戲劇，電影，音樂，舞蹈等的總稱）演藝，文藝，文娛
工芸 こうげい	名 工藝
写生 しゃせい	名・他サ 寫生，速寫；短篇作品，散記
習字 しゅうじ	名 習字，練毛筆字
書道 しょどう	名 書法
制作 せいさく	名・他サ 創作（藝術品等），製作；作品
創作 そうさく	名・他サ （文學作品）創作；捏造（謊言）；創新，創造
素質 そしつ	名 素質，本質，天分，天資
近寄る ちかよ	自五 走近，靠近，接近
彫刻 ちょうこく	名・他サ 雕刻
俳句 はいく	名 俳句
文芸 ぶんげい	名 文藝，學術和藝術；（詩、小說、戲劇等）語言藝術
彫り ほ	名 雕刻
彫る ほ	他五 雕刻；紋身

◆ 音楽　音樂
おんがく

オーケストラ【orchestra】	名 管絃樂（團）；樂池，樂隊席
オルガン【organ】	名 風琴
音 おん	名 聲音，響聲；發音
歌 か	漢造 唱歌；歌詞
楽器 がっき	名 樂器
合唱 がっしょう	名・他サ 合唱，一齊唱；同聲高呼
歌謡 かよう	名 歌謠，歌曲
からから	副・自サ 乾的、硬的東西相碰的聲音（擬音）
がらがら	名・副・自サ・形動 手搖鈴玩具；硬物相撞聲；直爽；很空
曲 きょく	名・漢造 曲調；歌曲；彎曲
コーラス【chorus】	名 合唱；合唱團；合唱曲
古典 こてん	名 古書，古籍；古典作品
コンクール【concours】	名 競賽，競演會，會演
作曲 さっきょく	名・他サ 作曲，譜曲，配曲
太鼓 たいこ	名 （大）鼓
テンポ【tempo】	名 （樂曲的）速度，拍子；（局勢、對話或動作的）速度
童謡 どうよう	名 童謠；兒童詩歌
響き ひび	名 聲響，餘音；回音，迴響，震動；傳播振動；影響，波及

響く _{ひび}	（自五）響，發出聲音；發出回音， 震響；傳播震動；波及；出名
民謡 _{みんよう}	（名）民謡，民歌
リズム【rhythm】	（名）節奏，旋律，格調，格律

練　習

Ⅰ [a 〜 e]の中から適当な言葉を選んで、（　　　）に入れなさい。（必要なら形を変えてください。）

a. 絵画 _{かい が}	b. 芸能 _{げいのう}	c. 工芸 _{こうげい}	d. 俳句 _{はい く}	e. 写生 _{しゃせい}

❶ 物産展では、今まで見たこともない（　　　　　　　　）品がたくさん並んでいた。
_{ぶっさんてん}　　　　　　_{いま}　_み　　　　　　　　　　　　　　　_{ひん}　　　　　　_{なら}

❷ 中学生の頃、美術の時間に外に出て、学校から見える富士山の（　　　　　　　）をし
_{ちゅうがくせい}　_{ころ}　_{びじゅつ}　_{じ かん}　_{そと}　_で　_{がっこう}　_み　_{ふ じ さん}

　たことがある。

❸ この美術館には世界中から有名な（　　　　　　　　）が集まっている。
_{びじゅつかん}　_{せ かいじゅう}　_{ゆうめい}　　　　　　　　　　　_{あつ}

❹ 人気歌手の結婚が大きな（　　　　　　　　）ニュースとして放送された。
_{にん き か しゅ}　_{けっこん}　_{おお}　　　　　　　　　　　　　　　　　_{ほうそう}

❺ （　　　　　　　　）は僅か 17 音という制約の中で作られる文学だ。
　　　　　　　　　　_{わず}　　_{おん}　　　_{せいやく}　_{なか}　_{つく}　_{ぶんがく}

Ⅱ [a 〜 e]の中から適当な言葉を選んで、（　　　）に入れなさい。（必要なら形を変えてください。）

a. 太鼓 _{たい こ}	b. リズム	c. 楽器 _{がっ き}	d. コーラス	e. 歌謡 _{か よう}

❶ この曲の単調な（　　　　　　　）が聴く人の眠気を誘う。
_{きょく}　_{たんちょう}　　　　　　　　_き　_{ひと}　_{ねむ け}　_{さそ}

❷ ずっとほしかったギターを買うために（　　　　　　）店へ行った。
_か　　　　　　　　　　　_{てん}　_い

❸ 教会で聞いた子どもたちの（　　　　　　　）はとても美しかった。
_{きょうかい}　_き　_こ　　　　　　　　　　　　　_{うつく}

❹ ラジオからよく知っている懐かしい（　　　　　　　　）曲が聞こえてきた。
_し　_{なつ}　　　　　　　　　　　_{きょく}　_き

❺ （　　　　　　　）の音が聞こえて来たので祭りに行きたくなった。
_{おと}　_き　_き　　_{まつ}　_い

44 芸術 (2) 藝術 (2)
げいじゅつ

◆ 演劇、舞踊、映画 戲劇、舞蹈、電影
えんげき ぶよう えいが

開く あ	(自五) 開，打開；(店舖)開始營業
粗筋 あらすじ	(名) 概略，梗概，概要
演技 えんぎ	(名・自サ) (演員的)演技，表演；做戲
開演 かいえん	(名・自他サ) 開演
開会 かいかい	(名・自他サ) 開會
観客 かんきゃく	(名) 觀眾
客席 きゃくせき	(名) 觀賞席；宴席，來賓席
稽古 けいこ	(名・自他サ) (學問、武藝等的)練習，學習；(演劇、電影、廣播等的)排演，排練
劇 げき	(名・接尾) 劇，戲劇；引人注意的事件
傑作 けっさく	(名) 傑作
芝居 しばい	(名) 戲劇，話劇；假裝，花招；劇場
主役 しゅやく	(名) (戲劇)主角；(事件或工作的)中心人物
ステージ【stage】	(名) 舞台，講台；階段，等級，步驟
せりふ	(名) 台詞，讀白；(貶)使人不快的說法，說辭
題 だい	(名・自サ・漢造) 題目，標題；問題；題辭
ダンス【dance】	(名・自サ) 跳舞，交際舞
微妙 びみょう	(形動) 微妙的

プログラム 【program】	(名) 節目(單)，說明書；計畫(表)，程序(表)；編制(電腦)程式
幕 まく	(名・漢造) 幕，布幕；(戲劇)幕；場合，場面；螢幕
見事 みごと	(形動) 漂亮，好看；卓越，出色，巧妙；整個，完全
名作 めいさく	(名) 名作，傑作
物語 ものがたり	(名) 談話，事件；傳說；故事，傳奇；(平安時代後散文式的文學作品)物語

練習

Ⅰ [a〜e]の中から適当な言葉を選んで、(　　　)に入れなさい。（必要なら形を変えてください。）

a. 演技	b. ステージ	c. せりふ	d. 芝居	e. 主役

❶ あの俳優は長い(　　　　　　　)をすぐに覚えるらしい。

❷ 新しい映画を作るために(　　　　　　　)の新人を募集している。

❸ 子どもの頃に母と観に行った(　　　　　　　)はとても面白かった。

❹ 人気の俳優が(　　　　　　　)に現れるのを観客は楽しみにしていた。

❺ 彼女は新曲の MV で妖艶な(　　　　　　　)を見せた。

Ⅱ [a〜e]の中から適当な言葉を選んで、(　　　)に入れなさい。（必要なら形を変えてください。）

a. 題	b. 幕	c. 粗筋	d. 観客	e. 物語

❶ この(　　　　　　　)の主人公は人間と魔法使いの混血だそうだ。

❷ 素晴らしい演奏に、(　　　　　　　)は盛大な拍手を送った。

❸ 大学生の頃にこの映画を観たが、話の(　　　　　　　)は忘れてしまった。

❹ (　　　　　　　)が下りると、出口に押し寄せる観客で、会場は一時混乱した。

❺ 小説の(　　　　　　　)をつけるための、いくつかのポイントをご紹介します。

Ⅲ [a〜e]の中から適当な言葉を選んで、(　　　)に入れなさい。（必要なら形を変えてください。）

a. ダンス	b. 客席	c. 名作	d. 稽古	e. 劇

❶ 初めて舞台から(　　　　　　　)を見たときにはとても緊張して足が震えた。

❷ 運動会では流行りの曲で(　　　　　　　)した。

❸ 剣道の(　　　　　　　)を一生懸命頑張っている。

❹ 幼稚園のとき、「赤ずきん」の(　　　　　　　)で、オオカミの役を演じた。

❺ この講座では古今の(　　　　　　　)を毎回 1 作ずつ取り上げている。

45 数量、図形、色彩（1）

すうりょう　ずけい　しきさい

数量、圖形、色彩(1)

◆ 数　數目
かず

一種 いっしゅ	(名) 一種；獨特的；（說不出的）某種，稍許	**無し** な	(名) 無，沒有
各々 おのおの	(名・副) 各自，各，諸位	**何百** なんびゃく	(名)（數量）上百
基準 きじゅん	(名) 基礎，根基；規格，準則	**一** ひと	(接頭) 一個；一回；稍微；以前
急激 きゅうげき	(形動) 急遽	**等しい** ひと	(形)（性質、數量、狀態、條件等）相等的，一樣的；相似的
急速 きゅうそく	(名・形動) 迅速，快速	**一筋** ひとすじ	(名) 一條，一根；常用「一筋に」；一心一意，一個勁兒
位 くらい	(名)（數）位數；皇位，王位；官職，地位；（人或藝術作品的）品味，風格	**一通り** ひととお	(副) 大概，大略；（下接否定）普通，一般；一套；全部
偶数 ぐうすう	(名) 偶數，雙數	**標準** ひょうじゅん	(名) 標準，水準，基準
極 ごく	(副) 非常，最，極，至，頂	**分** ぶ	(名・接尾)（優劣的）形勢，（有利的）程度；厚度；十分之一；百分之一
占める し	(他下一) 佔有，佔據，佔領；表得到（重要的位置）		
少子化 しょうしか	(名) 少子化	**複数** ふくすう	(名) 複數
数 すう	(名・接頭) 數，數目，數量；定數，天命；（數學中泛指的）數；數量	**略・粗** ほぼ　ほぼ	(副) 大約，大致，大概
大半 たいはん	(名) 大半，多半，大部分	**枚数** まいすう	(名)（紙、衣、版等薄物）張數，件數
大部分 だいぶぶん	(名・副) 大部分，多半	**稀** まれ	(形動) 稀少，稀奇，稀罕
達する たっ	(他サ・自サ) 到達；精通，通過；完成，達成，實現；下達（指示、通知等）	**メーター【meter】**	(名) 米，公尺；儀表，測量器
単数 たんすう	(名)（數）單數，（語言中人事物的）單數	**目安** めやす	(名)（大致的）目標，大致的推測，基準；標示
超過 ちょうか	(名・自サ) 超過	**最も** もっと	(副) 最，頂
通り とお	(接尾) 種類；套，組	**約** やく	(名・副・漢造) 約定，商定；縮寫，略語；大約，大概；簡約，節約
半ば なか	(名・副) 一半，半數；中間，中央；半途；大約一半，一半左右	**予備** よび	(名) 預備，準備

練習

Ⅰ [a～e]の中から適当な言葉を選んで、（　　）に入れなさい。（必要なら形を変えてください。）

a. 一通り	b. 半ば	c. ごく	d. 約	e. 最も

❶ （　　　　　　　　　　）真面目な話だが、来年彼女と結婚しようと思っている。

❷ 夏休みは（　　　　　　　　）を過ぎたのに、宿題はまだ全然やっていない。

❸ この鎮痛剤は、飲んで（　　　　　　　　）30分後に効いてくるだろう。

❹ 東京スカイツリーは、日本で（　　　　　　　）高い建物である。

❺ 一人暮らしをするにあたり、必要な電化製品を（　　　　　　　　　）揃えた。

Ⅱ [a～e]の中から適当な言葉を選んで、（　　）に入れなさい。（必要なら形を変えてください。）

a. 一筋	b. おのおの	c. 予備	d. 位	e. 目安

❶ 治療薬開発のため、40年間研究（　　　　　　　　）で歩んでまいりました。

❷ 彼の先祖は武士だったが、（　　　　　　　　）が低かったため、家は貧しかった。

❸ 相談時間については一人につき30分を（　　　　　　　）にしている。

❹ 持ち物は（　　　　　　）名前を書いて、この棚に置いてください。

❺ （　　　　　　）のお金をお財布に入れておくだけで、安心感と余裕が生まれる。

Ⅲ [a～d]の中から適当な言葉を選んで、（　　）に入れなさい。（必要なら形を変えてください。）

a. 大半	b. 何百	c. 基準	d. 単数	e. なし

❶ 彼（　　　　　　　）では勝てなかった。

❷ そのときまでは（　　　　　　　）の人が彼の成功を信じていた。

❸ 日本語は（　　　　　　　）と複数の区別をしないが、他の言語ではどうだろうか。

❹ テストの点数が80点以上であることが合格の（　　　　　　）だ。

❺ 彼は仮説に微調整を加えながら、（　　　　　　　）回と実験を繰り返した。

46 数量、図形、色彩 (2)

すうりょう　ずけい　しきさい

数量、圖形、色彩 (2)

◆ 量　量、容量

りょう

余る あま	(自五) 剩餘；超過，過分，承擔 不了	**段** だん	(名・形名) 層，格，節；(印刷品 的)排，段，樓梯；文章的段落
或る あ	(連體)（動詞「あり」的連體形轉 變，表示不明確、不肯定）某， 有	**中** ちゅう	(名・接尾・漢造) 中央，當中；中 間；中等；…之中；正在…當中
有る・在る あ　あ	(自五) 有；持有，具有；舉行， 發生；有過；在	**定員** ていいん	(名)（機關，團體的）編制的名 額；(車輛等的)規定的人數
幾 いく	(接頭) 表數量不定，幾，多少， 如「幾日」(幾天)；表數量、程 度很大，如「幾千万」(幾千萬)	**どっと**	(副)（許多人）一齊（突然發聲）， 哄堂；(人、物) 湧來，雲集； (突然)病重，病倒
幾分 いくぶん	(副・名) 一點，少許，多少；(分 成)幾分；(分成幾分中的)一部 分	**莫大** ばくだい	(名・形動) 莫大，無尚，龐大
一定 いってい	(名・自他サ) 一定；規定，固定	**分** ぶん	(名・漢造) 部分；份；本分；地位
うんと	(副) 多，大大地；用力，使勁地	**分量** ぶんりょう	(名) 分量，重量，數量
大 おお	(造語)（形狀、數量）大，多；(程 度)非常，很；大體，大概	**膨大** ぼうだい	(名・形動) 龐大的，臃腫的，膨 脹
大いに おお	(副) 很，頗，大大地，非常地	**豊富** ほうふ	(形動) 豐富
過半数 かはんすう	(名) 過半數，半數以上	**未満** みまん	(接尾) 未滿，不足
巨大 きょだい	(形動) 巨大，雄偉	**唯一** ゆいいつ	(名) 唯一，獨一
限度 げんど	(名) 限度，界限	**余計** よけい	(形動・副) 多餘的，無用的，用 不著的；過多的；更多，格外， 更加，越發
全て すべ	(名・副) 全部，一切，通通；總 計，共計	**余分** よぶん	(名・形動) 剩餘，多餘的；超量 的，額外的
多少 たしょう	(名・副) 多少，多寡；一點，稍 微	**量** りょう	(名・漢造) 數量，份量，重量； 推量；器量
だらけ	(接尾)（接名詞後）滿，淨，全； 多，很多	**僅か** わず	(副・形動)（數量、程度、價值、 時間等）很少，僅僅；一點也(後 加否定)
多量 たりょう	(名・形動) 大量		
足る た	(自五) 足夠，充足；值得，滿足		

練 習

I [a～e]の中から適当な言葉を選んで、（　　）に入れなさい。（必要なら形を変えてください。）

a. 余計	b. 豊富	c. 莫大	d. 余分	e. 巨大
よけい	ほうふ	ばくだい	よぶん	きょだい

❶ 近くのコンビニは弁当の種類が（　　　　　　　　　）なので、よく利用している。

❷ 新しい空港を造るためには、（　　　　　　　　）な建設費と年月が必要だ。

❸ 一人でちゃんと帰れるから、（　　　　　　　　）な心配はしなくていいよ。

❹ 人数が増えてもいいように、（　　　　　　　　）に宅配ピザを注文した。

❺ エジプトに行って、（　　　　　　　）な ピラミッドを写真に撮りたい。

II [a～e]の中から適当な言葉を選んで、（　　）に入れなさい。（必要なら形を変えてください。）

a. うんと	b. 幾分	c. どっと	d. わずか	e. 大いに
	いくぶん			おお

❶ 100人以上受験したが、（　　　　　　）10人しか合格しなかった。

❷ 今夜のパーティーは、（　　　　　　　）食べ、楽しく歌いましょう。

❸ 結婚したら二人で（　　　　　　）働いて、マンションを購入したい。

❹ ピエロのおどけたしぐさを見て、園児たちは（　　　　　　　）笑った。

❺ 頭が痛かったので薬を飲んだら、痛みは（　　　　　　）やわらいだ。

III [a～e]の中から適当な言葉を選んで、（　　）に入れなさい。（必要なら形を変えてください。）

a. 定員	b. 唯一	c. 分量	d. 限度	e. 分
ていいん	ゆいいつ	ぶんりょう	げんど	ぶん

❶ このボートの（　　　　　　　）は40人なので、あと二人乗れますよ。

❷ 最近の彼女のわがままは、（　　　　　　）を超えていると思う。

❸ ご飯を炊いたのですが、水の（　　　　　　　）を間違えて激硬ご飯になってしまった。

❹ （　　　　　　）のママ友が海外へ引っ越してしまって、寂しいです。

❺ 辛いのは苦手なので、私の（　　　　　　）には辛子をあまり入れないで。

47 数量、図形、色彩 (3)

すうりょう　ず　けい　しき　さい

数量、圖形、色彩 (3)

◆ 計算　計算

円周 えんしゅう	(名)(數)圓周
確率 かくりつ	(名)機率，概率
加減 かげん	(名・他サ)加法與減法；調整，斟酌；程度，狀態；(天氣等)影響；身體狀況
過剰 かじょう	(名・形動)過剩，過量
加わる くわる	(自五)加上，添上
激増 げきぞう	(名・自サ)激增，劇增
合計 ごうけい	(名・他サ)共計，合計，總計
増加 ぞうか	(名・自他サ)增加，增多，增進
増減 ぞうげん	(名・自他サ)增減
統計 とうけい	(名・他サ)統計
ぴたり	(副)突然停止；緊貼地，緊緊地；正好，正合適，正對
方程式 ほうていしき	(名)(數學)方程式
増し まし	(名・形動)增，增加；勝過，強
率 りつ	(名)率，比率，成數；有力或報酬等的程度
割る わる	(他五)打，劈開；用除法計算

◆ 長さ、広さ、重さなど　長度、面積、重量等

一部 いちぶ	(名)一部分，(書籍、印刷物等)一冊，一份，一套
重たい おも	(形)(份量)重的，沉的；心情沉重
間隔 かんかく	(名)間隔，距離

差 さ	(名)差別，區別，差異；差額，差數
重量 じゅうりょう	(名)重量，分量；沈重，有份量
小 しょう	(名)小(型)，(尺寸，體積)小的；小月；謙稱
垂直 すいちょく	(名・形動)(數)垂直；(與地心)垂直
寸法 すんぽう	(名)長短，尺寸；(預定的)計畫，順序，步驟；情況
測量 そくりょう	(名・他サ)測量，測繪
大 だい	(名・漢造)(事物、體積)大的；量多的；優越，好；宏大，大量；宏偉，超群
大小 だいしょう	(名)(尺寸)大小；大和小
体積 たいせき	(名)(數)體積，容積
束 たば	(名)把，捆
長 ちょう	(名・漢造)長，首領；長輩；長處
長短 ちょうたん	(名)長和短；長度；優缺點，長處和短處；多和不足
直径 ちょっけい	(名)(數)直徑
等分 とうぶん	(名・他サ)等分，均分；相等的份量
半径 はんけい	(名)半徑
面積 めんせき	(名)面積
容積 ようせき	(名)容積，容量，體積
リットル【liter】	(名)升，公升

練 習

Ⅰ [a～e]の中から適当な言葉を選んで、（　　）に入れなさい。（必要なら形を変えてください。）

a. 加減	b. 増加	c. 増し	d. 率	e. 確率

❶ この旅館では、土曜日の宿泊料は平日の２割（　　　　　　　）になる。

❷ カレーを作るには火の（　　　　　　　）が大事だと思う。

❸ この実験は、準備の時間が足りなかったため、成功の（　　　　　　　）が低い。

❹ 世論調査の結果、与党の支持（　　　　　　　）は２ポイント減少し、50％を割った。

❺ 空き家の（　　　　　　　）が著しい。

Ⅱ [a～e]の中から適当な言葉を選んで、（　　）に入れなさい。（必要なら形を変えてください。）

a. 長短	b. 寸法	c. 体積	d. リットル	e. 間隔

❶ この薬を飲むときは８時間ずつ（　　　　　　　）をあけて飲んでください。

❷ 人間の血液は何（　　　　　　　）ぐらいあるのでしょうか？

❸ この箱の（　　　　　　　）は１立方メートル位だと思います。

❹ 調理時間の（　　　　　　　）は、使う調理器具によっても変わります。

❺ このベッドは（　　　　　　　）が大きすぎて部屋が狭く感じる。

Ⅲ [a～d]の中から適当な言葉を選んで、（　　）に入れなさい。（必要なら形を変えてください。）

a. 等分する	b. 割る	c. 測量する	d. 加わる

❶ ６人で食べた食事代を６で（　　　　　　　）、割り勘にすることにした。

❷ ドローンを飛ばして土地を（　　　　　　　）。

❸ 元プロ野球選手が（　　　　　　　）ので、チームは強くなるだろう。

❹ 兄弟３人だから遺産を３（　　　　　　　）のが公平だ。

48 数量、図形、色彩 (4)

すうりょう　ず　けい　しきさい

數量、圖形、色彩 (4)

◆ 回数、順番　次數、順序

かいすう **回数**	(名) 次數，回數
かさ **重なる**	(自五) 重疊，重複；(事情、日子)撞在一起
きゅう **級**	(名・漢造) 等級，階段；班級，年級；頭
こうしゃ **後者**	(名) 後來的人；(兩者中的)後者
こんかい **今回**	(名) 這回，這次，此番
さい **再**	(漢造) 再，又一次
さいさん **再三**	(副) 屢次，再三
しばしば	(副) 常常，每每，屢次，再三
じゅう **重**	(接尾) (助數詞用法)層，重
じゅんじゅん **順々**	(副) 按順序，依次；一點點，漸漸地，逐漸
じゅんじょ **順序**	(名) 順序，次序，先後；手續，過程，經過
ぜんしゃ **前者**	(名) 前者
ぞくぞく **続々**	(副) 連續，紛紛，連續不斷地
だい **第**	(漢造) 順序；考試及格，錄取；住宅，宅邸
たび **度**	(名・接尾) 次，回，度；(反覆)每當，每次；(接數詞後)回，次
たびたび **度々**	(副) 屢次，常常，再三
ダブる	(自五) 重複；撞期
つ **次ぐ**	(自五) 緊接著，繼…之後；次於，併於

ばんめ **番目**	(接尾) (助數詞用法，計算事物順序的單位)第
ひ　かえ **引っくり返す**	(他五) 推倒，弄倒，碰倒；顛倒過來；推翻，否決
まいど **毎度**	(名) 曾經，常常，屢次；每次
やたらに	(形動・副) 胡亂的，隨便的，任意的，馬虎的；過分，非常，大膽

練 習

Ⅰ [a〜e]の中から適当な言葉を選んで、（　　）に入れなさい。（必要なら形を変えてください。）

a. 再三	b. 順々	c. 続々	d. やたらに	e. しばしば

❶ 医師は（　　　　　　　）禁煙を勧めたが、彼はたばこをやめなかった。

❷ 大きな地震があった地方のニュースが、（　　　　　　　）と入っている。

❸ この高級ホテルは、（　　　　　　　）外国の要人が利用している。

❹ 受付で名前を書いて、前から（　　　　　　　）に席に着いてください。

❺ 食べ放題だからといって、（　　　　　　　）食べてはお腹を壊すよ。

Ⅱ [a〜e]の中から適当な言葉を選んで、（　　）に入れなさい。（必要なら形を変えてください。）

a. 今回	b. 順序	c. 後者	d. 毎度	e. 回数

❶ 作業は（　　　　　　　）よく進めていますので、ご安心ください。

❷ （　　　　　　　）のご来店ありがとうございます。

❸ 健康のためには、食べ物をかむ（　　　　　　　）を増やした方がいい。

❹ あきらめるか続けるか3日間考えて、（　　　　　　　）を選んだ。

❺ （　　　　　　　）の試験には必ず合格したいとチーム全員が思っている。

Ⅲ [a〜d]の中から適当な言葉を選んで、（　　）に入れなさい。（必要なら形を変えてください。）

a. 重なる	b. ダブる	c. 次ぐ	d. 引っくり返す

❶ 研究論文の発表は、A氏に（　　　　　　　）私がする予定である。

❷ 結婚祝いでもらった品が、前に買った物と（　　　　　　　）しまった。

❸ 我が家は、兄の結婚と私の大学合格というお祝い事が度（　　　　　　　）。

❹ テーブルの上の花瓶を（　　　　　　　）しまった。

◆ 図形、模様、色彩　圖形、花紋、色彩

青白い あおじろ	形（臉色）蒼白的；青白色的
円 えん	名（幾何）圓，圓形；（明治後日本貨幣單位）日元
角度 かくど	名（數學）角度；（觀察事物的）立場
括弧 かっこ	名 括號；括起來
柄 がら	名・接尾 身材；花紋，花樣；性格，人品，身分；表示性格，身分的適合性
カラー【color】	名 色，彩色；（繪畫用）顏料
記号 きごう	名 符號，記號
球 きゅう	名・漢造 球；（數）球體，球形
曲線 きょくせん	名 曲線
銀 ぎん	名 銀，白銀；銀色
グラフ【graph】	名 圖表，圖解，座標圖；畫報
形・型 けい・けい	漢造 型，模型；樣板，典型，模範；樣式；形成，形容
紺 こん	名 深藍，深青
四角い しかく	形 四角的，四方的
図 ず	名 圖，圖表；地圖；設計圖；圖畫
図形 ずけい	名 圖形，圖樣；（數）圖形
正 せい	名・漢造 正直；（數）正號；正確，正當；更正，糾正；主要的，正的
正方形 せいほうけい	名 正方形

対角線 たいかくせん	名 對角線
楕円 だえん	名 橢圓
長方形 ちょうほうけい	名 長方形，矩形
直角 ちょっかく	名・形動（數）直角
凸凹 でこぼこ	名・自サ 凹凸不平，坑坑窪窪；不平衡，不均勻
点々 てんてん	副 點點，分散在；（液體）點點地，滴滴地往下落
表 ひょう	名・漢造 表，表格；奏章；表面，外表；表現；代表；表率
真四角 ましかく	名 正方形
真っ赤 まっか	名・形 鮮紅；完全
丸 まる	名・接尾 圓形，球狀；句點；完全
真ん丸い まんまるい	形 溜圓，圓溜溜
模様 もよう	名 花紋，圖案；情形，狀況；徵兆，趨勢
横長 よこなが	名・形動 長方形的，橫寬的
四つ角 よつかど	名 十字路口；四個犄角
螺旋 らせん	名 螺旋狀物；螺旋
緑黄色 りょくおうしょく	名 黃綠色
輪 わ	名 圈，環，箍；環節；車輪

練習

Ⅰ [a～e]の中から適当な言葉を選んで、（　　）に入れなさい。（必要なら形を変えてください。）

| a. 丸_{まる} | b. 柄_{がら} | c. 紺_{こん} | d. 図_ず | e. 輪_わ |

❶ 小学校の先生は、私の作文にいつも二重（　　　　　　　　）を付けてくれた。

❷ 我が社の社長は、いつも派手な（　　　　　　　　）のネクタイをしている。

❸ これから簡単にご説明しますので、この（　　　　　　　　）をご覧ください。

❹ 就職説明会に出るために（　　　　　　　　）のスーツと水色のネクタイを買った。

❺ 子どもたちは（　　　　　　　　）になって踊っていた。

Ⅱ [a～e]の中から適当な言葉を選んで、（　　）に入れなさい。（必要なら形を変えてください。）

| a. グラフ | b. 括弧_{かっこ} | c. 記号_{きごう} | d. 螺旋_{らせん} | e. 四つ角_{よ かど} |

❶ 理科のテストで、化学（　　　　　　　　）を書く難しい問題が出た。

❷ 「（　　　　　　　　）の中の言葉を正しい形に直しなさい。」という問題が出た。

❸ おしゃれな（　　　　　　　　）階段をリビングに造りたいです。

❹ この（　　　　　　　　）を見て、その下にある三つの質問に答えてください。

❺ 川の手前の（　　　　　　　　）を左へ曲がると、神社の鳥居が立っている。

Ⅲ [a～e]の中から適当な言葉を選んで、（　　）に入れなさい。（必要なら形を変えてください。）

| a. 図形_{ずけい} | b. 曲線_{きょくせん} | c. 模様_{もよう} | d. 直角_{ちょっかく} | e. 凸凹_{でこぼこ} |

❶ 山の上から遠くの水平線を見ると、かすかに（　　　　　　　　）を描いている。

❷ 息子は中学校で空間（　　　　　　　　）の勉強をしていますが、なかなか難しそうです。

❸ 長方形の内側の4個の角はそれぞれ（　　　　　　　　）だ。

❹ 村の女性たちが織る複雑な（　　　　　　　　）の絨毯は実に見事だった。

❺ この（　　　　　　　　）の道路状況で車を運転するのはとても大変だ。

50 教育 (1) 教育 (1)

◆ 教育、学習　教育、學習

学 がく	(名・漢造) 學校；知識，學問，學識
学習 がくしゅう	(名・他サ) 學習
学術 がくじゅつ	(名) 學術
学問 がくもん	(名・自サ) 學業，學問；科學，學術；見識，知識
学会 がっかい	(名) 學會，學社
課程 かてい	(名) 課程
基礎 きそ	(名) 基石，基礎，根基；地基
教養 きょうよう	(名) 教育，教養，修養；（專業以外的）知識學問
講演 こうえん	(名・自サ) 演說，講演
参考 さんこう	(名・他サ) 參考，借鑑
しくじる	(他五) 失敗，失策；（俗）被解雇
自習 じしゅう	(名・他サ) 自習，自學
自然科学 しぜんかがく	(名) 自然科學
実験 じっけん	(名・他サ) 實驗，實地試驗；經驗
実習 じっしゅう	(名・他サ) 實習
指導 しどう	(名・他サ) 指導；領導，教導
社会科学 しゃかいかがく	(名) 社會科學
上級 じょうきゅう	(名)（層次、水平高的）上級，高級
上達 じょうたつ	(名・自他サ)（學術、技藝等）進步，長進；上呈，向上傳達

初級 しょきゅう	(名) 初級
初歩 しょほ	(名) 初學，初步，入門
人文科学 じんぶんかがく	(名) 人文科學，文化科學（哲學、語言學、文藝學、歷史學領域）
専攻 せんこう	(名・他サ) 專門研究，專修，專門
体育 たいいく	(名) 體育；體育課
哲学 てつがく	(名) 哲學；人生觀，世界觀
道徳 どうとく	(名) 道德
倣う なら	(自五) 仿效，學
方針 ほうしん	(名) 方針；（羅盤的）磁針
保健 ほけん	(名) 保健，保護健康
学ぶ まな	(他五) 學習；掌握，體會
身 み	(名) 身體；自身，自己；身份，處境；心，精神；肉；力量，能力

練 習

Ⅰ [a～e]の中から適当な言葉を選んで、（　　　）に入れなさい。（必要なら形を変えてください。）

a. 参考 <small>さんこう</small>	b. 自習 <small>じ しゅう</small>	c. 上達 <small>じょうたつ</small>	d. 基礎 <small>き そ</small>	e. 道徳 <small>どうとく</small>

❶ 生徒<small>せい と</small>は専用<small>せんよう</small>ルームで自学<small>じ がく</small>（　　　　　　　）を行<small>おこな</small>う。

❷ 子<small>こ</small>どもの名前<small>な まえ</small>をつけるにあたって、姓名判断<small>せいめいはんだん</small>の本<small>ほん</small>を（　　　　　　　）にした。

❸ こんな（　　　　　　　）的<small>てき</small>なことがわからないようでは困<small>こま</small>ります。

❹ 興味<small>きょう み</small>があると（　　　　　　　）が速<small>はや</small>い。

❺ 小学生<small>しょうがくせい</small>の頃<small>ころ</small>は、お話<small>はなし</small>が聞<small>き</small>ける（　　　　　　　）の時間<small>じ かん</small>が楽<small>たの</small>しみだった。

Ⅱ [a～e]の中から適当な言葉を選んで、（　　　）に入れなさい。（必要なら形を変えてください。）

a. 学ぶ <small>まな</small>	b. 倣う <small>なら</small>	c. しくじる	d. 専攻する <small>せんこう</small>	e. 実習する <small>じっしゅう</small>

❶ 彼<small>かれ</small>はケンブリッジ大学<small>だいがく</small>で化学<small>か がく</small>を（　　　　　　　）いる。

❷ 病院<small>びょういん</small>で（　　　　　　　）際<small>さい</small>には、患者<small>かんじゃ</small>さんと接<small>せっ</small>する機会<small>き かい</small>が多<small>おお</small>くあります。

❸ 父<small>ちち</small>に（　　　　　　　）早起<small>はや お</small>きし、公園<small>こうえん</small>をジョギングすることにした。

❹ 俳句<small>はい く</small>を（　　　　　　　）ため、日本<small>に ほん</small>の大学<small>だいがく</small>に留学<small>りゅうがく</small>することにした。

❺ パソコン操作<small>そう さ</small>を（　　　　　　　）、実験<small>じっけん</small>データが消<small>き</small>えてしまった。

Ⅲ [a～e]の中から適当な言葉を選んで、（　　　）に入れなさい。（必要なら形を変えてください。）

a. 学術 <small>がくじゅつ</small>	b. 講演 <small>こうえん</small>	c. 指導 <small>し どう</small>	d. 学習 <small>がくしゅう</small>	e. 初級 <small>しょきゅう</small>

❶ 学校<small>がっこう</small>の教育方針<small>きょういくほうしん</small>に沿<small>そ</small>った（　　　　　　　）を心掛<small>こころ が</small>けている。

❷ （　　　　　　　）の後<small>あと</small>、30分<small>ぷん</small>ほど質疑応答<small>しつ ぎ おうとう</small>の時間<small>じ かん</small>を設<small>もう</small>けます。

❸ この単語<small>たん ご</small>は（　　　　　　　）の授業<small>じゅぎょう</small>で習<small>なら</small>ったが意味<small>い み</small>は忘<small>わす</small>れてしまった。

❹ 彼<small>かれ</small>の話<small>はなし</small>は（　　　　　　　）的過<small>てき す</small>ぎて、中学生<small>ちゅうがくせい</small>や高校生<small>こうこうせい</small>にはわかりにくい。

❺ 今<small>いま</small>を大切<small>たいせつ</small>に、（　　　　　　　）に励<small>はげ</small>もう。

51 教育 (2)
きょういく

教育 (2)

◆ 学生生活 (1)　學生生活 (1)
がくせいせいかつ

現れ・表れ あらわ　あらわ	(名)（為「あらわれる」的名詞形） 表現；現象；結果
暗記 あん き	(名・他サ) 記住，背誦，熟記
委員 い いん	(名) 委員
一斉に いっせい	(副) 一齊，一同
受け持つ う も	(他五) 擔任，擔當，掌管
遠足 えんそく	(名・自サ) 遠足，郊遊
追い付く お つ	(自五) 追上，趕上；達到；來得 及
応用 おうよう	(名・他サ) 應用，運用
課 か	(名・漢造)（教材的）課；課業； （公司等）科
回転 かいてん	(名・自サ) 旋轉，轉動，迴轉；轉 彎，轉換（方向）；（表次數）周， 圈；（資金）週轉
解答 かいとう	(名・自サ) 解答
学年 がくねん	(名) 學年(度)；年級
学力 がくりょく	(名) 學習實力
下線 か せん	(名) 下線，字下畫的線，底線
学級 がっきゅう	(名) 班級，學級
活動 かつどう	(名・自サ) 活動，行動
科目 か もく	(名) 科目，項目；（學校的）學科， 課程
休講 きゅうこう	(名・自サ) 停課
組 くみ	(名) 套，組，隊；班，班級；（黑 道）幫派

校庭 こうてい	(名) 學校的庭園，操場
サークル【circle】	(名) 伙伴，小組；周圍，範圍
採点 さいてん	(名・他サ) 評分數
騒がしい さわ	(形) 吵鬧的，吵雜的，喧鬧的； （社會輿論）議論紛紛的，動盪 不安的
しいんと	(副・自サ) 安靜，肅靜，平靜，寂 靜
時間割 じ かんわり	(名) 時間表
集会 しゅうかい	(名・自サ) 集會
集合 しゅうごう	(名・自他サ) 集合；群體，集群； （數）集合
集団 しゅうだん	(名) 集體，集團
賞 しょう	(名・漢造) 獎賞，獎品，獎金；欣 賞
清書 せいしょ	(名・他サ) 謄寫清楚，抄寫清楚

練習

Ⅰ [a～e]の中から適当な言葉を選んで、(　　　)に入れなさい。(必要なら形を変えてください。)

a. 学力	b. 暗記	c. 解答	d. 表れ	e. 回転

❶ 金メダルがとれたことは、チーム一人一人の努力の(　　　　　)だ。

❷ 毎日少しずつ勉強すれば必ず(　　　　　)が上がるから頑張って。

❸ 子どもの頃と比べて(　　　　　)ができなくなった。

❹ 彼は頭の(　　　　　)が速く、どんな質問にも即座に答えてみせた。

❺ 問題の(　　　　　)をようやく見つけ出した。

Ⅱ [a～e]の中から適当な言葉を選んで、(　　　)に入れなさい。(必要なら形を変えてください。)

a. サークル	b. 休講	c. 遠足	d. 採点	e. 科目

❶ 大学では、4年間テニス(　　　　　)に入っていました。

❷ 私が得意な(　　　　　)は英語で、苦手な(　　　　　)は数学と理科です。

❸ あの先生は(　　　　　)が甘い。

❹ 今日は暴風雨のため(　　　　　)になった。

❺ 明日の(　　　　　)は雨天中止です。但し、小雨の場合は決行します。

Ⅲ [a～e]の中から適当な言葉を選んで、(　　　)に入れなさい。(必要なら形を変えてください。)

a. 学級	b. 集会	c. 委員	d. 校庭	e. 集団

❶ 子どもたちは休み時間になるといっせいに(　　　　　)に走り出た。

❷ 小学生たちが先生に連れられて(　　　　　)で動物園に入って行った。

❸ 鈴木さんは今年のスポーツ大会の実行(　　　　　)に選ばれた。

❹ 授業が終わった後、(　　　　　)会で生活委員や保健委員を決めた。

❺ 大統領の支持者らが(　　　　　)を開いた。

◆ 学生生活 (2)　學生生活 (2)
がくせいせいかつ

成績　せいせき	(名) 成績，效果，成果
ゼミ【seminar 之略】	(名)（跟著大學裡教授的指導）課堂討論；研究小組，研究班
全員　ぜんいん	(名) 全體人員
選択　せんたく	(名・他サ) 選擇，挑選
卒業証書　そつぎょうしょうしょ	(名) 畢業證書
単位　たんい	(名) 學分；單位
中退　ちゅうたい	(名・自サ) 中途退學
通学　つうがく	(名・自サ) 上學
問い　とい	(名) 問，詢問，提問；問題
答案　とうあん	(名) 試卷，卷子
当番　とうばん	(名・自サ) 值班（的人）
図書室　としょしつ	(名) 閱覽室
取り出す　とだ	(他五)（用手從裡面）取出，拿出；（從許多東西中）挑出，抽出
パス【pass】	(名・自サ) 免票，免費；定期票，月票；合格，通過
ばつ	(名)（表否定的）叉號
筆記　ひっき	(名・他サ) 筆記；記筆記
筆記試験　ひっきしけん	(名) 筆試
冬休み　ふゆやすみ	(名) 寒假
満点　まんてん	(名) 滿分；最好，完美無缺，登峰造極

見直す　みなおす	(自他五)（見）起色，（病情）轉好；重看，重新看；重新評估，重新認識
役割　やくわり	(名) 分配任務（的人）；（分配的）任務，角色，作用
欄　らん	(名・漢造)（表格等）欄目；欄杆；（書籍、刊物、版報等的）專欄
零点　れいてん	(名) 零分；毫無價值，不夠格；零度，冰點

◆ 学校　學校
がっこう

裏口　うらぐち	(名) 後門，便門；走後門
学科　がっか	(名) 科系
学期　がっき	(名) 學期
キャンパス【campus】	(名)（大學）校園，校內
休校　きゅうこう	(名・自サ) 停課
校歌　こうか	(名) 校歌
高等　こうとう	(名・形動) 高等，上等，高級
在校　ざいこう	(名・自サ) 在校
室　しつ	(名・漢造) 房屋，房間；（文）夫人，妻室；家族；窖，洞；鞘
実技　じつぎ	(名) 實際操作
受験　じゅけん	(名・他サ) 參加考試，應試，投考
私立　しりつ	(名) 私立，私營
進路　しんろ	(名) 前進的道路

すいせん **推薦**	名・他サ 推薦，舉薦，介紹	ひ だ **引き出す**	他五 抽出，拉出；引誘出，誘騙；（從銀行）提取，提出
スクール【school】	名・造 學校；學派；花式滑冰規定動作	ふ ぞく **付属**	名・自サ 附屬
せいもん **正門**	名 大門，正門		

練 習

Ⅰ [a ～ e]の中から適当な言葉を選んで、(　　)に入れなさい。（必要なら形を変えてください。）

a. しん ろ 進路	b. し りつ 私立	c. ふ ぞく 付属	d. キャンパス	e. うらぐち 裏口

❶ さいきん
最近は (　　　　　　　) ちゅうがく しんがく おや ふ
中学に進学させる親が増えているらしい。

❷ こんかい ち ほう こくりつだいがく
今回、地方の国立大学 (　　　　　　　) しょうがっこう ちょうじょ ごうかく
小学校に、長女が合格しました。

❸ せんせい
先生、(　　　　　　) そうだん
についてご相談したいのですがよろしいですか。

❹ にゅうがく とう じ
入学した当時は、(　　　　　　) なに
のどこに何があるのかわからなかった。

❺ かいしゃ しょうめんげんかん し
会社の正面玄関が閉まっていたので、(　　　　　　) はい
から入った。

Ⅱ [a ～ e]の中から適当な言葉を選んで、(　　)に入れなさい。（必要なら形を変えてください。）

a. れいてん 零点	b. たん い 単位	c. ゼミ	d. じつ ぎ 実技	e. とうばん 当番

❶ かのじょ ぐ あい わる
彼女の具合が悪そうだから、(　　　　　　) か
を代わってあげた。

❷ ねんかん あそ そつぎょう ひつよう
4年間、遊んでばかりいたので、卒業に必要な (　　　　　　) と
が取れなかった。

❸ し けん なに か
試験は何も書けなくて (　　　　) と
を取った。

❹ おんがく たいいく
音楽や体育などの (　　　　　) か もく せいせき あ
科目はなかなか成績が上がらない。

❺ らいしゅう
来週は (　　　　　) はっぴょう ばん し りょう じゅん び
の発表をする番なので、資料を準備しなければならない。

109

儀式 ぎ しき	(名) 儀式，典禮
貴重 き ちょう	(形動) 貴重，寶貴，珍貴
記念 き ねん	(名・他サ) 紀念
記念写真 き ねんしゃしん	(名) 紀念照
行事 ぎょう じ	(名) (按慣例舉行的) 儀式，活動
祭日 さいじつ	(名) 節日；日本神社祭祀日；宮中舉行重要祭祀活動日；祭靈日
式 しき	(名・漢造) 儀式，典禮，(特指) 婚禮；方式；樣式，類型，風格；做法；算式，公式
しきたり	(名) 慣例，常規，成規，老規矩
祝日 しゅくじつ	(名) (政府規定的) 節日
人生 じんせい	(名) 人的一生；生涯，人的生活
葬式 そうしき	(名) 葬禮
存続 そんぞく	(名・自他サ) 繼續存在，永存，長存
突く つ	(他五) 扎，刺，戳；撞，頂；支撐；冒著，不顧；沖，撲 (鼻)；攻擊，打中
伝統 でんとう	(名) 傳統
華々しい はなばな	(形) 華麗，豪華；輝煌；壯烈
盆 ぼん	(名・漢造) 拖盤，盆子；中元節略語
目出度い め で た	(形) 可喜可賀，喜慶的；順利，幸運，圓滿；頭腦簡單，傻氣；表恭喜慶祝

練 習

Ⅰ [a～e]の中から適当な言葉を選んで、（　　　）に入れなさい。（必要なら形を変えてください。）

a. 祝日	b. 葬式	c. 儀式	d. 伝統	e. 記念写真

❶ （　　　　　　　）には黒い服とネクタイで行くのが日本のマナーです。

❷ 今まで宗教的な（　　　　　　　）に出席したことがありますか。

❸ 柔道は、（　　　　　　　）的な日本のスポーツだったが、今は国際的に人気がある。

❹ 明日は水曜日ですが、（　　　　　　　）なので学校はお休みです。

❺ これは息子が中学に入学したときに家族で撮った（　　　　　　　）です。

Ⅱ [a～e]の中から適当な言葉を選んで、（　　　）に入れなさい。（必要なら形を変えてください。）

a. 祭日	b. 人生	c. 存続	d. 式	e. しきたり

❶ このままでは、会社の（　　　　　　　）が危うくなります。

❷ 彼に会えたことは、私の（　　　　　　　）で一番の幸せかもしれない。

❸ この村には古い（　　　　　　　）がたくさん残っています。

❹ （　　　　　　　）とは、もともと皇室に関わりのある日で、今ではそのほとんどが祝日になっている。

❺ いとこの結婚（　　　　　　　）に出席するため、新幹線で故郷に帰った。

Ⅲ [a～c]の中から適当な言葉を選んで、（　　　）に入れなさい。（必要なら形を変えてください。）

a. 華々しい	b. 貴重	c. めでたい

❶ 彼女はバレーボールの試合で、（　　　　　　　）活躍をした。

❷ （　　　　　　　）新年には、「おせち料理」を食べる習慣がある。

❸ 砂漠地帯に住む住民にとって、水はとても（　　　　　　　）である。

◆ 道具 (1) 工具 (1)

扱う あつか	他五 操作，使用；對待，待遇；調停，仲裁	**シーツ**【sheet】	名 床單
粗い あら	形 大；粗糙	**磁石** じしゃく	名 磁鐵；指南針
刀 かたな	名 刀的總稱	**蛇口** じゃぐち	名 水龍頭
鐘 かね	名 鐘，吊鐘	**銃** じゅう	名・漢造 槍，槍形物；有槍作用的物品
紙くず かみ	名 廢紙，沒用的紙	**鈴** すず	名 鈴鐺，鈴
剃刀 かみそり	名 剃刀，刮鬍刀；頭腦敏銳（的人）	**栓** せん	名 栓，塞子；閥門，龍頭，開關；阻塞物
乾電池 かんでんち	名 乾電池	**扇子** せんす	名 扇子
冠 かんむり	名 冠，冠冕；字頭，字蓋；有點生氣	**雑巾** ぞうきん	名 抹布
器械 きかい	名 機械，機器	**タイプライター** 【typewriter】	名 打字機
器具 きぐ	名 器具，用具，器械	**タイヤ**【tire】	名 輪胎
鎖 くさり	名 鎖鏈，鎖條；連結，聯繫；（喻）段，段落	**試し** ため	名 嘗試，試驗；驗算
管 くだ	名 細長的筒，管		
口紅 くちべに	名 口紅，唇膏		
包む くる	他五 包，裹		
コード【cord】	名（電）軟線		
香水 こうすい	名 香水		
琴 こと	名 古琴，箏		
コレクション 【collection】	名 蒐集，收藏；收藏品		
コンセント 【consent】	名 電線插座		

練習

Ⅰ [a～e]の中から適当な言葉を選んで、（　　　）に入れなさい。（必要なら形を変えてください。）

| a. コード | b. タイヤ | c. 蛇口^{じゃぐち} | d. 紙くず^{かみ} | e. 磁石^{じしゃく} |

❶ ばらばらになった金属^{きんぞく}を（　　　　　　　　　　）で集^{あつ}めてリサイクルする。

❷ 雪^{ゆき}の日^ひに普通^{ふつう}の（　　　　　　　　　）で道路^{どうろ}を走^{はし}るのは、大変危険^{たいへんきけん}だ。

❸ サッカーの試合^{しあい}の後^{あと}、（　　　　　　　　）から出^でる水^{みず}を頭^{あたま}からかぶった。

❹ 延長^{えんちょう}（　　　　　　　　）につないでパソコンの電源^{でんげん}を入^いれた。

❺ （　　　　　　　　）は全部集^{ぜんぶあつ}めてゴミ箱^{ばこ}に捨^すててから帰^{かえ}ってください。

Ⅱ [a～e]の中から適当な言葉を選んで、（　　　）に入れなさい。（必要なら形を変えてください。）

| a. シーツ | b. 銃^{じゅう} | c. コレクション | d. 剃刀^{かみそり} | e. 雑巾^{ぞうきん} |

❶ ホテルには歯^はブラシはあるが（　　　　　　　　）がないのでひげが剃^それない。

❷ 彼^{かれ}の古^{ふる}い切手^{きって}の（　　　　　　　）は、どれもすばらしい。

❸ 夏^{なつ}はよく汗^{あせ}をかくので、（　　　　　　　）は毎日取^{まいにちと}り替^かえて洗濯^{せんたく}している。

❹ 国^{くに}によって、個人^{こじん}の（　　　　　　　）の保有^{ほゆう}に関^{かん}する法律^{ほうりつ}に違^{ちが}いがある。

❺ 明日^{あした}は教室^{きょうしつ}の大掃除^{おおそうじ}をするので、全員^{ぜんいん}（　　　　　　　）を持^もって来^きなさい。

Ⅲ [a～e]の中から適当な言葉を選んで、（　　　）に入れなさい。（必要なら形を変えてください。）

| a. 乾電池^{かんでんち} | b. タイプライター | c. 器械^{きかい} | d. 鎖^{くさり} | e. 琴^{こと} |

❶ 医療^{いりょう}（　　　　　　　　）の発達^{はったつ}で、患者^{かんじゃ}の苦痛^{くつう}はだいぶ少^{すく}なくなった。

❷ 壁^{かべ}の時計^{とけい}が止^とまったので、（　　　　　　　）を交換^{こうかん}したら、また動^{うご}き出^だした。

❸ （　　　　　　　　）でつながれていたサーカスのライオンが逃^にげ出^だした。

❹ 従妹^{いとこ}は5歳^{さい}から（　　　　　　　）を習^{なら}い始^{はじ}めて、今^{いま}はどんな曲^{きょく}でも弾^ひける。

❺ これは100年前^{ねんまえ}に使^{つか}われていた（　　　　　　　）です。

55 道具 (2) 工具 (2)

◆ 道具 (2)　工具 (2)

中古（ちゅうこ）	(名)（歴史）中古（日本一般是指平安時代，或包含鐮倉時代）；半新不舊
中性（ちゅうせい）	(名)（化學）非鹼非酸，中性；（特徵）不男不女，中性；（語法）中性詞
調節（ちょうせつ）	(名・他サ)調節，調整
ちり紙（がみ）	(名)衛生紙；粗草紙
綱（つな）	(名)粗繩，繩索，纜繩；命脈，依靠，保障
トイレットペーパー【toilet paper】	(名)衛生紙，廁紙
縄（なわ）	(名)繩子，繩索
日用品（にちようひん）	(名)日用品
ねじ	(名)螺絲，螺絲釘
パイプ【pipe】	(名)管，導管；煙斗；煙嘴；管樂器
歯車（はぐるま）	(名)齒輪
バケツ【bucket】	(名)木桶
はしご	(名)梯子；挨家挨戶
ばね	(名)彈簧，發條；（腰、腿的）彈力，彈跳力
針（はり）	(名)縫衣針；針狀物；（動植物的）針，刺
針金（はりがね）	(名)金屬絲，（鉛、銅、鋼）線；電線
必需品（ひつじゅひん）	(名)必需品，日常必須用品
ピン【pin】	(名)大頭針，別針；（機）拴，樞
笛（ふえ）	(名)橫笛；哨子
ブラシ【brush】	(名)刷子
風呂敷（ふろしき）	(名)包巾
棒（ぼう）	(名・漢造)棒，棍子；（音樂）指揮；（畫的）直線，粗線
箒（ほうき）	(名)掃帚
マスク【mask】	(名)面罩，假面；防護面具；口罩；防毒面具；面相，面貌
目覚まし（めざまし）	(名)叫醒，喚醒；小孩睡醒後的點心；醒後為打起精神吃東西；鬧鐘
目覚まし時計（めざましどけい）	(名)鬧鐘
面（めん）	(名・接尾・漢造)臉，面；面具，假面；防護面具；用以計算平面的單位；會面
モーター【motor】	(名)發動機；電動機；馬達
用途（ようと）	(名)用途，用處
蝋燭（ろうそく）	(名)蠟燭

練 習

Ⅰ [a～e]の中から適当な言葉を選んで、( )に入れなさい。（必要なら形を変えてください。）

a. バケツ　　b. はしご　　c. 針金（はりがね）　　d. ピン　　e. ろうそく

❶ ( )で支柱をしっかりしばる。

❷ 重い石を入れて運ぶので、もっと頑丈な( )がいいです。

❸ ( )で髪を固定しようとすると、うまくできない。

❹ 屋根に積もった雪を下ろすため、屋根に( )をかける。

❺ ふぅー！と( )を消して願い事をしました。

Ⅱ [a～e]の中から適当な言葉を選んで、( )に入れなさい。（必要なら形を変えてください。）

a. 目覚まし時計　　b. 縄（なわ）　　c. モーター　　d. 風呂敷（ふろしき）　　e. 歯車（はぐるま）

❶ ( )がセットした時間に鳴らなかった。

❷ とうとう( )がいかれたのか、おもちゃの車が動かなくなっちゃったよ。

❸ ( )でお弁当箱を包む。

❹ もがけばもがくほど、( )は体にきつく食い込んだ。

❺ ( )の一つにはなりたくない、最初から最前線で働きたい。

Ⅲ [a～e]の中から適当な言葉を選んで、( )に入れなさい。（必要なら形を変えてください。）

a. ねじ　　b. パイプ　　c. マスク　　d. 笛（ふえ）　　e. ちり紙（がみ）

❶ 風邪をひいたので、鼻をかむための( )がたくさんほしい。

❷ この( )で水を送ります。

❸ 今は( )をつけることが当たり前の世の中になりました。

❹ 交差点に近づいたとき、警察官が( )を吹いて私の車を止めた。

❺ ( )がゆるんでいないかどうかを点検してください。

56 道具(3) 工具(3)

◆ 家具、工具、文房具　傢俱、工作器具、文具

釘 くぎ	(名) 釘子
くっ付ける	(他下一) 把…粘上，把…貼上，使靠近
削る けず	(他五) 削，刨，刮；刪減，削去，削減
座布団 ざ ぶ とん	(名)(舖在席子上的)棉坐墊
シャープペンシル 【(和) sharp + pencil】	(名) 自動鉛筆
芯 しん	(名) 蕊；核；枝條的頂芽
墨 すみ	(名) 墨；墨汁，墨水；墨狀物；(章魚、烏賊體內的)墨狀物
装置 そう ち	(名・他サ) 裝置，配備，安裝；舞台裝置
そろばん	(名) 算盤，珠算
戸棚 と だな	(名) 壁櫥，櫃櫥
糊 のり	(名) 膠水，漿糊
はんこ	(名) 印章，印鑑
筆 ふで	(名・接尾) 毛筆；(用毛筆)寫的字，畫的畫；(接數詞)表蘸筆次數
部品 ぶ ひん	(名)(機械等)零件
分解 ぶんかい	(名・他サ・自サ) 拆開，拆卸；(化)分解；解剖；分析(事物)
ペンチ 【pinchers 之略】	(名) 鉗子
包装 ほうそう	(名・他サ) 包裝，包捆
本箱 ほんばこ	(名) 書箱
メモ【memo】	(名・他サ) 筆記；備忘錄，便條；紀錄

◆ 計器、容器、入れ物、衛生器具
測量儀器、容器、器皿、衛生用具

入れ物 い もの	(名) 容器，器皿
籠 かご	(名) 籠子，筐，籃
空 から	(名) 空的；空，假，虛
空っぽ から	(名・形動) 空，空洞無一物
器 き	(名・漢造) 有才能，有某種才能的人；器具，器皿；起作用的，才幹
ぎっしり	(副)(裝或擠的)滿滿的
金庫 きん こ	(名) 保險櫃；(國家或公共團體的)金融機關，國庫
ケース【case】	(名) 盒，箱，袋；場合，情形，事例
収納 しゅうのう	(名・他サ) 收納，收藏
釣り合う つ あ	(自五) 平衡，均衡；勻稱，相稱
計り はか	(名) 秤，量，計量；份量；限度
秤 はかり	(名) 秤，天秤
瓶 びん	(名) 瓶，瓶子
物差し もの さ	(名) 尺；尺度，基準
容器 よう き	(名) 容器

◆ 照明、光学機器、音響、情報機器
燈光照明、光學儀器、音響、信息器具

明かり あ	(名) 燈，燈火；光，光亮；消除嫌疑的證據，證明清白的證據
圧縮 あっしゅく	(名・他サ) 壓縮；(把文章等)縮短
顕微鏡 けん び きょう	(名) 顯微鏡

照明 しょうめい	(名・他サ) 照明，照亮，光亮，燈光；舞台燈光	ビデオ【video】	(名) 影像，錄影；錄影機；錄影帶
スイッチ【switch】	(名・他サ) 開關；接通電路；(喻) 轉換(為另一種事物或方法)	複写 ふくしゃ	(名・他サ) 複印，複制；抄寫，繕寫
スピーカー 【speaker】	(名) 談話者，發言人；揚聲器；喇叭；散播流言的人	プリント【print】	(名・他サ) 印刷(品)；油印(講義)；印花，印染
スライド【slide】	(名・自サ) 滑動，幻燈機，放映裝置；(棒球) 滑進(壘)；按物價指數調整工資	望遠鏡 ぼうえんきょう	(名) 望遠鏡
立ち上がる た あ	(自五) 站起，起來；升起，冒起；重振，恢復；著手，開始行動	レンズ【(荷) lens】	(名) (理) 凹凸透鏡，鏡片；照相機的鏡頭

練習

Ⅰ [a〜e]の中から適当な言葉を選んで、(　　　)に入れなさい。(必要なら形を変えてください。)

a. 部品 ぶ ひん	b. スイッチ	c. 計り はか	d. レンズ	e. ケース

❶ 修理でテレビ内部の主要(　　　　　　　)を交換する。
しゅうり　　　　　ない ぶ しゅよう　　　　　　　　　　こうかん

❷ パソコンを旅行に持って行くために、新しい(　　　　　　　)を買った。
りょこう も い　　　　あたら　　　　　　　　　　　　か

❸ 家庭ではデジタル(　　　　　　　　)を使いますが、お店は天秤式のものを使うんです。
か てい　　　　　　　　　　　　　　　つか　　　　みせ てんびんしき　　　　　つか

❹ この前、めがねの(　　　　　　　)が割れてしまい、交換に行きました。
まえ　　　　　　　　　　　　　わ　　　　　　　こうかん い

❺ エアコンは冷えた空気を暖めようと、(　　　　　　　)を入れたときに一番電力を使
ひ くうき あたた　　　　　　　　　　　　　　い　　　　　　　いちばんでんりょく つか
う。

Ⅱ [a〜e]の中から適当な言葉を選んで、(　　　)に入れなさい。(必要なら形を変えてください。)

a. 明かり あ	b. のり	c. 座布団 ざ ぶ とん	d. 物差し もの さ	e. スライド

❶ 遠くに見える(　　　　　　　)に向かって一人で歩きつづけた。
とお み　　　　　　　　　　　　む　　　　ひとり ある

❷ お客さんがいらっしゃるので(　　　　　　　)を出しておいてね。
きゃく　　　　　　　　　　　　　　　　　　だ

❸ 線の長さを(　　　　　　)で計る。
せん なが　　　　　　　　　　はか

❹ 富士山の四季折々の雄大な風景を、(　　　　　　　)に映す。
ふ じ さん し き おりおり ゆうだい ふうけい　　　　　　　　　　うつ

❺ 液体(　　　　　　　)で紙を貼る。
えきたい　　　　　　　かみ は

117

57 職業、仕事 (1)
しょくぎょう、しごと

職業、工作 (1)

◆ 仕事、職場 (1)　工作、職場 (1)

いちりゅう **一流**	(名) 一流，頭等；一個流派；獨特	ころ **転がる**	(自五) 滾動，轉動；倒下，躺下；擺著，放著，有
う あ **打ち合わせ**	(名・他サ) 事先商量，碰頭	さいしゅうてき **最終的**	(形動) 最後
う あ **打ち合わせる**	(他下一) 使…相碰，(預先)商量	さいそく **催促**	(名・他サ) 催促，催討
う む **有無**	(名) 有無；可否，願意與否	さぎょう **作業**	(名・自サ) 工作，操作，作業，勞動
えんき **延期**	(名・他サ) 延期	しきゅう **至急**	(名・副) 火速，緊急；急速，加速
おうせつ **応接**	(名・自サ) 接待，接應	しじ **指示**	(名・他サ) 指示，指點
かつりょく **活力**	(名) 活力，精力	じっせき **実績**	(名) 實績，實際成績
か **兼ねる**	(他下一・接尾) 兼備；不能，無法	じむ **事務**	(名) 事務 (多為處理文件、行政等庶務工作)
きにゅう **記入**	(名・他サ) 填寫，寫入，記上	しめき **締切る**	(他五) (期限) 屆滿，截止，結束
きばん **基盤**	(名) 基礎，底座，底子；基岩	じゅうし **重視**	(名・他サ) 重視，認為重要
きゅうか **休暇**	(名) (節假日以外的) 休假	しゅっきん **出勤**	(名・自サ) 上班，出勤
きゅうぎょう **休業**	(名・自サ) 停課	しゅっちょう **出張**	(名・自サ) 因公前往，出差
きゅうじょ **救助**	(名・他サ) 救助，搭救，救援，救濟	しよう **使用**	(名・他サ) 使用，利用，用 (人)
くみあい **組合**	(名) (同業) 工會，合作社	しょうしゃ **商社**	(名) 商社，貿易商行，貿易公司
けんしゅう **研修**	(名・他サ) 進修，培訓	じんじ **人事**	(名) 人事，人力能做的事；人事 (工作)；世間的事，人情世故
こうぞう **構造**	(名) 構造，結構	すぐ **優れる**	(自下一) (才能、價值等) 出色，優越，傑出，精湛；(身體、精神、天氣) 好，爽朗，舒暢
こうたい **交替**	(名・自サ) 換班，輪流，替換，輪換	せいそう **清掃**	(名・他サ) 清掃，打掃
こうどう **行動**	(名・自サ) 行動，行為	**せっせと**	(副) 拼命地，不停的，一個勁兒地，孜孜不倦的
こしか **腰掛け**	(名) 凳子；暫時棲身之處，一時落腳處	そうべつ **送別**	(名・自サ) 送行，送別

118

組織（そしき）	（名・他サ）組織，組成；構造，構成；（生）組織；系統，體系
対する（たい）	（自サ）面對，面向；對於，關於；對立，相對，對比；對待，招待

練習

I [a～e]の中から適当な言葉を選んで、（　）に入れなさい。（必要なら形を変えてください。）

a. 対する	b. 打ち合わせる	c. 優れる	d. 締切る	e. 兼ねる

❶ 午後の会議で、来週の出張について（　　　　　　　　）つもりだ。

❷ 少々値段が高くても、品質の（　　　　　　　　）冷蔵庫を買いたい。

❸ このソファーはベッドも（　　　　　　　）いて、とても便利である。

❹ よい上司は顧客や部下に（　　　　　　　）態度も柔和です。

❺ 入学願書の申し込みは、2月28日午後5時で（　　　　　　　）。

II [a～e]の中から適当な言葉を選んで、（　）に入れなさい。（必要なら形を変えてください。）

a. 実績	b. 組合	c. 基盤	d. 事務	e. 腰掛け

❶ 田中さんは（　　　　　　　）が認められて、今年から課長になった。

❷ 社員一人一人の健康こそ、この会社の経営の（　　　　　　　）だ。

❸ 田中さんは自分の卒業した大学で（　　　　　　）員として働いている。

❹ （　　　　　　　）に座って待っていたが、鈴木さんはなかなか来なかった。

❺ 私は入社後2年目に労働（　　　　　　　）の役員になったので、とても忙しい。

119

◆ <ruby>仕事<rt>しごと</rt></ruby>、<ruby>職場<rt>しょくば</rt></ruby> (2)　工作、職場 (2)

<ruby>担当<rt>たんとう</rt></ruby>	(名・他サ) 擔任，擔當，擔負
<ruby>中途<rt>ちゅうと</rt></ruby>	(名) 中途，半路
<ruby>調整<rt>ちょうせい</rt></ruby>	(名・他サ) 調整，調節
<ruby>勤め<rt>つと</rt></ruby>	(名) 工作，職務，差事
<ruby>務める<rt>つと</rt></ruby>	(他下一) 任職，工作；擔任（職務）；扮演（角色）
<ruby>潰れる<rt>つぶ</rt></ruby>	(自下一) 壓壞，壓碎；坍塌，倒塌；倒產，破產，磨損，磨鈍；（耳）聾，（眼）瞎
<ruby>出入り<rt>でい</rt></ruby>	(名・自サ) 出入，進出；（因有買賣關係而）常往來；收支；（數量的）出入；糾紛，爭吵
<ruby>同僚<rt>どうりょう</rt></ruby>	(名) 同事，同僚
<ruby>独特<rt>どくとく</rt></ruby>	(名・形動) 獨特
<ruby>採る<rt>と</rt></ruby>	(他五) 採取，採用，錄取；採集；採光
<ruby>逃がす<rt>に</rt></ruby>	(他五) 放掉，放跑；使跑掉，沒抓住；錯過，丟失
<ruby>入社<rt>にゅうしゃ</rt></ruby>	(名・自サ) 進公司工作，入社
<ruby>能率<rt>のうりつ</rt></ruby>	(名) 效率
<ruby>発揮<rt>はっき</rt></ruby>	(名・他サ) 發揮，施展
<ruby>一休み<rt>ひとやす</rt></ruby>	(名・自サ) 休息一會兒
<ruby>部<rt>ぶ</rt></ruby>	(名・漢造) 部分；部門；冊
<ruby>不正<rt>ふせい</rt></ruby>	(名・形動) 不正當，不正派，非法；壞行為，壞事
プラン【plan】	(名) 計畫，方案；設計圖，平面圖；方式

<ruby>放る<rt>ほう</rt></ruby>	(他五) 拋，扔；中途放棄，棄置不顧，不加理睬
<ruby>本来<rt>ほんらい</rt></ruby>	(名) 本來，天生，原本；按道理，本應
<ruby>役目<rt>やくめ</rt></ruby>	(名) 責任，任務，使命，職務
<ruby>厄介<rt>やっかい</rt></ruby>	(名・形動) 麻煩，難為，難應付的；照料，照顧，幫助；寄食，寄宿（的人）
<ruby>雇う<rt>やと</rt></ruby>	(他五) 雇用
<ruby>用事<rt>ようじ</rt></ruby>	(名)（應辦的）事情，工作
<ruby>流<rt>りゅう</rt></ruby>	(名・接尾)（表特有的方式、派系）流，流派
<ruby>労働<rt>ろうどう</rt></ruby>	(名・自サ) 勞動，體力勞動，工作；（經）勞動力

練 習

Ⅰ [a～e]の中から適当な言葉を選んで、（　　　）に入れなさい。（必要なら形を変えてください。）

a. 務める	b. 潰れる	c. 採る	d. 放る	e. 逃がす

❶ 子どものとき、父と一緒に川に石を（　　　　　　　　　　）遊んだものだ。

❷ 来月の友だちの結婚式で、司会を（　　　　　　　　　　）ことになった。

❸ 10年間勤めた会社が（　　　　　　　　　　）ので、新しい仕事を探している。

❹ 釣りを楽しんだ後、小さい魚は川に（　　　　　　　　　　）やった。

❺ あの会社は、来年、新卒の大学生を5人（　　　　　　　　　　）そうだ。

Ⅱ [a～e]の中から適当な言葉を選んで、（　　　）に入れなさい。（必要なら形を変えてください。）

a. 本来	b. 役目	c. 用事	d. 労働	e. プラン

❶ 患者の深刻な病状を告知するのも医者の（　　　　　　　　　　）だ。

❷ （　　　　　　　　　　）の目的を見失うことなく、行動し続けよう。

❸ 今回は、キャリア（　　　　　　　　　　）を立てる考え方についてご紹介します。

❹ 急な（　　　　　　　　　　）が入り、参加をキャンセルしたいのです。

❺ 工場での相次ぐ事故に、（　　　　　　　　　　）環境の見直しが求められる。

Ⅲ [a～e]の中から適当な言葉を選んで、（　　　）に入れなさい。（必要なら形を変えてください。）

a. 中途	b. 同僚	c. 務め	d. 担当	e. 出入り

❶ 物ごとを（　　　　　　　　　　）でやめてしまうと、後悔が残りますよ。

❷ 雑誌の納品は私の（　　　　　　　　　　）です。

❸ 店の（　　　　　　　　　　）口の前に自転車を止めないようにお願いします。

❹ （　　　　　　　　　　）は仕事が早いので、私はいつも助けられている。

❺ 子どもを叱る前に、親としての（　　　　　　　　　　）を果たさなければならない。

59 職業、仕事 (3)
しょくぎょう　しごと

職業、工作 (3)

◆ 職業、事業　職業、事業

外部 がいぶ	（名）外面，外部
けいび 警備	（名・他サ）警備，戒備
しほん 資本	（名）資本
しょうぎょう 商業	（名）商業
しょうぼう 消防	（名）消防；消防隊員，消防車
しょく 職	（名・漢造）職業，工作；職務；手藝，技能；官署名
しょくぎょう 職業	（名）職業
しょくば 職場	（名）工作崗位，工作單位
ちゃんと	（副）端正地，規矩地；按期，如期；整潔，整齊；完全，老早；的確，確鑿
つまず 躓く	（自五）跌倒，絆倒；（中途遇障礙而）失敗，受挫
はってん 発展	（名・自サ）擴展，發展；活躍，活動

◆ 地位　地位職稱

い 位	（漢造）位；身分，地位；（對人的敬稱）位
しゅうにん 就任	（名・自サ）就職，就任
じゅうやく 重役	（名）擔任重要職務的人；重要職位，重任者；（公司的）董事與監事的通稱
そうとう 相当	（名・自サ・形動）相當，適合，相稱；相當於，相等於；值得，應該；過得去，相當好；很，頗
ちい 地位	（名）地位，職位，身份，級別

つ 就く	（自五）就位；登上；就職；跟…學習；起程
どうかく 同格	（名）同級，同等資格，等級相同；同級的（品牌）；（語法）同格語
とど 留まる	（自五）停留，停頓；留下，停留；止於，限於
めい　めい 命じる・命ずる	（他上一・他サ）命令，吩咐；任命，委派；命名
ゆうのう 有能	（名・形動）有才能的，能幹的
リード【lead】	（名・自他サ）領導，帶領；（比賽）領先，贏；（新聞報導文章的）內容提要

◆ 家事　家務

かじ 家事	（名）家事，家務；家裡（發生）的事
つか　つか 使い・遣い	（名）使用；派去的人；派人出去（買東西、辦事），跑腿；（迷）（神仙的）侍者；（前接某些名詞）使用的方法，使用的人
てま 手間	（名）（工作所需的）勞力、時間與功夫；（手藝人的）計件工作，工錢
にっか 日課	（名）（規定好）每天要做的事情，每天習慣的活動；日課
は 掃く	（他五）掃，打掃；（拿刷子）輕塗
ほ 干す	（他五）曬乾；把（池）水弄乾；乾杯

練 習

Ⅰ [a～e]の中から適当な言葉を選んで、(　　)に入れなさい。(必要なら形を変えてください。)

a. 警備	b. 遣い	c. 家事	d. 日課	e. 手間

❶ 安い材料でも (　　　　　　) をかけて作った料理はおいしい。

❷ 俺は武士道を尊び、瞑想、滝行を (　　　　　　) としている。

❸ 一人暮らしが長かったので大概の (　　　　　　) は自分でできる。

❹ その男が国王の (　　　　　　) として隣の国へ行くことになった。

❺ サミット会場付近の道路は (　　　　　　) のため封鎖された。

Ⅱ [a～e]の中から適当な言葉を選んで、(　　)に入れなさい。(必要なら形を変えてください。)

a. 命じられる	b. 躓く	c. 発展する	d. 留まる	e. 就く

❶ わが社は東京を拠点とし、そして海外へと (　　　　　　) おります。

❷ 祖母は木の根に (　　　　　　) 転び、右の足首を骨折してしまった。

❸ 今年の春、父は東京に転勤し、支店長の任務に (　　　　　　)。

❹ 部長に海外出張を (　　　　　　)、今、その準備で忙しい。

❺ 一週間京都に (　　　　　　)、京都のお寺を巡ることにした。

Ⅲ [a～d]の中から適当な言葉を選んで、(　　)に入れなさい。(必要なら形を変えてください。)

a. 干す	b. 掃く	c. リードする	d. 就任する

❶ 庭や玄関を (　　　　　　)、大事なお客様を迎える準備をした。

❷ この度、理事会において理事長に (　　　　　　)。

❸ 日本の自動車はかつて世界を (　　　　　　) いた。

❹ 私が生まれた漁村では、魚を (　　　　　　) 干物を作っている。

60 生産、産業 (1)

せいさん さんぎょう

生産、産業 (1)

◆ 生産、産業　生産、産業

オートメーション【automation】	名 自動化，自動控制裝置，自動操縱
管理 かんり	名・他サ 管理，管轄；經營，保管
機能 きのう	名・自サ 機能，功能，作用
欠陥 けっかん	名 缺陷，致命的缺點
原産 げんさん	名 原產
工員 こういん	名 工廠的工人，(產業)工人
工場 こうば	名 工廠，工作坊
盛り さか	名・接尾 最旺盛時期，全盛狀態；壯年；(動物)發情；(接動詞連用形)表正在最盛的時候
人工 じんこう	名 人工，人造
人造 じんぞう	名 人造，人工合成
ストップ【stop】	名・自他サ 停止，中止；停止信號；(口令)站住，不得前進，止住；停車站
製造 せいぞう	名・他サ 製造，加工
第一 だいいち	名・副 第一，第一位，首先；首屈一指的，首要，最重要
停止 ていし	名・他サ・自サ 禁止，停止；停住，停下；(事物、動作等)停頓
電子 でんし	名 (理)電子
経る へ	自下一 (時間、空間、事物)經過，通過
土産 みやげ	名 (贈送他人的)禮品，禮物；(出門帶回的)土產

◆ 農業、漁業、林業　農業、漁業、林業

漁業 ぎょぎょう	名 漁業，水產業
産地 さんち	名 產地；出生地
収穫 しゅうかく	名・他サ 收穫(農作物)；成果，收穫，獵獲物
水産 すいさん	名 水產(品)，漁業
田 た	名 田地；水稻，水田
田植え たう	名・他サ (農)插秧
耕す たがや	他五 耕作，耕田
田んぼ た	名 米田，田地
農産物 のうさんぶつ	名 農產品
農村 のうそん	名 農村，鄉村
農薬 のうやく	名 農藥
畑 はたけ	名 田地，旱田；專業的領域
捕獲 ほかく	名・他サ (文)捕獲
牧場 ぼくじょう	名 牧場
牧畜 ぼくちく	名 畜牧
名物 めいぶつ	名 名產，特產；(因形動奇特而)有名的人

練　習

I [a～e]の中から適当な言葉を選んで、（　　）に入れなさい。（必要なら形を変えてください。）

a. 欠陥	b. 第一	c. 盛り	d. オートメーション	e. 捕獲

❶ （　　　　　　　　）化で多くの製品を安く作れるようになった。

❷ 暑い（　　　　　　　　）にスポーツをするときは、熱中症に注意しよう。

❸ （　　　　　　　　）印象が大切だから、面接では清楚な服装にしよう。

❹ 新しく建てられたマンションに大変な（　　　　　　　　）が見つかったらしい。

❺ 住宅街に猪が出て、警察が（　　　　　　　　）を試みたが失敗した。

II [a～e]の中から適当な言葉を選んで、（　　）に入れなさい。（必要なら形を変えてください。）

a. 水産	b. 田んぼ	c. 名物	d. 田植え	e. 牧畜

❶ 大麦のサラダがこの地方の（　　　　　　　　）だと薦められた。

❷ （　　　　　　　　）には驚くほどたくさんの生物が生きています。

❸ ニュージーランドは（　　　　　　　　）が盛んだ、というより主産業なのだ。

❹ 叔母は（　　　　　　　　）物を加工する工場で朝早くから働いています。

❺ 春は（　　　　　　　　）の準備から始まります。

III [a～e]の中から適当な言葉を選んで、（　　）に入れなさい。（必要なら形を変えてください。）

a. 製造する	b. 耕す	c. 停止する	d. 経る	e. 機能する

❶ 研究室ではうまく（　　　　　　　　）AIが、現実世界でうまく（　　　　　　　　）ないことはしばしばある。

❷ これは食品を（　　　　　　　　）工場です。

❸ 田舎の祖父母は、畑を（　　　　　　　　）さまざまな野菜を作っている。

❹ 運転士は、異常を感じたため、列車を（　　　　　　　　）。

❺ 兄が台北でレストランを開店してから、早くも5年を（　　　　　　　　）。

61 生産、産業 (2)

せいさん　さんぎょう

生產、產業 (2)

◆ 工業、鉱業、商業 工業、礦業、商業
こうぎょう　こうぎょう　しょうぎょう

煙突 えんとつ	(名) 煙囪
改造 かいぞう	(名・他サ) 改造，改組，改建
完了 かんりょう	(名・自他サ) 完了，完畢；(語法)完了，完成
建設 けんせつ	(名・他サ) 建設
現場 げんば	(名)(事故等的)現場；(工程等的)現場，工地
公害 こうがい	(名)(污水、噪音等造成的)公害
製作 せいさく	(名・他サ)(物品等)製造，製作，生產
設計 せっけい	(名・他サ)(機械、建築、工程的)設計；計畫，規則
騒音 そうおん	(名) 噪音；吵雜的聲音，吵鬧聲
造船 ぞうせん	(名・自サ) 造船
炭鉱 たんこう	(名) 煤礦，煤井
着々 ちゃくちゃく	(副) 逐步地，一步步地
鉄橋 てっきょう	(名) 鐵橋，鐵路橋
鉄鋼 てっこう	(名) 鋼鐵
掘る ほる	(他五) 掘，挖，刨；挖出，掘出
喧しい やかましい	(形)(聲音)吵鬧的，喧擾的；囉唆的，嘮叨的；難以取悅；嚴格的，嚴厲的

練 習

Ⅰ [a〜e]の中から適当な言葉を選んで、（　）に入れなさい。（必要なら形を変えてください。）

a. 公害	b. 鉄橋	c. 現場	d. 鉄鉱	e. 煙突

❶ 事故の（　　　　　）には、たくさんの人が花を持って訪れていた。

❷ （　　　　　）石を積んだトラックが、山道を何台も通っていった。

❸ 工場の（　　　　　）から出る煙のために病気になった人がいた。

❹ （　　　　　）を渡る電車を写真に撮って、コンテストに優勝した。

❺ 世界では、大気汚染などの（　　　　　）のために亡くなる人は年々増えている。

Ⅱ [a〜e]の中から適当な言葉を選んで、（　）に入れなさい。（必要なら形を変えてください。）

a. 造船	b. 騒音	c. 炭鉱	d. 建設	e. 設計

❶ 建築家の先生に（　　　　　）をお願いして家を建てる。

❷ 祖父は若いころから（　　　　　）で石炭を掘っていたらしい。

❸ ここに引っ越し来てからずっと（　　　　　）に悩まされている。

❹ 保育所の（　　　　　）を嫌がる地域住民が反対している。

❺ 港町として栄えた尾道には（　　　　　）所がたくさんある。

Ⅲ [a〜d]の中から適当な言葉を選んで、（　）に入れなさい。（必要なら形を変えてください。）

a. 改造する	b. 掘る	c. 制作する	d. 完了する

❶ 自分なりのミニ映画を（　　　　　）たいです。

❷ 資料集めが（　　　　　）、ようやく明日から作業に着手できる。

❸ スコップで畑の土を（　　　　　）と、小さい虫がたくさん出てきた。

❹ 内閣を（　　　　　）総理大臣が会見を行いました。

127

62 経済(1) 經濟(1)
けいざい

◆ 経済 經濟
けいざい

安定 あんてい	名・自サ	安定，穩定；（物體）安穩
回復 かいふく	名・自他サ	恢復，康復；挽回，收復
開放 かいほう	名・他サ	打開，敞開；開放，公開
課税 かぜい	名・自サ	課稅
金融 きんゆう	名・自サ	金融，通融資金
景気 けいき	名	（事物的）活動狀態，活潑，精力旺盛；（經濟的）景氣
傾向 けいこう	名	（事物的）傾向，趨勢
参入 さんにゅう	名・自サ	進入；進宮
刺激 しげき	名・他サ	（物理的，生理的）刺激；（心理的）刺激，使興奮
日 にち	名・漢造	日本；星期天；日子，天，晝間
マーケット 【market】	名	商場，市場；（商品）銷售地區

◆ 取り引き 交易
とりひき

承る うけたまわ	他五	聽取；遵從，接受；知道，知悉；傳聞
受け取り うけとり	名	收領；收據；計件工作（的工錢）
受け取る うけとる	他五	領，接收，理解，領會
卸す おろす	他五	批發，批售，批賣
株 かぶ	名・接尾	株，顆；（樹的）殘株；股票；（職業等上）特權；擅長；地位
為替 かわせ	名	匯款，匯兌

供給 きょうきゅう	名・他サ	供給，供應
署名 しょめい	名・自サ	署名，簽名；簽的名字
手続き てつづき	名	手續，程序
不当 ふとう	形動	不正當，非法，無理

◆ 売買 買賣
ばいばい

売り切れ うりきれ	名	賣完
売り切れる うりきれる	自下一	賣完，賣光
売れ行き うれゆき	名	（商品的）銷售狀況，銷路
売れる う	自下一	商品賣出，暢銷；變得廣為人知，出名，聞名
勘定 かんじょう	名・他サ	計算；算帳；（會計上的）帳目，戶頭，結帳，考慮，估計
需要 じゅよう	名	需要，要求；需求
代金 だいきん	名	貸款，借款
同様 どうよう	形動	同樣的，一樣的
特売 とくばい	名・他サ	特賣；（公家機關不經標投）賣給特定的人
残り のこり	名	剩餘，殘留
売買 ばいばい	名・他サ	買賣，交易
発売 はつばい	名・他サ	賣，出售
販売 はんばい	名・他サ	販賣，出售
割引 わりびき	名・他サ	（價錢）打折扣，減價；（對說話內容）打折；票據兌現

練 習

Ⅰ [a〜e]の中から適当な言葉を選んで、（　　　）に入れなさい。（必要なら形を変えてください。）

a. 代金	b. 割引	c. 為替	d. 株	e. 勘定

❶ 海外生活をしていると、（　　　　　　　　　　　）の値動きが気になる。

❷ スマホを（　　　　　　　　）価格で売っている。

❸ 最近、伯父は（　　　　　　　　　）を保有している会社の業績が良くなり、大きな利益を得た。

❹ 品物の（　　　　　　　　　）は、あちらのお会計でお支払いください。

❺ お（　　　　　　　　　）は別々だけど、わたしがみんなの分をまとめて払っておく。精算は後で。

Ⅱ [a〜e]の中から適当な言葉を選んで、（　　　）に入れなさい。（必要なら形を変えてください。）

a. 売れる	b. 承る	c. 受け取る	d. 開放する	e. 卸す

❶ このお茶は、かなり安い価格で問屋に（　　　　　　　）いるらしい。

❷ 通信販売で買った靴を、早くも2日後、宅配便で（　　　　　　　　）。

❸ スーツのご注文ありがとうございます。確かに（　　　　　　　）。

❹ この城は現在では観光名所として一般に（　　　　　　　）いる。

❺ このコンビニでは、お菓子とアイスクリームがよく（　　　　　　　）。

Ⅲ [a〜e]の中から適当な言葉を選んで、（　　　）に入れなさい。（必要なら形を変えてください。）

a. 参入する	b. 発売する	c. 署名する	d. 売り切れる	e. 刺激する

❶ 新製品はついに来月（　　　　　　　）。

❷ 彼は、自分の意志に反して契約書に（　　　　　　）。

❸ 未開拓の市場に（　　　　　　）。

❹ 政府は景気を（　　　　　　）ために非常手段を講じる。

❺ 駅前のパン屋のメロンパンは評判で、すぐに（　　　　　　　）。

63 経済 (2) _{けいざい}

經濟 (2)

◆ 価格 _{かかく}　價格

価格 _{かかく}	名	價格
額 _{がく}	名・漢造	名額，數額；匾額，畫框
価値 _{かち}	名	價值
高価 _{こうか}	名・形動	高價錢
水準 _{すいじゅん}	名	水準，水平面；水平器；（地位、質量、價值等的）水平；（標示）高度
それなり	名・副	恰如其分；就那樣
定価 _{ていか}	名	定價
手頃 _{てごろ}	名・形動	（大小輕重）合手，合適，相當；適合（自己的經濟能力、身份）
値 _ね	名	價錢，價格，價值
無料 _{むりょう}	名	免費；無須報酬
有料 _{ゆうりょう}	名	收費
料金 _{りょうきん}	名	費用，使用費，手續費
領収 _{りょうしゅう}	名・他サ	收到

◆ 損得、貸借 _{そんとく　たいしゃく}　損益、借貸

売り上げ _{うあ}	名	（一定期間的）銷售額，營業額
借金 _{しゃっきん}	名・自サ	借款，欠款，舉債
賞品 _{しょうひん}	名	獎品
請求 _{せいきゅう}	名・他サ	請求，要求，索取
背負う _{せおう}	他五	背；擔負，承擔，肩負

損 _{そん}	名・自サ・形動・漢造	虧損，賠錢；吃虧，不划算；減少；損失
損害 _{そんがい}	名・他サ	損失，損害，損耗
損失 _{そんしつ}	名・自サ	損害，損失
損得 _{そんとく}	名	損益，得失，利害
徹する _{てっ}	自サ	貫徹，貫穿；通宵，徹夜；徹底，貫徹始終
保険 _{ほけん}	名	保險；（對於損害的）保證
儲かる _{もう}	自五	賺到，得利；賺得到便宜，撿便宜
儲ける _{もう}	他下一	賺錢，得利；（轉）撿便宜，賺到
利益 _{りえき}	名	利益，好處；利潤，盈利
利害 _{りがい}	名	利害，得失，利弊，損益

◆ 収支、賃金 _{しゅうし　ちんぎん}　收支、工資報酬

給与 _{きゅうよ}	名・他サ	供給（品），分發，待遇；工資，津貼
月給 _{げっきゅう}	名	月薪，工資
差し引く _{さひ}	他五	扣除，減去；抵補，相抵（的餘額）；（潮水的）漲落，（體溫的）升降
支給 _{しきゅう}	名・他サ	支付，發給
収入 _{しゅうにゅう}	名	收入，所得
ただ	名・副・接	免費；普通，平凡；只是，僅僅；（對前面的話做出否定）但是，不過

| ちょうだい
頂戴 | 名・他サ（「もらう、食べる」的
謙虛說法）領受，得到，吃；（女
性、兒童請求別人做事）請 |

| ゆうこう
有効 | 形動 有效的 |

練習

I [a～e]の中から適当な言葉を選んで、(　　)に入れなさい。（必要なら形を変えてください。）

| a. 徹<small>てっ</small>する | b. 儲<small>もう</small>かる | c. 領収<small>りょうしゅう</small>する | d. 背負<small>せお</small>う | e. 差<small>さ</small>し引<small>ひ</small>く |

❶ 伯父<small>おじ</small>は、今度<small>こんど</small>の仕事<small>しごと</small>でかなり (　　　　　　　　) マンションを買<small>か</small>った。

❷ 地震<small>じしん</small>による行方不明者<small>ゆくえふめいしゃ</small>の救助作業<small>きゅうじょさぎょう</small>は、夜<small>よる</small>を (　　　　　　) なされた。

❸ 上記<small>じょうき</small>の通<small>とお</small>りに (　　　　　　　)。

❹ 先週<small>せんしゅう</small>の日曜日<small>にちようび</small>、友<small>とも</small>だちとリュックを (　　　　　　) 登山<small>とざん</small>をした。

❺ アルバイト代<small>だい</small>から、前<small>まえ</small>に借<small>か</small>りたお金<small>かね</small>を (　　　　　　) もらう。

II [a～e]の中から適当な言葉を選んで、(　　)に入れなさい。（必要なら形を変えてください。）

| a. 借金<small>しゃっきん</small> | b. 損得<small>そんとく</small> | c. 賞品<small>しょうひん</small> | d. 有料<small>ゆうりょう</small> | e. 月給<small>げっきゅう</small> |

❶ 当日<small>とうじつ</small>は、花火会場<small>はなびかいじょう</small>への入場<small>にゅうじょう</small>は (　　　　　　) となります。

❷ (　　　　　　) ばかり考<small>かんが</small>えて生<small>い</small>きていると、つまらないのではないでしょうか。

❸ クリスマスパーティのゲームで勝<small>か</small>って (　　　　　　) をもらった。

❹ 彼<small>かれ</small>は親<small>おや</small>の残<small>のこ</small>した (　　　　　　) を20年<small>ねん</small>かかって清算<small>せいさん</small>したそうだ。

❺ 初<small>はじ</small>めて (　　　　　　) をもらったら、両親<small>りょうしん</small>や家族<small>かぞく</small>にプレゼントをしようと思<small>おも</small>う。

131

64 経済(3)

けいざい

經濟(3)

◆ 消費、費用　消費、費用

しょうひ ひよう

かいけい**会計**	副・自サ 會計；付款，結帳
きんがく**金額**	名 金額
きんせん**金銭**	名 錢財，錢款；金幣
こうか**硬貨**	名 硬幣，金屬貨幣
こうきょう**公共**	名 公共
しはらい**支払い**	名・他サ 付款，支付（金錢）
しはら**支払う**	他五 支付，付款
しゅうきん**集金**	名・自他サ （水電、瓦斯等）收款，催收的錢
つ**釣り**	名 釣，釣魚；找錢，找的錢
はぶ**省く**	他五 省，省略，精簡，簡化；節省
はらこ**払い込む**	他五 繳納
はらもど**払い戻す**	他五 退還（多餘的錢），退費；（銀行）付還（存戶存款）
ひよう**費用**	名 費用，開銷
ぶんたん**分担**	名・他サ 分擔
めんぜい**免税**	名・他サ・自サ 免税

◆ 財産、金銭　財産、金錢

ざいさん きんせん

うんよう**運用**	名・他サ 運用，活用
げんきん**現金**	名 （手頭的）現款，現金；（經濟的）現款，現金
こしら**拵える**	他下一 做，製造；捏造，虛構；化妝，打扮；籌措，填補

こづか**小遣い**	名 零用錢
ざいさん**財産**	名 財產；文化遺產
さつ**札**	名・漢造 紙幣，鈔票；（寫有字的）木牌，紙片；信件；門票，車票
しへい**紙幣**	名 紙幣
しょうがくきん**奨学金**	名 獎學金，助學金
ぜい**税**	名・漢造 税，税金
そうぞく**相続**	名・他サ 承繼（財產等）
たいきん**大金**	名 巨額金錢，巨款
ちょぞう**貯蔵**	名・他サ 儲藏
ちょちく**貯蓄**	名・他サ 儲蓄
つうか**通貨**	名 通貨，（法定）貨幣
つうちょう**通帳**	名 （存款、賒帳等的）折子，帳簿
はさん**破産**	名・自サ 破産

◆ 貧富　貧富

ひんぷ

えんじょ**援助**	名・他サ 援助，幫助
ききん**飢饉**	名 飢饉，飢荒；缺乏，…荒
きふ**寄付**	名・他サ 捐贈，捐助，捐款
ごうか**豪華**	形動 奢華的，豪華的
さべつ**差別**	名・他サ 輕視，區別

贅沢 <ruby>贅<rt>ぜい</rt></ruby><ruby>沢<rt>たく</rt></ruby>	(名・形動) 奢侈，奢華，浪費，鋪張；過份要求，奢望
貧しい <ruby>貧<rt>まず</rt></ruby>しい	(形)（生活）貧窮的，窮困的；（經驗、才能的）貧乏，淺薄
恵まれる <ruby>恵<rt>めぐ</rt></ruby>まれる	(自下一) 得天獨厚，被賦予，受益，受到恩惠

練 習

Ⅰ [a～e]の中から適当な言葉を選んで、（　　　）に入れなさい。（必要なら形を変えてください。）

a. <ruby>省<rt>はぶ</rt></ruby>く	b. こしらえる	c. <ruby>恵<rt>めぐ</rt></ruby>まれる	d. <ruby>寄付<rt>きふ</rt></ruby>する	e. <ruby>支払<rt>しはら</rt></ruby>う

❶ この<ruby>会<rt>かい</rt></ruby>の<ruby>収益<rt>しゅうえき</rt></ruby>の<ruby>一部<rt>いちぶ</rt></ruby>は、<ruby>福祉団体<rt>ふくしだんたい</rt></ruby>に（　　　　　　　）。

❷ コンビニへ<ruby>行<rt>い</rt></ruby>き、<ruby>電話代<rt>でんわだい</rt></ruby>と<ruby>電気料金<rt>でんきりょうきん</rt></ruby>を（　　　　　　　）。

❸ <ruby>誕生日<rt>たんじょうび</rt></ruby>のケーキを（　　　　　　　）、<ruby>家族<rt>かぞく</rt></ruby>みんなでお<ruby>祝<rt>いわ</rt></ruby>いをする。

❹ <ruby>細<rt>こま</rt></ruby>かい<ruby>点<rt>てん</rt></ruby>は（　　　　　　　）、まず<ruby>新製品<rt>しんせいひん</rt></ruby>の<ruby>素晴<rt>すば</rt></ruby>らしさを<ruby>説明<rt>せつめい</rt></ruby>した。

❺ <ruby>今日<rt>きょう</rt></ruby>の<ruby>遊園地<rt>ゆうえんち</rt></ruby>は、<ruby>好天<rt>こうてん</rt></ruby>に（　　　　　　　）<ruby>多<rt>おお</rt></ruby>くの<ruby>家族連<rt>かぞくづ</rt></ruby>れで<ruby>賑<rt>にぎ</rt></ruby>わった。

Ⅱ [a～e]の中から適当な言葉を選んで、（　　）に入れなさい。（必要なら形を変えてください。）

a. <ruby>通帳<rt>つうちょう</rt></ruby>	b. <ruby>小遣<rt>こづか</rt></ruby>い	c. <ruby>会計<rt>かいけい</rt></ruby>	d. <ruby>通貨<rt>つうか</rt></ruby>	e. <ruby>飢饉<rt>ききん</rt></ruby>

❶ <ruby>弟<rt>おとうと</rt></ruby>は、<ruby>母<rt>はは</rt></ruby>からもらった（　　　　　　　）を<ruby>毎月大切<rt>まいつきたいせつ</rt></ruby>に<ruby>貯金<rt>ちょきん</rt></ruby>していた。

❷ <ruby>私<rt>わたし</rt></ruby>はこの<ruby>会社<rt>かいしゃ</rt></ruby>の<ruby>事務<rt>じむ</rt></ruby>や（　　　　　　　）を<ruby>担当<rt>たんとう</rt></ruby>しています。

❸ その<ruby>金貨<rt>きんか</rt></ruby>が、1000<ruby>年前<rt>ねんまえ</rt></ruby>に<ruby>使<rt>つか</rt></ruby>われていた（　　　　　　　）だと<ruby>知<rt>し</rt></ruby>って<ruby>驚<rt>おどろ</rt></ruby>いた。

❹ <ruby>泥棒<rt>どろぼう</rt></ruby>に<ruby>入<rt>はい</rt></ruby>られたが、<ruby>預金<rt>よきん</rt></ruby>（　　　　　　　）もパスポートも<ruby>盗<rt>ぬす</rt></ruby>まれなかった。

❺ （　　　　　　　）で<ruby>苦<rt>くる</rt></ruby>しむ<ruby>世界<rt>せかい</rt></ruby>の<ruby>子<rt>こ</rt></ruby>どもたちのために<ruby>寄付金<rt>きふきん</rt></ruby>を<ruby>集<rt>あつ</rt></ruby>めた。

65 政治 (1) 政治(1)

◆ 政治 政治

案 あん	（名）計畫，提案，意見；預想，意料
打ち消す う け	（他五）否定，否認；熄滅，消除
治める おさ	（他下一）治理；鎮壓
改革 かいかく	（名・他サ）改革
陰 かげ	（名）日陰，背影處；背面；背地裡，暗中
関する かん	（自サ）關於，與…有關
現状 げんじょう	（名）現狀
国家 こっか	（名）國家
更に さら	（副）更加，更進一步；並且，還；再，重新；（下接否定）一點也不，絲毫不
事情 じじょう	（名）狀況，內情，情形；（局外人所不知的）原因，緣故，理由
実現 じつげん	（名・自他サ）實現
主義 しゅぎ	（名）主義，信條；作風，行動方針
頭脳 ずのう	（名）頭腦，判斷力，智力；（團體的）決策部門，首腦機構，領導人
政界 せいかい	（名）政界，政治舞台
政府 せいふ	（名）政府；內閣，中央政府
専制 せんせい	（名）專制，獨裁；獨斷，專斷獨行
段階 だんかい	（名）梯子，台階，樓梯，階段，時期，步驟；等級，級別

デモ 【demonstration 之略】	（名）抗議行動
睨む にら	（他五）瞪著眼看，怒目而視；盯著，注視，仔細觀察；估計，揣測，意料；盯上

◆ 国際、外交 國際、外交

外交 がいこう	（名）外交；對外事務，外勤人員
各国 かっこく	（名）各國
混乱 こんらん	（名・自サ）混亂
再訪 さいほう	（名・他サ）再訪，重遊
事態 じたい	（名）事態，情形，局勢
実施 じっし	（名・他サ）（法律、計畫、制度的）實施，實行
主要 しゅよう	（名・形動）主要的
状況 じょうきょう	（名）狀況，情況
諸国 しょこく	（名）各國
深刻 しんこく	（形動）嚴重的，重大的，莊重的；意味深長的，發人省思的，尖銳的
人種 じんしゅ	（名）人種，種族；（某）一類人；（俗）（生活環境、愛好等不同的）階層
税関 ぜいかん	（名）海關
体制 たいせい	（名）體制，結構；（統治者行使權力的）方式

通用 つうよう	(名・自サ) 通用，通行；兼用，兩用；（在一定期間內）通用，有效；通常使用
整う ととの	(自五) 備齊，完整；整齊端正，協調；（協議等）達成，談妥
とんでもない	(連語・形) 出乎意料，不合情理；豈有此理，不可想像；（用在堅決的反駁或表示客套）哪裡的話
不利 ふり	(名・形動) 不利
求める もと	(他下一) 想要，渴望，需要；謀求，探求；徵求，要求；購買

催し もよお	(名) 舉辦，主辦；集會，文化娛樂活動；預兆，兆頭
要求 ようきゅう	(名・他サ) 要求，需求
来日 らいにち	(名・自サ)（外國人）來日本，到日本來
領事 りょうじ	(名) 領事
連合 れんごう	(名・他サ・自サ) 聯合，團結；（心）聯想

練習

Ⅰ [a～e]の中から適当な言葉を選んで、（　　　）に入れなさい。（必要なら形を変えてください。）

a. 治める おさ	b. 求める もと	c. 関する かん	d. 睨む にら	e. 打ち消す う け

❶ 20年間国を（　　　　　　　）きた国王は、民衆に支持されている。

❷ コンビニの前でたむろしている不良に（　　　　　　）て、怖くて逃げた。

❸ 昨日言ったことを（　　　　　　）、行き先を変更した。

❹ 環境保護に（　　　　　　）論文を書くために、毎日図書館に通っている。

❺ マンション建設のために、周辺住民の同意と協力を（　　　　　　）。

Ⅱ [a～e]の中から適当な言葉を選んで、（　　　）に入れなさい。（必要なら形を変えてください。）

a. デモ	b. 実施 じっし	c. 税関 ぜいかん	d. 専制 せんせい	e. 催し もよお

❶ メーデーには、賃上げを要求して各地で（　　　　　　）が行われる。

❷ 今日は成人の日なので、各地で成人を祝う（　　　　　　）があった。

❸ （　　　　　　）政治の時代にもどりたいとは誰も思わないだろう。

❹ この法律はまだ（　　　　　　）段階に至っていません。

❺ 空港の（　　　　　　）で荷物検査に30分ほどかかったので、遅くなった。

◆ 議会、選挙　議會、選舉

演説 えんぜつ	名・自サ 演說
会合 かいごう	名・自サ 聚會，聚餐
可決 かけつ	名・他サ（提案等）通過
傾く かたむく	自五 傾斜；有…的傾向；（日月）偏西；衰弱，衰微
議会 ぎかい	名 議會，國會
共産 きょうさん	名 共產；共產主義
議論 ぎろん	名・他サ 爭論，討論，辯論
具体 ぐたい	名 具體
結論 けつろん	名・自サ 結論
公衆 こうしゅう	名 公眾，公共，一般人
候補 こうほ	名 候補，候補人；候選，候選人
国会 こっかい	名 國會，議會
実際 じっさい	名・副 實際；事實，真面目；確實，真的，實際上
実例 じつれい	名 實例
主張 しゅちょう	名・他サ 主張，主見，論點
承認 しょうにん	名・他サ 批准，認可，通過；同意；承認
政党 せいとう	名 政黨
成立 せいりつ	名・自サ 產生，完成，實現；成立，組成；達成
総理大臣 そうりだいじん	名 總理大臣，首相

他 た	名・漢造 其他，他人，別處，別的事物；他心二意；另外
大臣 だいじん	名（政府）部長，大臣
大統領 だいとうりょう	名 總統
代理 だいり	名・他サ 代理，代替；代理人，代表
力強い ちからづよい	形 強而有力的；有信心的，有依仗的
知事 ちじ	名 日本都、道、府、縣的首長
党 とう	名・漢造 鄉里；黨羽，同夥；黨，政黨
統一 とういつ	名・他サ 統一，一致，一律
投票 とうひょう	名・自サ 投票
取り入れる とりいれる	他下一 收穫，收割；收進，拿入；採用，引進，採納
取り消す とりけす	他五 取消，撤銷，作廢
設ける もうける	他下一 預備，準備；設立，制定；生，得（子女）
元・基 もともと	名 起源，本源；基礎，根源；原料；原因；本店；出身；成本

練習

Ⅰ [a～e]の中から適当な言葉を選んで、（　　　）に入れなさい。（必要なら形を変えてください。）

a. 取り入れる	b. 傾く	c. 取り消す	d. 対立する	e. 設ける

❶ 出張の日程が変更になり、ホテルの予約を（　　　　　　　　）。

❷ 工場に新しい機械を（　　　　　　　　）ら、生産量が2倍になった。

❸ 壁に掛けた絵が（　　　　　　）ので、椅子に乗って真っ直ぐに掛け直した。

❹ 講演会の会場に、お年寄りのための優先席を（　　　　　　　　）。

❺ この件については、政府と野党の認識が鋭く（　　　　　　　）いる。

Ⅱ [a～e]の中から適当な言葉を選んで、（　　　）に入れなさい。（必要なら形を変えてください。）

a. 政党	b. 共産	c. 会合	d. 実例	e. 主張

❶ この薬品を使った実験が成功したという（　　　　　　　　）はない。

❷ 昔、日本では、（　　　　　　　）主義の人が警察につかまることもあった。

❸ 今後2か月に1度、（　　　　　　　　）を開催していく予定です。

❹ 自分の（　　　　　　　）をわかりやすく伝えよう。

❺ 支持している（　　　　　　　）は特にないという人が増えている。

Ⅲ [a～e]の中から適当な言葉を選んで、（　　　）に入れなさい。（必要なら形を変えてください。）

a. 投票	b. 具体	c. 結論	d. 承認	e. 成立

❶ 国会では、ワクチンの無料接種のための法案が（　　　　　　　）した。

❷ この件について、社長の（　　　　　　　）がなかなか得られていない。

❸ 日本の若者は政治に無関心で、20代の（　　　　　　　　）率は3分の1程度だ。

❹ だから彼は小心者であると（　　　　　　　）づけられています。

❺ わかりにくいので、もっと（　　　　　　）的に説明してください。

67 政治 (3)　政治 (3)

◆ 行政、公務員　行政、公務員

こうむ **公務**	名 公務，國家及行政機關的事務
じち **自治**	名 自治，地方自治
じゅうてん **重点**	名 重點（物）作用點
じょじょに **徐々に**	副 徐徐地，慢慢地，一點點；逐漸，漸漸
せいど **制度**	名 制度；規定
ぜんたい **全体**	名・副 全身，整個身體；全體，總體；根本，本來；究竟，到底
ぞうだい **増大**	名・自他サ 增多，增大
たいけい **体系**	名 體系，系統
たいさく **対策**	名 對策，應付方法
とうしょ **投書**	名・他サ・自サ 投書，信訪，匿名投書；（向報紙、雜誌）投稿
ぼうし **防止**	名・他サ 防止
ほしょう **保証**	名・他サ 保証，擔保
やく **役**	名・漢造 職務，官職；責任，任務，（負責的）職位；角色；使用，作用
やくにん **役人**	名 官員，公務員
よさん **予算**	名 預算
りんじ **臨時**	名 臨時，暫時，特別

◆ 軍事　軍事

あま **甘い**	形 甜的；淡的；寬鬆，好說話；鈍，鬆動；藐視；天真的；樂觀的；淺薄的；愚蠢的
えんしゅう **演習**	名・自サ 演習，實際練習；（大學內的）課堂討論，共同研究
かいほう **解放**	名・他サ 解放，解除，擺脫
きち **基地**	名 基地，根據地
きょうか **強化**	名・他サ 強化，加強
くだ **砕く**	他五 打碎，弄碎
くっ付く	自五 緊貼在一起，附著
ぐん **軍**	名 軍隊；（軍隊編排單位）軍
ぐんたい **軍隊**	名 軍隊
くんれん **訓練**	名・他サ 訓練
こうげき **攻撃**	名・他サ 攻擊，進攻；抨擊，指責，責難；（棒球）擊球
ごうどう **合同**	名・自他サ 合併，聯合；（數）全等
ごうりゅう **合流**	名・自サ （河流）匯合，合流；聯合，合併
サイレン【siren】	名 警笛，汽笛
じえい **自衛**	名・他サ 自衛
しはい **支配**	名・他サ 指使，支配；統治，控制，管轄；決定，左右
しゅくしょう **縮小**	名・他サ 縮小
せ **攻める**	他下一 攻，攻打
せんすい **潜水**	名・自サ 潛水
たいせん **大戦**	名・自サ 大戰，大規模戰爭；世界大戰

戦い たたか	（名）戦闘；鬥争；競賽，比賽	**発射** はっしゃ	（名・他サ）發射（火箭、子彈等）
弾 たま	（名）子彈	**武器** ぶ き	（名）武器，兵器；（有利的）手段，武器
抵抗 ていこう	（名・自サ）抵抗，抗拒，反抗；（物理）電阻，阻力；（產生）抗拒心理，不願接受	**本部** ほん ぶ	（名）本部，總部
鉄砲 てっぽう	（名）槍，步槍		

練習

I [a～e]の中から適当な言葉を選んで、（　　）に入れなさい。（必要なら形を変えてください。）

a. 保証する ほ しょう	b. 潜水する せんすい	c. 解放する かいほう	d. 抵抗する ていこう	e. 発射する はっしゃ

❶ 深く（　　　　　　　　）とき、垂直に潜っていくので尻尾が高く上がります。
ふか　　　　　　　　　　　　　すいちょく もぐ　　　　しっ ぽ たか あ

❷ 敵が頑強に（　　　　　　　）。
てき がんきょう

❸ 1日約50円で家事から（　　　　　　　）お掃除ロボットをご紹介します。
にちやく えん か じ　　　　　　　　　そう じ　　　　しょうかい

❹ 彼の人物は私が（　　　　　　　）。
かれ じんぶつ わたし

❺ 米海軍が無人艇からミサイルを（　　　　　　　）初の実験を行った。
べいかいぐん む じんてい　　　　　　　　　はつ じっけん おこな

II [a～e]の中から適当な言葉を選んで、（　　）に入れなさい。（必要なら形を変えてください。）

a. 臨時 りん じ	b. サイレン	c. 防止 ぼう し	d. 役人 やくにん	e. 強化 きょう か

❶ 1日10分のトレーニングで体力増進、老化（　　　　　　　）に有効です。
にち ぶん　　　　　　　　　たいりょくぞうしん ろう か　　　　　　　　　ゆうこう

❷ 遠くからパトカーの（　　　　　　　）が聞こえてきた。何があったのだろう。
とお　　　　　　　　　　　　　き　　　　なに

❸ 競争力の（　　　　　　　）を図る。
きょうそうりょく　　　　　　　　はか

❹ 兄は外務省の（　　　　　　　）だ。
あに がい む しょう

❺ 本日台風10号接近のため、（　　　　　　　）休業致します。
ほんじつたいふう ごうせっきん　　　　　　　　きゅうぎょういた

68 法律 (1) 法律 (1)

◆ 規則　規則

当てはまる	（自五）適用，適合，合適，恰當	
当てはめる	（他下一）適用；應用	
エチケット【etiquette】	（名）禮節，禮儀，（社交）規矩	
怠る	（他五）怠慢，懶惰；疏忽，大意	
改正	（名・他サ）修正，改正	
改善	（名・他サ）改善，改良，改進	
義務	（名）義務	
許可	（名・他サ）許可，批准	
規律	（名）規則，紀律，規章	
形式	（名）形式，樣式；方式	
系統	（名）系統，體系	
権	（名・漢造）權力；權限	
権利	（名）權利	
公式	（名・形動）正式；（數）公式	
従う	（自五）跟隨；服從，遵從；按照；順著，沿著；隨著，伴隨	
付け加える	（他下一）添加，附帶	
不	（漢造）不；壞；醜；笨	
不可	（名）不可，不行；（成績評定等級）不及格	
法	（名・漢造）法律；佛法；方法，作法；禮節；道理	

モデル【model】	（名）模型；榜樣，典型，模範；（文學作品中）典型人物，原型；模特兒
基づく	（自五）根據，按照；由…而來，因為，起因

◆ 裁判、刑罰　判決、審判、刑罰

過失	（名）過錯，過失
刑事	（名）刑事；刑事警察
公正	（名・形動）公正，公允，不偏
公平	（名・形動）公平，公道
裁判	（名・他サ）裁判，評斷，判斷；（法）審判，審理
頻りに	（副）頻繁地，再三地，屢次；不斷地，一直地；熱心，強烈
事実	（名）事實；（作副詞用）實際上
始終	（名・副）開頭和結尾；自始至終；經常，不斷，總是
次第	（名・接尾）順序，次序；依序，依次；經過，緣由；任憑，取決於
処理	（名・他サ）處理，處置，辦理
審判	（名・他サ）審判，審理，判決；（體育比賽等的）裁判；（上帝的）審判
前進	（名・他サ）前進
提出	（名・他サ）提出，交出，提供
特殊	（名・形動）特殊，特別

罰 ばつ	名・漢造 懲罰，處罰	
罰する ばっ	他サ 處罰，處分，責罰；（法） 定罪，判罪	
非 ひ	名・漢造 非，不是	

練 習

Ⅰ [a～e]の中から適当な言葉を選んで、（　）に入れなさい。（必要なら形を変えてください。）

a. 従う したが	b. 基づく もと	c. 怠る おこた	d. 当てはまる あ	e. 付け加える つ くわ

❶ お客様のご要望にぴったり（　　　　　　）マンションを探します。
きゃくさま　　　ようぼう　　　　　　　　　　　　　　　　　　さが

❷ 論文作成を（　　　　　　）いたので、今になって締め切りに追われている。
ろんぶんさくせい　　　　　　　　　　　　いま　　　　し　き　　　お

❸ 教授は実験データに（　　　　　　）論文を書き、発表した。
きょうじゅ　じっけん　　　　　　　　　　ろんぶん　か　　はっぴょう

❹ 不満はあると思うが、学校の規則には（　　　　　　）べきである。
ふ まん　　　　　おも　　　がっこう　き そく

❺ 薬の副作用についても患者に（　　　　　　）おくことが必要だ。
くすり　ふく さ よう　　　　　　　　かんじゃ　　　　　　　　　　　ひつよう

Ⅱ [a～e]の中から適当な言葉を選んで、（　）に入れなさい。（必要なら形を変えてください。）

a. エチケット	b. モデル	c. 形式 けいしき	d. 系統 けいとう	e. 処理 しょり

❶ （　　　　　　）にばかりとらわれていると、本質が見えなくなる。
ほんしつ　み

❷ ごみの（　　　　　　）はきちんと行いましょう。
おこな

❸ ビルの火事は、電気（　　　　　　）に問題があったためだとわかった。
か じ　　　でん き　　　　　　　　　もんだい

❹ 咳が出るときはハンカチやマスクを使うのが（　　　　　　）だ。
せき　で　　　　　　　　　　　　　　　　つか

❺ ここは防犯（　　　　　　）地区に選定された。
ぼうはん　　　　　　　　ち く　せんてい

◆ 法律　法律

違反	(名・自サ) 違反，違規
斬る	(他五) 砍；切
警告	(名・他サ) 警告
憲法	(名) 憲法
生じる	(自他サ) 生，長；出生，產生；發生；出現
適用	(名・他サ) 適用，應用

◆ 犯罪　犯罪

誤り	(名) 錯誤
誤る	(自五・他五) 錯誤，弄錯；耽誤
一致	(名・自サ) 一致，相符
訴える	(他下一) 控告，控訴，申訴；求助於；使…感動，打動
奪う	(他五) 剝奪；強烈吸引；除去
大凡	(副) 大體，大概，一般；大約，差不多
着せる	(他下一) 給穿上 (衣服)；鍍上；嫁禍，加罪
嚴重	(形動) 嚴重的，嚴格的，嚴厲的
強盜	(名) 強盜；行搶
こっそり	(副) 悄悄地，偷偷地，暗暗地
自力	(名) 憑自己的力量
侵入	(名・自サ) 侵入，侵略；(非法) 闖入
迫る	(自五・他五) 強迫，逼迫；臨近，迫近；變狹窄，縮短；陷於困境，窘困

逮捕	(名・他サ) 逮捕，拘捕，捉拿
繋がり	(名) 相連，相關；系列；關係，聯繫
罪	(名・形動) (法律上的) 犯罪；(宗教上的) 罪惡，罪孽；(道德上的) 罪責，罪過
どうか	(副) (請求他人時) 請；設法，想辦法；(情況) 和平時不一樣，不正常；(表示不確定的疑問，多用かどうか) 是…還是怎麼樣
盜難	(名) 失竊，被盜
捕らえる	(他下一) 捉住，逮捕；緊緊抓住；捕捉，掌握；令陷入…狀態
犯罪	(名) 犯罪
ピストル【pistol】	(名) 手槍
物騒	(名・形動) 騷亂不安，不安定；危險
防犯	(名) 防止犯罪
未然	(名) 尚未發生
認める	(他下一) 看出，看到；認識，賞識，器重；承認；斷定，認為；許可，同意
遣っ付ける	(他下一) (俗) 幹完 (工作等，「やる」的強調表現)；教訓一頓；幹掉；打敗，擊敗
行方	(名) 去向，目的地；下落，行蹤；前途，將來
行方不明	(名) 下落不明
要素	(名) 要素，因素；(理、化) 要素，因子

練習

I [a〜e]の中から適当な言葉を選んで、（　　）に入れなさい。（必要なら形を変えてください。）

a. 奪う	b. 斬る	c. 捕らえる	d. 迫る	e. 生じる

❶ 小屋から逃げ出したウサギを、係員が追いかけて（　　　　　　　）。

❷ 銀行で大金を（　　　　　　　）強盗は、3時間後に逮捕された。

❸ 日本映画の時代劇には、侍が刀で人を（　　　　　　　）場面が多い。

❹ 労働者が、会社に賃金の値上げと待遇の向上を（　　　　　　　）。

❺ 新しい問題が（　　　　　　　）。

II [a〜e]の中から適当な言葉を選んで、（　　）に入れなさい。（必要なら形を変えてください。）

a. 盗難	b. ピストル	c. 自力	d. 未然	e. 行方

❶ 3年前に家を出て行ったきり、弟は今も（　　　　　　　）がわからない。

❷ 昨夜、（　　　　　　　）事件のあったスーパーは、この店です。

❸ （　　　　　　　）を突きつけられて「手を挙げろ」と言われた。

❹ これは犯罪を（　　　　　　　）に防ぐための看板です。

❺ 彼はだれにも助けを求めず（　　　　　　　）で問題を解決した。

III [a〜e]の中から適当な言葉を選んで、（　　）に入れなさい。（必要なら形を変えてください。）

a. やっつける	b. 認める	c. 誤る	d. 侵入する	e. 着せる

❶ 乗り換える電車を（　　　　　　　）、約束の時間に遅れてしまった。

❷ 逆転のホームランで、優勝候補のチームを（　　　　　　　）。

❸ 妹は私のスマホを使ったことを（　　　　　　　）、素直に謝った。

❹ 小学校の入学式に息子にスーツを（　　　　　　　）、写真を撮った。

❺ 空き巣被害の大半は、窓から家の中に（　　　　　　　）います。

70 心理、感情 (1)
しんり、かんじょう

心理、感情 (1)

◆ 心 (1)　心、內心 (1)
こころ

呆れる あき	自下一 吃驚，愕然，嚇呆，發楞
熱い あつ	形 熱的，燙的；熱情的，熱烈的
飢える う	自下一 飢餓，渴望
疑う うたが	他五 懷疑，疑惑，不相信，猜測
敬う うやま	他五 尊敬
羨む うらや	他五 羨慕，嫉妒
運 うん	名 命運，運氣
惜しい お	形 遺憾；可惜的，捨不得；珍惜
思い込む おも こ	自五 確信不疑，深信；下決心
思い遣り おも や	名 同情心，體貼
覚悟 かく ご	名・自他サ 精神準備，決心；覺悟
がっかり	副・自サ 失望，灰心喪氣；筋疲力盡
感 かん	名・漢造 感覺，感動；感
感覚 かんかく	名・他サ 感覺
感激 かんげき	名・自サ 感激，感動
感じ かん	名 知覺，感覺；印象
感情 かんじょう	名 感情，情緒
関心 かんしん	名 關心，感興趣
気がする き	慣 好像，感到，覺得

期待 き たい	名・他サ 期待，期望，指望
気にする き	慣 介意，在乎
気になる き	慣 擔心，放心不下
気の毒 き どく	名・形動 可憐的，可悲；可惜，遺憾；過意不去，對不起
気分転換 き ぶんてんかん	連語・名 轉換心情
気楽 き らく	名・形動 輕鬆，安閒，無所顧慮
空想 くうそう	名・他サ 空想，幻想
狂う くる	自五 發狂，發瘋，失常，不準確，有毛病；落空，錯誤；過度著迷，沉迷
恋しい こい	形 思慕的，眷戀的，懷念的
幸運 こううん	名・形動 幸運，僥倖
好奇心 こう き しん	名 好奇心

144

練 習

Ⅰ [a～e]の中から適当な言葉を選んで、（　　　）に入れなさい。（必要なら形を変えてください。）

a. 敬う	b. 呆れる	c. 飢える	d. 羨む	e. 疑う

❶ 自分の都合のいいように計画を立てる友だちに（　　　　　　　　）しまった。

❷ アジアの多くの国の人々は、先祖や家族を（　　　　　　　）意識が強い。

❸ 私の祖母はみんなが（　　　　　　　）ほど、カラオケが上手である。

❹ 世界中で、（　　　　　　　）いる子どもが今でも数多くいる実態を知るべきだ。

❺ 癌を（　　　　　　　）精密検査を受けたが、幸い癌ではなかった。

Ⅱ [a～e]の中から適当な言葉を選んで、（　　　）に入れなさい。（必要なら形を変えてください。）

a. 感激	b. 幸運	c. 感じ	d. 関心	e. 感覚

❶ あの人とは金銭（　　　　　　　）にずれがあって、ちょっと付き合いにくい。

❷ テレビ番組で、幼い頃に生き別れた兄弟がスタジオで（　　　　　　　）の対面をした。

❸ 宝くじを1枚買ったら、（　　　　　　　）にもそれが3等賞であった。

❹ あのレストランの料理はとてもおいしいが、店員は（　　　　　　　）が悪い。

❺ 子どもは、いろいろなことに（　　　　　　　）をもって大人に質問する。

Ⅲ [a～d]の中から適当な言葉を選んで、（　　　）に入れなさい。（必要なら形を変えてください。）

a. 覚悟する	b. 狂う	c. 期待する	d. 思い込む

❶ 決裂も（　　　　　　　）いたが、話し合いは極めてスムーズに進んだ。

❷ 隣の家の飼い犬が、なぜか、（　　　　　　　）ように吠えている。

❸ 国産だと（　　　　　　　）いた大豆が、実は輸入品だった。

❹ 本日は入社おめでとう。諸君の若いエネルギーに（　　　　　　　）いる。

71 心理、感情 (2)
しんり、かんじょう

心理、感情 (2)

◆ 心 (2)　心、內心 (2)
こころ

心当たり	(名) 想像，(估計、猜想) 得到；線索，苗頭
こころ あ	

堪える	(他下一) 忍耐，忍受；忍住，抑制住；容忍，寬恕
こら	

幸い	(名・形動・副) 幸運，幸福，幸虧，好在；對…有幫助，對…有利，引起好影響
さいわ	

仕方がない	(連語) 沒有辦法；沒有用處，無濟於事，迫不得已；受不了，…得不得了；不像話
し かた	

実感	(名・他サ) 真實感，確實感覺到；真實的感情
じっかん	

しみじみ	(副) 痛切，深切地；親密，懇切；仔細，認真的

占めた	(連語・感) (俗) 太好了，好極了，正中下懷
し	

真剣	(名・形動) 真刀，真劍；認真，正經
しんけん	

心中	(名・自サ) (古) 守信義；(相愛男女因不能在一起而感到悲哀) 一同自殺，殉情；(轉) 兩人以上同時自殺
しんじゅう	

心理	(名) 心理
しんり	

澄む	(自五) 清澈；澄清；晶瑩，光亮；(聲音) 清脆悅耳；清靜，寧靜
す	

ずるい	(形) 狡猾，奸詐，耍滑頭，花言巧語

精神	(名) (人的) 精神，心；心神，精力，意志；思想，心意；(事物的) 根本精神
せいしん	

善	(名・漢造) 好事，善行；善良；優秀，卓越；妥善，擅長；關係良好
ぜん	

大した	(連體) 非常的，了不起的；(下接否定詞) 沒什麼了不起，不怎麼樣
たい	

大して	(副) (一般下接否定語) 並不太…，並不怎麼
たい	

堪らない	(連語・形) 難堪，忍受不了；難以形容，…得不得了；按耐不住
たま	

躊躇う	(自五) 猶豫，躊躇，遲疑，躊躇不前
ためら	

誓う	(他五) 發誓，起誓，宣誓
ちか	

尖る	(自五) 尖；發怒；神經過敏，神經緊張
とが	

何となく	(副) (不知為何) 總覺得，不由得；無意中
なん	

なんとも	(副・連) 真的，實在；(下接否定，表無關緊要) 沒關係，沒什麼；(下接否定) 怎麼也不…

願い	(名) 願望，心願；請求，請願；申請書，請願書
ねが	

膨らます	(他五) (使) 弄鼓，吹鼓
ふく	

面倒臭い	(形) 非常麻煩，極其費事的
めんどうくさ	

油断	(名・自サ) 缺乏警惕，疏忽大意
ゆ だん	

◆ 感謝、後悔　感謝、悔恨
かんしゃ、こうかい

有り難い	(形) 難得，少有；值得感謝，感激，值得慶幸
あ がた	

祝い	(名) 祝賀，慶祝；賀禮；慶祝活動
いわ	

恨み	(名) 恨，怨，怨恨
うら	

恨む（うら）	（他五）抱怨，恨；感到遺憾，可惜；雪恨，報仇	請う（こ）	（他五）請求，希望
お詫び（わ）	（名・自サ）道歉	（どうも）ありがとう	（感）謝謝
恩（おん）	（名）恩情，恩	誇り（ほこ）	（名）自豪，自尊心；驕傲，引以為榮
恩恵（おんけい）	（名）恩惠，好處，恩賜	誇る（ほこ）	（自五）誇耀，自豪
悔やむ（く）	（他五）懊悔的，後悔的	詫びる（わ）	（自五）道歉，賠不是，謝罪

練習

Ⅰ [a～e]の中から適当な言葉を選んで、（　）に入れなさい。（必要なら形を変えてください。）

a. 詫びる（わ）	b. 誇る（ほこ）	c. 尖る（とが）	d. 堪える（た）	e. 恨む（うら）

❶ 母（はは）は、免許（めんきょ）を取（と）ってから無事故無違反（むじこむいはん）なのを（　　　　　）いる。

❷ 会議（かいぎ）の開始時間（かいしじかん）に遅（おく）れたことを、出席者（しゅっせきしゃ）のみんなに（　　　　　）。

❸ 劇（げき）で、（　　　　　）帽子（ぼうし）をかぶったピエロの役（やく）を演（えん）じた。

❹ 優勝（ゆうしょう）を逃（のが）した悔（くや）しさを（　　　　　）、笑（わら）って家（いえ）に帰（かえ）った。

❺ 自分（じぶん）はライバルに負（ま）けたが、（　　　　　）つもりはまったくない。

Ⅱ [a～e]の中から適当な言葉を選んで、（　）に入れなさい。（必要なら形を変えてください。）

a. 澄む（す）	b. 膨らます（ふく）	c. お詫びする（わ）	d. 躊躇う（ためら）	e. 請う（こ）

❶ 昨日（きのう）の私（わたし）の発言（はつげん）に関（かん）し、（　　　　　）訂正（ていせい）いたします。

❷ 入院中（にゅういんちゅう）の祖母（そぼ）は医師（いし）に外出（がいしゅつ）の許（ゆる）しを（　　　　　）たが、許可（きょか）されなかった。

❸ 高（たか）そうな寿司屋（すしや）だったので、店内（てんない）に入（はい）るのを（　　　　　）。

❹ この高原（こうげん）は空気（くうき）が（　　　　　）いて、とても気持（きも）ちがいい。

❺ 妹（いもうと）は念願（ねんがん）の日本留学（にほんりゅうがく）がかなうそうで、今（いま）、期待（きたい）に胸（むね）を（　　　　　）いる。

72 心理、感情 (3)
しんり かんじょう

心理、感情 (3)

◆ 意志 いし　意志

諦める あきら	他下一 死心，放棄；想開
飽くまで (も) あ	副 徹底，到底
新た あら	形動 重新；新的，新鮮的
改める あらた	他下一 改正，修正，革新；檢查
意気 いき	名 意氣，氣概，氣勢，氣魄
意志 いし	名 意志，志向，心意
追い掛ける おいか	他下一 追趕；緊接著
追う お	他五 追；趕走；逼催，忙於；趨趕；追求；遵循，按照
贈る おく	他五 贈送，餽贈；授與，贈給
思いっ切り おも き	副 死心；下決心；狠狠地，徹底的
気を付ける き つ	慣 當心，留意
決心 けっしん	名・自他サ 決心，決意
さっさと	副 (毫不猶豫、毫不耽擱時間地) 趕緊地，痛快地，迅速地
早速 さっそく	副 立刻，馬上，火速，趕緊
集中 しゅうちゅう	名・自他サ 集中；作品集
救う すく	他五 拯救，搭救，救援，解救；救濟，賑災；挽救
精々 せいぜい	副 盡量，盡可能；最大限度，充其量
責める せ	他下一 責備，責問；苛責，折磨，摧殘；嚴加催討；馴服馬匹
常に つね	副 時常，經常，總是

為す な	他五 (文) 做，為
願う ねが	他五 請求，請願，懇求；願望，希望；祈禱，許願
望み のぞ	名 希望，願望，期望；抱負，志向；眾望
拝見 はいけん	名・他サ (「みる」的自謙語) 看，瞻仰
張り切る は き	自五 拉緊；緊張，幹勁十足，精神百倍
必死 ひっし	名・形動 必死；拼命，殊死
吹き飛ばす ふ と	他五 吹跑；吹牛；趕走
自ら みずか	代・名・副 我；自己，自身；親身，親自
目標 もくひょう	名 目標，指標

練 習

I [a～e]の中から適当な言葉を選んで、( )に入れなさい。（必要なら形を変えてください。）

a. 救う	b. なす	c. 改める	d. 追う	e. 責める

❶ 優勝候補の走者を、10メートル遅れて( )走者がいる。

❷ 夜更かしの習慣を( )、早寝早起きを心がけるようにした。

❸ 薬の飲みすぎは、かえって体に害を( )と言われている。

❹ 兄は泳ぎが上手で、海で溺れていた子どもを( )ことがある。

❺ 無断欠勤をしてチームワークを乱した同僚を( )。

II [a～e]の中から適当な言葉を選んで、( )に入れなさい。（必要なら形を変えてください。）

a. 張り切る	b. 贈る	c. 追い掛ける	d. 諦める	e. 吹き飛ばす

❶ 素敵な鞄を見付けたが、値段が高かったので買うのを( )。

❷ 弁当を忘れて出かけた妹を( )、渡してあげた。

❸ 友だちの出産祝いに、ベビーベッドを( )つもりだ。

❹ 学校代表になったからには、( )試合に臨もう。

❺ 強風で、庭に干していた洗濯物が( )しまった。

III [a～e]の中から適当な言葉を選んで、( )に入れなさい。（必要なら形を変えてください。）

a. 意気	b. 意志	c. 自ら	d. 目標	e. 決心

❶ チームの( )が上がっているから、きっと優勝できるよ。

❷ 君の( )が本当に固いものなら、もうすでに希望の半分は実現している。

❸ 営業部は「残業ゼロ」という( )を掲げているが、達成については疑問だ。

❹ 強い( )がなければ、この試合には絶対に勝てない。

❺ インターネットの情報ではなく、( )の目で商品を確かめた。

73 心理、感情 (4)
しんり かんじょう

心理、感情(4)

◆ 好き、嫌い　喜歡、討厭
す　きら

愛情 あいじょう	(名) 愛，愛情
愛する あい	(他サ) 愛，愛慕；喜愛，有愛情，疼愛，愛護；喜好
憧れる あこが	(自下一) 嚮往，憧憬，愛慕；眷戀
嫌がる いや	(他五) 討厭，不願意，逃避
裏切る うら ぎ	(他五) 背叛，出賣，通敵；辜負，違背
抱える かか	(他下一) (雙手)抱著，夾(在腋下)；擔當，負擔；雇佣
気に入る き い	(連語) 稱心如意，喜歡，寵愛
嫌う きら	(他五) 嫌惡，厭惡；憎惡；區別
恋 こい	(名・自他サ) 戀，戀愛；眷戀
好み この	(名) 愛好，喜歡，願意
好む この	(他五) 愛好，喜歡，願意；挑選，希望；流行，時尚
失恋 しつれん	(名・自サ) 失戀
好き嫌い す きら	(名) 好惡，喜好和厭惡；挑肥揀瘦，挑剔
好き好き す ず	(名・副・自サ) (各人)喜好不同，不同的喜好
皮肉 ひ にく	(名・形動) 皮和肉；挖苦，諷刺，冷嘲熱諷；令人啼笑皆非
批判 ひ はん	(名・他サ) 批評，批判，評論
批評 ひ ひょう	(名・他サ) 批評，批論
不平 ふ へい	(名・形動) 不平，不滿意，牢騷

◆ 悲しみ、苦しみ　悲傷、痛苦
かな　　くる

哀れ あわ	(名・形動) 可憐，憐憫；悲哀，哀愁；情趣，風韻
いきなり	(副) 突然，冷不防，馬上就…
浮かべる う	(他下一) 浮，泛；露出；想起
浮く う	(自五) 飄浮；動搖，鬆動；高興，愉快；結餘，剩餘；輕薄
悲しむ かな	(他五) 感到悲傷，痛心，可嘆
可哀相・可哀想 か わ いそう　か わ いそう	(形動) 可憐
きつい	(形) 嚴厲的，嚴苛的；剛強，好強；緊的，瘦小的；強烈的；累人的，費力的
苦心 く しん	(名・自サ) 苦心，費心
草臥れる くた び	(自下一) 疲勞，疲乏
苦痛 く つう	(名) 痛苦
苦しい くる	(形) 艱苦；困難；難過；勉強
苦しむ くる	(自五) 感到痛苦，感到難受
苦労 く ろう	(名・形動・自サ) 辛苦，辛勞
困難 こんなん	(名・形動) 困難，困境；窮困
失望 しつぼう	(名・他サ) 失望
突き当たる つ あ	(自五) 撞上，碰上；走到道路的盡頭；(轉)遇上，碰到(問題)
辛い つら	(形・接尾) 痛苦的，難受的，吃不消；刻薄的，殘酷的；難…，不便…
慰める なぐさ	(他下一) 安慰，慰問；使舒暢；慰勞，撫慰

悲劇 ひ げき	名 悲劇	惨め みじ	形動 悽惨，惨痛
不運 ふ うん	名・形動 運氣不好的，倒楣的，不幸的		
増す ま	自五・他五 （數量）增加，增長，增多；（程度）增進，增高；勝過，變的更甚		

練 習

Ⅰ [a〜e]の中から適当な言葉を選んで、（　）に入れなさい。（必要なら形を変えてください。）

a. 裏切る うら ぎ	b. 抱える かか	c. 慰める なぐさ	d. 嫌がる いや	e. 好む この

❶ 祖母はよく、トイレ掃除を（　　　　　　　　）はいけないと言う。

❷ （　　　　　　　　）残業をする人はいないだろうが、せざるを得ないのだ。

❸ 課長は多くの仕事を（　　　　　　）いて、いつも残業している。

❹ 信じていた友人に（　　　　　　）、とてもショックである。

❺ 第一希望の大学に落ちて泣いている友だちを（　　　　　　）。

Ⅱ [a〜e]の中から適当な言葉を選んで、（　）に入れなさい。（必要なら形を変えてください。）

a. 皮肉 ひ にく	b. 苦労 く ろう	c. 不平 ふ へい	d. 悲劇 ひ げき	e. 困難 こんなん

❶ 栄養を考えて作っている給食に、（　　　　　　　）を言ってはいけない。

❷ 彼はさまざまな（　　　　　　　）に打ち勝って、会社を発展させていった。

❸ 私が良い点を取ったら、「明日は雨だね」と（　　　　　　）を言われた。

❹ この映画は（　　　　　　）に見舞われる労働者階級の家族を描いた。

❺ 金持ちの大臣に庶民の（　　　　　　）がわかるものか。

◆ 驚き、恐れ、怒り　驚懼、害怕、憤怒

| おどろ | おそ | おこ | | | |

| 暴れる あばれる | (自下一) 胡鬧；放蕩，橫衝直撞 | | 展開 てんかい | (名・他サ・自サ) 開闢，打開；展現；進展；(隊形)散開 |

| 危うい あやうい | (形) 危險的；令人擔憂，靠不住 | | 怒鳴る どなる | (自五) 大聲喊叫，大聲申訴 |

| 偉い えらい | (形) 偉大，卓越，了不起；(地位)高，(身分)高貴；(出乎意料)嚴重 | | 何で なんで | (副) 為什麼，何故 |

| 恐れる おそれる | (自下一) 害怕，恐懼；擔心 | | 憎い にくい | (形) 可憎，可惡；(說反話)漂亮，令人佩服 |

| 恐ろしい おそろしい | (形) 可怕；驚人，非常，厲害 | | 憎む にくむ | (他五) 憎恨，厭惡；嫉妒 |

| 脅かす おどかす | (他五) 威脅，逼迫；嚇唬 | | 除く のぞく | (他五) 消除，刪除，撇除，剷除；除了…，…除外；殺死 |

| 驚かす おどろかす | (他五) 使吃驚，驚動；嚇唬；驚喜；使驚覺 | | 反発 はんぱつ | (名・他サ・自サ) 回彈，排斥；拒絕，不接受；反攻，反抗 |

| 思い掛けない おもいがけない | (形) 意想不到的，偶然的，意外的 | | びっくり | (副・自サ) 吃驚，嚇一跳 |

| 気味が悪い きみがわるい | (形) 毛骨悚然的；令人不快的 | | 招く まねく | (他五) (搖手、點頭)招呼；招待，宴請；招聘，聘請；招惹，招致 |

| 奇妙 きみょう | (形動) 奇怪，出奇，奇異，奇妙 | | 妙 みょう | (名・形動・漢造) 奇怪的，異常的，不可思議；格外，分外；妙處，奧妙；巧妙 |

| 恐怖 きょうふ | (名・自サ) 恐怖，害怕 | | | |

| 偶然 ぐうぜん | (名・形動・副) 偶然，偶而；(哲)偶然性 | | 滅多に めったに | (副) (後接否定語)不常，很少 |

| 苦情 くじょう | (名) 不平，抱怨 | | | |

| 下らない くだらない | (連語・形) 沒有價值，無聊，無趣；不下於… | | | |

| 光景 こうけい | (名) 景象，情況，場面，樣子 | | | |

| 御免 ごめん | (名・感) 原諒；表拒絕 | | | |

| 怖がる こわがる | (自五) 害怕 | | | |

| 災難 さいなん | (名) 災難，災禍 | | | |

| しまった | (連語・感) 糟糕，完了 | | | |

練習

Ⅰ [a～e]の中から適当な言葉を選んで、（　　　）に入れなさい。（必要なら形を変えてください。）

| a. くだらない | b. 危うい | c. 憎い | d. 偉い | e. 気味が悪い |

❶ 残金が（　　　　　　　　　）と思って、ATMでお金を下ろすことにした。

❷ 夜の墓地の辺りは（　　　　　　　　）ので、遠回りしよう。

❸ （　　　　　　　　　）失敗をしてしまって、上司にひどく叱られた。

❹ 彼が（　　　　　　　　）のは、人が嫌がることを進んで引き受けるところだ。

❺ （　　　　　　　　）害虫が、せっかく育てた野菜を枯らしてしまった。

Ⅱ [a～e]の中から適当な言葉を選んで、（　　　）に入れなさい。（必要なら形を変えてください。）

| a. 憎む | b. 招く | c. 怖がる | d. 暴れる | e. 怒鳴る |

❶ 創立30周年のパーティーに、多くのお得意様を（　　　　　　　）。

❷ 妹は暗い所を（　　　　　　　　）、夜、トイレに一人で行けない。

❸ 多くの子どもたちの尊い生命を奪ってしまう戦争を（　　　　　　）。

❹ 隣の部屋の人に、「テレビの音がうるさい」と（　　　　　　　）。

❺ 牧場主が、（　　　　　　　）馬を必死で押さえてなだめている。

Ⅲ [a～e]の中から適当な言葉を選んで、（　　　）に入れなさい。（必要なら形を変えてください。）

| a. 反発 | b. 光景 | c. 苦情 | d. 恐怖 | e. 災難 |

❶ 電車が脱線して、パニック状の（　　　　　　　　）に襲われました。

❷ ホテルのサービスが悪かったので（　　　　　　　）のメールを書いた。

❸ 山の頂上に立つと、目の前に美しい（　　　　　　　）が一面に広がった。

❹ 財布を忘れたりメガネをなくしたり、今日は（　　　　　　　）ばかりだ。

❺ 君の言ってることは正しいが、その言い方じゃみんなの（　　　　　　　）を買うよ。

思考、言語 (1)

しこう げんご

思考、語言 (1)

◆ 判断　判斷

はんだん

生憎 あいにく	副・形動 不巧，偏偏	**そのため**	接 (表原因)正是因為這樣…
改めて あらた	副 重新；再	**それでも**	接續 儘管如此，雖然如此，即使這樣
依頼 いらい	名・自他サ 委託，請求，依靠	**それなのに**	他五 雖然那樣，儘管如此
応じる・応ずる おう おう	自上一 響應；答應；允應，滿足；適應	**それなら**	他五 要是那樣，那樣的話，如果那樣
主に おも	副 主要，重要；(轉)大部分，多半	**だけど**	接續 然而，可是，但是
勘 かん	名 直覺，第六感；領悟力	**だって**	接・提助 可是，但是，因為；即使是，就算是
気の所為 き せい	連語 神經過敏，心理作用	**妥当** だとう	名・形動・自サ 妥當，穩當，妥善
区別 く べつ	名・他サ 區別，分清	**たとえ**	副 縱然，即使，哪怕
決断 けつだん	名・自他サ 果斷明確地做出決定，決斷	**試す** ため	他五 試，試驗，試試
決定 けってい	名・自他サ 決定，確定	**断定** だんてい	名・他サ 斷定，判斷
限界 げんかい	名 界限，限度，極限	**違いない** ちが	形 一定是，肯定，沒錯，的確是
検討 けんとう	名・他サ 研討，探討；審核	**どうせ**	副 (表示沒有選擇餘地)反正，總歸就是，無論如何
考慮 こうりょ	名・他サ 考慮	**ところが**	接・接助 然而，可是，不過；一…，剛要…
断る ことわ	他五 預先通知，事前請示；謝絕	**判断** はんだん	名・他サ 判斷；推斷，推測；占卜
ざっと	副 粗略地，簡略地，大體上的；(估計)大概，大略；潑水狀	**無視** む し	名・他サ 忽視，無視，不顧
信用 しんよう	名・他サ 堅信，確信；信任，相信；信用，信譽；信用交易，非現款交易	**用いる** もち	自五 使用；採用，採納；任用，錄用
信頼 しんらい	名・他サ 信賴，相信	**やむを得ない** え	形 不得已的，沒辦法的
推定 すいてい	名・他サ 推斷，判定；(法)(無反證之前的)推定，假定	**止す** よ	他五 停止，做罷；戒掉；辭掉
せい	名 原因，緣故，由於；歸咎		

練 習

Ⅰ [a～e]の中から適当な言葉を選んで、（　　）に入れなさい。（必要なら形を変えてください。）

a. 考慮 _{こうりょ}	b. 区別 _{く べつ}	c. 勘 _{かん}	d. せい	e. 限界 _{げんかい}

❶ 色_{いろ}の（　　　　　　）がつかない色覚異常_{しきかく い じょう}の多_{おお}くは先天性_{せんてんせい}のものです。

❷ 彼女_{かのじょ}は（　　　　　　）がいいから、嘘_{うそ}をついてもすぐにばれると思_{おも}うよ。

❸ 生活費_{せいかつ ひ}や教育費_{きょういく ひ}なども（　　　　　　）に入_いれなければならない。

❹ 給料_{きゅうりょう}は上_あがらず仕事_{し ごと}は増_ふえる一方_{いっぽう}で、社員_{しゃいん}の我慢_{が まん}は（　　　　　　）だ。

❺ 彼_{かれ}は遅刻_{ち こく}ばかりしている（　　　　　　）で、なかなか人_{ひと}に信用_{しんよう}されない。

Ⅱ [a～e]の中から適当な言葉を選んで、（　　）に入れなさい。（必要なら形を変えてください。）

a. 応じる _{おう}	b. よす	c. 試す _{ため}	d. 用いる _{もち}	e. 断る _{ことわ}

❶ この書類_{しょるい}は、黒_{くろ}のボールペンを（　　　　　　）書_かいてください。

❷ 日本語能力試験_{に ほん ご のうりょく し けん}のN2を受_うけて、日本語_{に ほん ご}の力_{ちから}を（　　　　　　）。

❸ アルバイトが忙_{いそが}しいので、夏休_{なつやす}みの合宿_{がっしゅく}の参加_{さん か}を（　　　　　　）。

❹ 陰_{かげ}でこそこそと根拠_{こんきょ}のないうわさを流_{なが}すのは（　　　　　　）なさい。

❺ ご希望_{き ぼう}に（　　　　　　）、洋食_{ようしょく}でも和食_{わ しょく}でもご提供_{ていきょう}いたします。

Ⅲ [a～e]の中から適当な言葉を選んで、（　　）に入れなさい。（必要なら形を変えてください。）

a. ざっと	b. 改めて _{あらた}	c. どうせ	d. あいにく	e. 主に _{おも}

❶ この小説_{しょうせつ}の登場人物_{とうじょうじんぶつ}は、（　　　　　　）スポーツが好_すきな学生_{がくせい}たちだ。

❷ 結婚式_{けっこんしき}の招待客_{しょうたいきゃく}を（　　　　　　）計算_{けいさん}してみたら、100人_{にん}ほどだった。

❸ 来週_{らいしゅう}（　　　　　　）お伺_{うかが}いして、ご希望_{き ぼう}の商品_{しょうひん}をお持_もちいたします。

❹ 頑張_{がん ば}って洗_{あら}っても、（　　　　　　）この靴下_{くつした}の汚_{よご}れは落_おちないよ。

❺ （　　　　　　）の雨_{あめ}で、野外_{や がい}コンサートは屋内_{おくない}に変更_{へんこう}になった。

76 思考、言語 (2)
しこう げんご
思考、語言 (2)

◆ 理解　理解
りかい

有らゆる あ	連體 一切，所有	比較 ひかく	名・他サ 比，比較
異見 いけん	名・他サ 不同的意見，不同的 見解，異議	比較的 ひかくてき	副・形動 比較地
観念 かんねん	名・自他サ 觀念；決心；斷念， 不抱希望	分類 ぶんるい	名・他サ 分類，分門別類
区切る くぎ	他四 (把文章)斷句，分段	べつ	名・形動・漢造 分別，區分；分別
区分 くぶん	名・他サ 區分，分類	まさに	副 真的，的確，確實
結局 けっきょく	名・副 結果，結局；最後，最 終，終究	見方 みかた	名 看法，看的方法；見解，想法
見解 けんかい	名 見解，意見	みたい	助動・形動型 (表示和其他事物 相像)像…一樣；(表示具體的 例子)像…這樣；表示推斷或委 婉的斷定
肯定 こうてい	名・他サ 肯定，承認		
項目 こうもく	名 文章項目，財物項目；(字典 的)詞條，條目	明確 めいかく	名・形動 明確，準確
心得る こころえ	他下一 懂得，領會，理解；有 體驗；答應，應允記在心上的	別 もしも	副 (強調)如果，萬一，倘若
流石 さすが	副・形動 真不愧是，果然名不虛 傳；雖然…，不過還是；就連… 也都，甚至	以って も	連語・接續 (…をもって形式， 格助詞用法)以，用，拿；因為； 根據；(時間或數量)到；(加強 を的語感)把；而且；因此；對 此
承知 しょうち	名・他サ 同意，贊成，答應；知 道；許可，允許		
相違 そうい	名・自サ 不同，懸殊，互不相符	尤も もっと	連語・接續 合理，正當，理所當 有的；話雖如此，不過
そうっと	副 悄悄地(同「そっと」)	より	副 更，更加
存じる・存ずる ぞん ぞん	自他サ 有，存，生存；在於	連想 れんそう	名・他サ 聯想
単なる たん	連體 僅僅，只不過	割と・割に わり わり	副 比較；分外，格外，出乎意 料
単に たん	副 單，只，僅		
抽象 ちゅうしょう	名・他サ 抽象		

練習

I [a～e]の中から適当な言葉を選んで、（　　）に入れなさい。（必要なら形を変えてください。）

| a. 見方 | b. 観念 | c. 異見 | d. 解釈 | e. 相違 |

❶ 松本清張さんが『古代史疑』という本で（　　　　　　　）を述べました。

❷ 多くの中国人と日本人では衛生（　　　　　　　）が異なる。

❸ 意見の（　　　　　　　）を適切に処理したい。

❹ この問題は（　　　　　　　）や考え方を変えないと解けない。

❺ 前号で発表した儀礼の（　　　　　　　）は間違いであることに気がついた。

II [a～e]の中から適当な言葉を選んで、（　　）に入れなさい。（必要なら形を変えてください。）

| a. 肯定 | b. 項目 | c. 区分 | d. 比較 | e. 抽象 |

❶ 購入した不動産の土地と建物の（　　　　　　　）がわかりません。

❷ 彼は好き嫌いが激しく、人の評価も（　　　　　　　）か否定かの両極しかない。

❸ 試験までにあと三つの（　　　　　　　）を勉強しなければならない。

❹ 後輩にアドバイスする場合、なるべく（　　　　　　　）的に言わないほうが良い。

❺ 神戸の夜景は「日本三大夜景」の一つで、他の場所の夜景とは（　　　　　　　）にならないほど美しい。

III [a～e]の中から適当な言葉を選んで、（　　）に入れなさい。（必要なら形を変えてください。）

| a. より | b. さすが | c. まさに | d. 割と | e. もしも |

❶ 首にピンクのスカーフを巻くと、（　　　　　　　）若々しく見えるよ。

❷ （　　　　　　　）地震が起きたら、まず、すぐに火を消してください。

❸ 日本に10年間住んでいただけあって、（　　　　　　　）日本語が上手だ。

❹ （　　　　　　　）君の言うとおり、ガソリン代は高くなっている。

❺ 12月の北海道は寒いと聞いていたが、（　　　　　　　）暖かった。

77 思考、言語 (3) 思考、語言 (3)

◆ 知識 (1) 知識 (1)

あき 明らか	形動 顯然，清楚，明確；明亮
かいとう 回答	名・自サ 回答，答覆
かくじつ 確実	形動 確實，準確；可靠
かつよう 活用	名・他サ 活用，利用，使用
カバー【cover】	名・他サ 罩，套；補償，補充；覆蓋
かんちが 勘違い	名・自サ 想錯，判斷錯誤，誤會
きおく 記憶	名・他サ 記憶，記憶力；記性
きづ 気付く	自五 察覺，注意到，意識到；（神志昏迷後）甦醒過來
きゅうしゅう 吸収	名・他サ 吸收
げん 現に	副 做為不可忽略的事實，實際上，親眼
げんり 原理	名 原理；原則
ごうり 合理	名 合理
したが 従って	他五 因此，從而，因而，所以
じつよう 実用	名・他サ 實用
じゅうだい 重大	形動 重要的，嚴重的，重大的
じゅん 順	名・漢造 順序，次序；輪班，輪到；正當，必然，理所當然；順利
すで 既に	副 已經，業已；即將，正值，恰好
すなわ 即ち	接 即，換言之；即是，正是；則，彼時；乃，於是

せつ 説	名・漢造 意見，論點，見解；學說；述說
そっちょく 率直	形動 坦率，直率
たくわ たくわ 蓄える・貯える	他下一 儲蓄，積蓄；保存，儲備；留，留存
ちえ 知恵	名 智慧，智能；腦筋，主意
ちのう 知能	名 智能，智力，智慧
てきかく 的確	形動 正確，準確，恰當
でたらめ	名・形動 荒唐，胡扯，胡說八道，信口開河
て 照らす	他五 照耀，曬，晴天
なぞ 謎	名 謎語；暗示，口風；神秘，詭異，莫名其妙，不可思議，想不透（為何）
ばか 馬鹿	名・形動 愚蠢，糊塗
ひてい 否定	名・他サ 否定，否認
ひね 捻る	他五（用手）扭，擰；（俗）打敗，擊敗；別有風趣

練 習

Ⅰ [a～e]の中から適当な言葉を選んで、（　　　）に入れなさい。（必要なら形を変えてください。）

a. 活用する	b. 吸収する	c. カバーする	d. 気付く	e. 否定する

❶ 老後不安！「毎月4万円赤字」をどう（　　　　　　　　）？

❷ これはあらゆる産業に（　　　　　　　　）いる熱処理技術です。

❸ 道路を横切る子猫に（　　　　　　　　）、慌ててブレーキを踏んだ。

❹ 会社の再建に失敗し、大手に（　　　　　　　　）ことになった。

❺ 彼はとても謙虚なので、素晴らしい選手であることを（　　　　　　　　）。

Ⅱ [a～d]の中から適当な言葉を選んで、（　　　　）に入れなさい。（必要なら形を変えてください。）

a. 重大	b. 明らか	c. 的確	d. 率直

❶ （　　　　　　　　）に言うと、このパンは値段の割にあまりおいしくない。

❷ 居眠り運転は（　　　　　　　　）な事故につながるので、注意しよう。

❸ 先生の（　　　　　　　　）な助言で、希望の大学に進学することができた。

❹ 模擬試験の結果からして、A大学の合格は（　　　　　　　　）だ。

Ⅲ [a～e]の中から適当な言葉を選んで、（　　　）に入れなさい。（必要なら形を変えてください。）

a. 記憶	b. 知能	c. 原理	d. 回答	e. 謎

❶ 不正経理に揺れるA社に取材を申し入れたが、未だ（　　　　　　　　）がない。

❷ 大学では今、民主主義の（　　　　　　　　）について学んでいます。

❸ 人間の脳は、辛い経験を（　　　　　　　　）から消し去ろうとする。

❹ この事件は（　　　　　　　　）に包まれている。何年かかろうとも警察には真相を解明
してほしい。

❺ （　　　　　　　　）が高い人ほど、よく嘘をつくというのは本当だろうか。

159

78 思考、言語 (4) 思考、語言 (4)

◆ 知識 (2) 知識 (2)

評価 ひょうか	名・他サ	定價，估價；評價
分析 ぶんせき	名・他サ	(化)分解，化驗；分析，解剖
文明 ぶんめい	名	文明；物質文化
偏 へん	名・漢造	漢字的(左)偏旁；偏，偏頗
本当 ほんとう	名・形動	真實，真心；實在，的確；真正；本來，正常
本物 ほんもの	名	真貨，真的東西
真似 まね	名・他サ・自サ	模仿，裝，仿效；(愚蠢糊塗的)舉止，動作
身に付く みにつく	慣	學到手，掌握
身に付ける みにつける	慣	(知識、技術等)學到，掌握到
矛盾 むじゅん	名・自サ	矛盾
迷信 めいしん	名	迷信
めちゃくちゃ	名・形動	亂七八糟，胡亂，荒謬絕倫
元・旧・故 もと・もと・もと	名・接尾	原，從前；原來
物語る ものがたる	他五	談，講述，說明，表明
物事 ものごと	名	事情，事物；一切事情，凡事
問答 もんどう	名・自サ	問答；商量，交談，爭論
容易 ようい	形動	容易，簡單
要点 ようてん	名	要點，要領

要領 ようりょう	名	要領，要點；訣竅，竅門
予期 よき	名・自サ	預期，預料，料想
予測 よそく	名・他サ	預測，預料
利口 りこう	名・形動	聰明，伶俐機靈；巧妙，周到，能言善道
態と わざと	副	故意，有意，存心；特意地，有意識地

◆ 思考 思考

或いは あるいは	接・副	或者，或是，也許；有的，有時
あれこれ	名	這個那個，種種
安易 あんい	名・形動	容易，輕而易舉；安逸，舒適，遊手好閒
抱く いだく	他五	抱；懷有，懷抱
浮かぶ う	自五	漂，浮起；想起，浮現，露出；(佛)超度；出頭，擺脫困難
恐らく おそらく	副	恐怕，或許，很可能
凡そ およ	名・形動・副	大概，概略；(一句話之開頭)凡是，所有；大約；完全，全然
仮定 かてい	名・字サ	假定，假設
過程 かてい	名	過程
切っ掛け きっかけ	名	開端，動機，契機
疑問 ぎもん	名	疑問，疑惑

見当 けんとう	（名）推想，推測；大體上的方位，方向；（接尾）表示大致數量，大約，左右	**てっきり**	（副）一定，必然；果然
口実 こうじつ	（名）藉口，理由	**果たして** は	（副）果然，果真
思想 しそう	（名）思想	**発想** はっそう	（名・自他サ）構想，主意；表達，表現；（音樂）表現
創造 そうぞう	（名・他サ）創造	**理想** りそう	（名）理想

練 習

Ⅰ [a～e]の中から適当な言葉を選んで、（　　）に入れなさい。（必要なら形を変えてください。）

a．予期 よき	b．本物 ほんもの	c．見当 けんとう	d．口実 こうじつ	e．きっかけ

❶ あの二人は同じ工場での研修が（　　　　　　　）で恋人になったらしい。

❷ お金がないので、宿題を（　　　　　　　）に友だちの誘いを断った。

❸ （　　　　　　　）に反して売り上げは目標に達しなかった。

❹ 彼は生まれつき目が見えないが、ピアノの才能は（　　　　　）だ。

❺ この仕事がいつ終わるか誰にも（　　　　　　）がつかない。

Ⅱ [a～e]の中から適当な言葉を選んで、（　　）に入れなさい。（必要なら形を変えてください。）

a．容易 ようい	b．ほんと	c．利口 りこう	d．安易 あんい	e．めちゃくちゃ

❶ 隣の家の盲導犬は（　　　　　　　）で、主人の外出を補佐している。

❷ ウォーキングは、誰にでも比較的（　　　　　　　）にできる健康法だと言える。

❸ やっと描き上げた絵を、小さな妹に（　　　　　　）にされた。

❹ （　　　　　　　）に新車が欲しいなら、自分のお金で買いなさい。

❺ 部長に（　　　　　　）な仕事だと言われて引き受けたが、実際は辛い仕事だった。

79 思考、言語 (5)
しこう げんご

思考、語言 (5)

◆ 言語 語言
げんご

アクセント【accent】	(名) 重音；重點，強調之點；語調；(服裝或圖案設計上) 突出點，著眼點
意義 いぎ	(名) 意義，意思；價值
英和 えいわ	(名) 英日辭典
送り仮名 おくりがな	(名) 漢字訓讀時，寫在漢字下的假名；用日語讀漢文時，在漢字右下方寫的假名
活字 かつじ	(名) 鉛字，活字
仮名遣い かなづかい	(名) 假名的拼寫方法
関連 かんれん	(名・自サ) 關聯，有關係
漢和 かんわ	(名) 漢語和日語；漢日辭典 (用日文解釋古漢語的辭典)
句読点 くとうてん	(名) 句號，逗點；標點符號
訓 くん	(名) (日語漢字的) 訓讀 (音)
形容詞 けいようし	(名) 形容詞
形容動詞 けいようどうし	(名) 形容動詞
言語 げんご	(名) 言語
五十音 ごじゅうおん	(名) 五十音
言葉遣い ことばづかい	(名) 說法，措辭，表達
諺 ことわざ	(名) 諺語，俗語，成語，常言
熟語 じゅくご	(名) 成語，慣用語；(由兩個以上單詞組成) 複合詞；(由兩個以上漢字構成的) 漢語詞
主語 しゅご	(名) 主語；(邏) 主詞

述語 じゅつご	(名) 謂語
接続 せつぞく	(名・自他サ) 連續，連接；(交通工具) 接軌，接運
代名詞 だいめいし	(名) 代名詞，代詞；(以某詞指某物、某事) 代名詞
単語 たんご	(名) 單詞
注 ちゅう	(名・漢造) 註解，注釋；注入；注目；註釋
的 てき	(造語) …的
動詞 どうし	(名) 動詞
何々 なになに	(代・感) 什麼什麼，某某
ノー【no】	(名・感・造) 表否定；沒有，不；(表示禁止) 不必要，禁止
一言 ひとこと	(名) 一句話；三言兩語
無 ぶ	(漢造) 無，沒有，缺乏
副詞 ふくし	(名) 副詞
部首 ぶしゅ	(名) (漢字的) 部首
振り仮名 ふりがな	(名) (在漢字旁邊) 標註假名
ペラペラ	(副・自サ) 說話流利貌 (特指外語)；單薄不結實貌；連續翻紙頁貌
ぽい	(接尾・形型) (前接名詞、動詞連用形，構成形容詞) 表示有某種成分或傾向
方言 ほうげん	(名) 方言，地方話，土話
名詞 めいし	(名) (語法) 名詞

文字 もじ	(名) 字跡，文字，漢字；文章，學問	読み よ	(名) 唸，讀；訓讀；判斷，盤算；理解
訳 やく	(名・他サ・漢造) 譯，翻譯；漢字的訓讀	略する りゃく	(他サ) 簡略；省略，略去；攻佔，奪取
用語 ようご	(名) 用語，措辭；術語，專業用語	和英 わえい	(名) 日本和英國；日語和英語；日英辭典的簡稱

練習

I [a～e]の中から適当な言葉を選んで、(　　　) に入れなさい。（必要なら形を変えてください。）

a. 訓 くん	b. 読み よ	c. ことわざ	d. 送り仮名 おく がな	e. 言語 げんご

❶「温かい」と漢字で書くときの (　　　　　　　) は「かい」です。
あたた　　　　　　かんじ　か

❷ この名前の (　　　　　　) を教えてください。
なまえ　　　　　　　　おし

❸「春」という字の (　　　　　　) 読みは「はる」で、音読みは「しゅん」です。
はる　　　じ　　　　　　　　よ　　　　　　　おんよ

❹ (　　　　　　　) には、昔の人の生きる知恵がいろいろ含まれている。
むかし ひと い　　ちえ　　　　　ふく

❺ インドでは数えきれないぐらいの (　　　　　　) が使われているそうだ。
かぞ　　　　　　　　　　　　　　　　つか

II [a～e]の中から適当な言葉を選んで、(　　) に入れなさい。（必要なら形を変えてください。）

a. アクセント	b. 注 ちゅう	c. 訳 やく	d. 活字 かつじ	e. 言葉遣い ことばづか

❶ 英単語の用例に日本語 (　　　　　　) をつける。
えいたんご ようれい にほんご

❷ 彼の (　　　　　　) を聞いて、すぐに関西の人だとわかった。
かれ　　　　　　　　き　　　　　　　かんさい ひと

❸ この専門書は難しかったが、(　　　　　　) を読んで意味を理解した。
せんもんしょ むずか　　　　　　　　　　よ　　いみ りかい

❹ 初めて自分の書いたものが (　　　　　　) になったときは嬉しかった。
はじ じぶん か　　　　　　　　　　　　　　　　うれ

❺ (　　　　　　) が悪いと、人に悪い感じを与えるだけでなく、信用されない。
わる　　ひと わる かん あた　　　　　　しんよう

◆ 表現 (1)　ひょうげん　表達 (1)

あら	(感)（女性用語。出乎意料或驚訝時發出的聲音）唉呀！唉唷
あれ（っ）	(感)（驚訝、恐怖、出乎意料等場合發出的聲音）呀！唉呀？
あんなに	(副) 那麼地，那樣地
あんまり	(形動・副) 太，過於，過火
言い出す	(他五) 開始說，說出口
言い付ける	(他下一) 命令；告狀；說慣，常說
言わば	(副) 譬如，打個比方，說起來，打個比方說
所謂	(連體) 所謂，一般來說，大家所說的，常說的
云々	(名・他サ) 云云，等等；說長道短
えっ	(感)（表示驚訝、懷疑）啊；什麼？
お気の毒に	(連語・感) 令人同情；過意不去，給人添麻煩
お元気で	(寒暄) 請保重
お目出度い	(形) 恭喜，可賀
語る	(他五) 說，陳述；演唱，朗讀
必ずしも	(副) 不一定，未必
構いません	(寒暄) 沒關係，不在乎
乾杯	(名・自サ) 乾杯

恐縮	(名・自サ)（對對方的厚意感覺）惶恐（表感謝或客氣）；（給對方添麻煩表示）對不起，過意不去；（感覺）不好意思，羞愧，慚愧
くれぐれも	(副) 反覆，周到
ご苦労様	(名・形動)（表示感謝慰問）辛苦，受累，勞駕
ご馳走様	(連語) 承蒙您的款待了，謝謝
言付ける	(他下一) 託帶口信，託付
異なる	(自五) 不同，不一樣
ご無沙汰	(名・自サ) 久疏問候，久未拜訪，久不奉函
今晩は	(寒暄) 晚安，你好
さて	(副・接・感) 一旦，果真；那麼，卻說，於是；（自言自語，表猶豫）到底，那可…
しかも	(接) 而且，並且；而，但，卻；反而，竟然，儘管如此還…
洒落	(名) 俏皮話，雙關語；（服裝）亮麗，華麗，好打扮
仕様がない	(慣) 沒辦法
折角	(名・副) 特意地；好不容易；盡力，努力，拼命的

練 習

Ⅰ [a～e]の中から適当な言葉を選んで、（　　　）に入れなさい。（必要なら形を変えてくだ
さい。）

a. いわゆる　　　b. さて　　　c. えっ　　　d. しかも　　　e. あら

❶ （　　　　　　　　　）、冷蔵庫に入れておいたケーキがなくなっている。

❷ この店の握りずしはおいしくて、（　　　　　　　　）そんなに高くない。

❸ （　　　　　　　　　）、日本へ行って富士山に登るの？うらやましいなあ。

❹ 会議はこれで終わりです。（　　　　　　　　　）、次の会議はいつにしましょう。

❺ 彼女は（　　　　　　　）お嬢さん育ちで、のんびりしたところがある。

Ⅱ [a～e]の中から適当な言葉を選んで、（　　　）に入れなさい。（必要なら形を変えてくだ
さい。）

a. あんなに　　b. くれぐれも　　c. あんまり　　d. 必ずしも　　e. せっかく

❶ 彼女は（　　　　　　　　）たくさん服を着て、暑くないのかしら。

❷ 老舗だからといって、（　　　　　　　）おいしいとは限らない。

❸ 新しく開店した回転寿司に行ったが、（　　　　　　　）おいしくなかった。

❹ 失礼致します。お父様に（　　　　　　）よろしくお伝えください。

❺ （　　　　　　　）大阪に来たのに、たこ焼きを食べないのはもったいない。

Ⅲ [a～e]の中から適当な言葉を選んで、（　　　）に入れなさい。（必要なら形を変えてくだ
さい。）

a. 異なる　　b. 語る　　c. 言い出す　　d. 言付ける　　e. 言い付ける

❶ 田舎のおばあさんが（　　　　　　　　）民話をまとめて、出版した。

❷ 弟のいたずらを母に（　　　　　　　　）ら、弟が泣いてしまった。

❸ 新企画を（　　　　　　　　）部長だったが、転勤になってしまった。

❹ 「風邪で学校を休む」と息子の友だちに（　　　　　　　）。

❺ これらの米はどれもおいしいが、生産地が（　　　　　　　）。

165

81 思考、言語 (7)

思考、語言 (7)

◆ 表現 (2)　表達 (2)

是非とも	副 （是非的強調說法）一定，無論如何，務必
せめて	副 （雖然不夠滿意，但…）哪怕是，至少也，最少
そう言えば	他五 這麼說來，這樣一說
だが	接 但是，可是，然而
但し	接續 但是，可是
例える	他下一 比喻，比方
で	接續 那麼；（表示原因）所以
できれば	連語 可以的話，可能的話
ですから	接續 所以
どう致しまして	寒暄 不客氣，不敢當
どうも	副 （後接否定詞）怎麼也…；總覺得，似乎；實在是，真是
どころ	接尾 （前接動詞連用形）值得…的地方，應該…的地方；生產…的地方
ところで	接續・接助 （用於轉變話題）可是，不過；即使，縱使，無論
とにかく	副 總之，無論如何，反正
ともかく	副・接 暫且不論，姑且不談；總之，反正；不管怎樣
なお	副・接 仍然，還，尚；更，還，再；猶如，如；尚且，而且，再者
何しろ	副 不管怎樣，總之，到底；因為，由於
何分	名・副 多少；無奈…

なにも	連語・副 （後面常接否定）什麼也…，全都…；並（不），（不）必
なんて	副助 什麼的，…之類的話；說是…；（輕視）叫什麼…來的；等等，之類，表示意外、輕視或不以為然
何でも	副 什麼都，不管什麼；不管怎樣，無論怎樣；據說是，多半是
何とか	副 設法，想盡辦法；好不容易，勉強；（不明確的事情、模糊概念）什麼，某事
述べる	他下一 敘述，陳述，說明，談論
はあ	感 （應答聲）是，唉；（驚訝聲）嘿
馬鹿らしい	形 愚蠢的，無聊的；划不來，不值得
はきはき	副・自サ 活潑伶俐的樣子；乾脆，爽快；（動作）俐落
初めまして	寒暄 初次見面
発表	名・他サ 發表，宣布，聲明；揭曉
早口	名 說話快
万歳	名・感 萬歲；（表示高興）太好了，好極了
独り言	名 自言自語（的話）
表現	名・他サ 表現，表達，表示
吹く	他五・自五 （風）颳，吹；（用嘴）吹；吹（笛等）；吹牛，說大話
ぶつぶつ	名・副 嘮叨，抱怨，嘟囔；煮沸貌；粒狀物，小疙瘩

まあ	副・感 （安撫、勸阻）暫且先，一會；躊躇貌；還算，勉強；制止貌；（女性表示驚訝）哎唷，哎呀
まあまあ	副・感 （催促、撫慰）得了，好了好了，哎哎；（表示程度中等）還算，還過得去；（女性表示驚訝）哎唷，哎呀
寧ろ	副 與其說…倒不如，寧可，莫如，索性

申し訳	名・他サ 申辯，辯解；道歉；敷衍應付，有名無實
要するに	副・連 總而言之，總之
漸く	副 好不容易，勉勉強強，終於；漸漸

練習

Ⅰ [a～e]の中から適当な言葉を選んで、（　　）に入れなさい。（必要なら形を変えてください。）

a. せめて　　b. むしろ　　c. ともかく　　d. ぜひとも　　e. どうも

❶ 売り切れかもしれないが、（　　　　　　　　）問い合わせてみよう。

❷ 何もいらないが、（　　　　　　　　）お礼ぐらいは言ってほしかった。

❸ 一人暮らしの私は、外食より（　　　　　　　　）自炊するほうが多い。

❹ 新製品販売のリーダーは、（　　　　　　　　）私にやらせてください。

❺ 弟の様子が（　　　　　　　）変だと思ったら、やはり熱があった。

Ⅱ [a～e]の中から適当な言葉を選んで、（　　）に入れなさい。（必要なら形を変えてください。）

a. 何分　　b. はきはき　　c. 何でも　　d. 何も　　e. まあまあ

❶ 面接試験で、彼女は（　　　　　　　　）答えた。

❷ （　　　　　　　　）にも日本に来てまだ1か月ですので、うまく話せません。

❸ あそこのとても安いケーキ屋さんのケーキ、（　　　　　　　　）おいしかった。

❹ 困ったことがあれば、（　　　　　　　　）私に相談してください。

❺ 仕事で疲れて帰ってきたので、家事は（　　　　　　　　）したくない。

167

◆ **文書、出版物** ぶんしょ　しゅっぱんぶつ　文章文書、出版物

引用 いんよう	(名・自他サ) 引用	**書籍** しょせき	(名) 書籍
英文 えいぶん	(名) 用英語寫的文章；「英米文学」、「英米文学科」的簡稱	**シリーズ【series】**	(名)（書籍等的）彙編，叢書，套；（影片、電影等）系列；（棒球）聯賽
御中 おんちゅう	(名)（用於寫給公司、學校、機關團體等的書信）公啟	**資料** しりょう	(名) 資料，材料
概論 がいろん	(名) 概論	**図鑑** ずかん	(名) 圖鑑
継続 けいぞく	(名・自他サ) 繼續，繼承	**刷る** す	(他五) 印刷
原稿 げんこう	(名) 原稿	**全集** ぜんしゅう	(名) 全集
校 こう	(名) 學校；校對	**増刷** ぞうさつ	(名・他サ) 加印，增印
索引 さくいん	(名) 索引	**対照** たいしょう	(名・他サ) 對照，對比
作成 さくせい	(名・他サ) 寫，作，造成(表、件、計畫、文件等)；製作，擬制	**縦書き** たてがき	(名) 直寫
作製 さくせい	(名・他サ) 製造	**短編** たんぺん	(名) 短篇，短篇小說
仕上がる しあ	(自五) 做完，完成；做成的情形	**典型** てんけい	(名) 典型，模範
下書き したがき	(名・他サ) 試寫；草稿，底稿；打草稿；試畫，畫輪廓	**載せる** の	(他下一) 刊登；載運；放到高處；和著音樂拍子
下敷き したじき	(名) 墊子；墊板；範本，樣本	**挟む** はさ	(他五) 夾，夾住；隔；夾進，夾入；插
執筆 しっぴつ	(名・他サ) 執筆，書寫，撰稿	**発行** はっこう	(名・自サ)（圖書、報紙、紙幣等）發行；發放，發售
社説 しゃせつ	(名) 社論	**百科辞典** ひゃっかじてん	(名) 百科全書
集 しゅう	(漢造)（詩歌等的）集；聚集	**表紙** ひょうし	(名) 封面，封皮，書皮
修正 しゅうせい	(名・他サ) 修改，修正，改正	**文** ぶん	(名・漢造) 文學，文章；花紋；修飾外表，華麗；文字，字體；學問和藝術
出版 しゅっぱん	(名・他サ) 出版		
章 しょう	(名)（文章，樂章的）章節；紀念章，徽章	**文献** ぶんけん	(名) 文獻，參考資料

文体 ぶんたい	名（某時代特有的）文體；（某作家特有的）風格	**目次** もくじ	名（書籍）目錄，目次；（條目、項目）目次
文脈 ぶんみゃく	名 文章的脈絡，上下文的連貫性，前後文的邏輯；（句子、文章的）表現手法	**要旨** ようし	名 大意，要旨，要點
編集 へんしゅう	名・他サ（文字）編輯；（電腦）編輯	**要約** ようやく	名・他サ 摘要，歸納
見出し みだし	名（報紙等的）標題；目錄，索引；選拔，拔擢；（字典的）詞目，條目	**横書き** よこがき	名 横寫
見本 みほん	名 樣品，貨樣；榜樣，典型	**論文** ろんぶん	名 論文；學術論文
		話題 わだい	名 話題，談話的主題、材料；引起爭論的人事物

82 思考、語言(8)

練習

Ⅰ [a～e]の中から適当な言葉を選んで、（　　　）に入れなさい。（必要なら形を変えてください。）

a. 表紙 ひょうし	b. 見出し みだし	c. 見本 みほん	d. 文脈 ぶんみゃく	e. 要旨 ようし

❶ 設問1文章3の（　　　　　　　）を簡潔にまとめよ。

❷ 本を（　　　　　　　）で判断してはいけない。

❸ 本を作るのに、どの紙を使うかを決めるために（　　　　　）を取り寄せた。

❹ （　　　　　　　）から意味を読み取る。

❺ 前回の講義を参考に、人の目を引く（　　　　　　　）やレイアウトを考えていきました。

Ⅱ [a～e]の中から適当な言葉を選んで、（　　　　）に入れなさい。（必要なら形を変えてください。）

a. 下書き したがき	b. 縦書き たてがき	c. シリーズ	d. 御中 おんちゅう	e. 下敷き したじき

❶ この作者の青春（　　　　　　　）は高校生にとても人気がある。

❷ 演説で話す内容の（　　　　　　）を書く。

❸ 最近は、（　　　　　　　）で手紙を書く人が減っているらしい。

❹ 去年の失敗を（　　　　　　）にして今年こそ計画を成功させよう。

❺ 会社などに出す手紙には「様」ではなく「（　　　　　　）」と書きます。

169

第 1 回

Ⅰ ① c ② a ③ b ④ e ⑤ d

Ⅱ ① a ② e ③ d ④ c ⑤ b

第 2 回

Ⅰ ① d ② e ③ b ④ c ⑤ a

Ⅱ ① c ② b ③ a ④ d ⑤ e

Ⅲ ① a ② d ③ c ④ b ⑤ e

第 3 回

Ⅰ ① a ② c ③ e ④ b ⑤ d

Ⅱ ① e ② d ③ a ④ b ⑤ c

Ⅲ ① b ② c ③ a ④ e ⑤ d

第 4 回

Ⅰ ① d- 帰して ② e- 訪問して ③ c- 外出して ④ a- 取り壊して ⑤ b- 涼みましょう

Ⅱ ① c ② a ③ b ④ d ⑤ e

Ⅲ ① a ② b ③ d ④ e ⑤ c

第 5 回

Ⅰ ① d ② c ③ e ④ a ⑤ b

Ⅱ ① b ② a ③ e ④ c ⑤ d

Ⅲ ① a- 破か ② e- 散らかって ③ d- またいで ④ c- 敷いた ⑤ b- 引っ込んで

第 6 回

Ⅰ ① d- しゃぶって ② e- 齧って ③ a- 味わった ④ b- 酔った ⑤ c- 注いで

Ⅱ ① d ② a ③ e ④ c ⑤ b

第 7 回

Ⅰ ① b ② a ③ c ④ d ⑤ e

Ⅱ ① a- 煎って ② e- 熱した ③ d- 偏る ④ c- 焙って ⑤ b- 焦げて

Ⅲ ① c- 冷凍した ② e- 薄めた ③ a- 加熱す ④ d- 注いで ⑤ b- 持参して

第 8 回

Ⅰ ① b ② c ③ e ④ d ⑤ a

Ⅱ ① a ② e ③ b ④ c ⑤ d

Ⅲ ① c- 解いて ② e- 着けて ③ b- 吊るす ④ a- 膨らんで ⑤ d- 裏返して

第 9 回

Ⅰ ① e- 転んで ② d- 担いで ③ c- しゃがんで ④ a- もたれて ⑤ b- もんで

Ⅱ ① a- 飛び跳ねて ② b- 衝えて ③ c- 窪んで ④ e- 透き通って ⑤ d- 探る

第 10 回

Ⅰ ① d ② b ③ c ④ e ⑤ a

Ⅱ ① e- 垂らして ② b- 目立つ ③ c- 見上げる ④ d- 覗いて ⑤ a- 見詰める

第 11 回

Ⅰ ①d ②c ③a ④b ⑤e

Ⅱ ①b- 縮めた ②e- 絶って ③c- 去り
④d- 老けて ⑤a- 係わって

Ⅲ ①a ②c ③e ④d ⑤b

第 12 回

Ⅰ ①c ②e ③d ④a ⑤b

Ⅱ ①a ②b ③d ④c ⑤e

Ⅲ ①b- 崩して ②d- 蘇った ③a- 吐いて
④c- 計った ⑤e- 溢れた

第 13 回

Ⅰ ①d ②a ③e ④c ⑤b

Ⅱ ①e- よる ②d- 痛む ③a- 病んで ④c-
苦しめて ⑤b- 唸って

Ⅲ ①a- 消毒して ②d- 伝染する ③e- 克服
した ④c- 看病して ⑤b- 骨折して

第 14 回

Ⅰ ①c ②b ③e ④a ⑤d

Ⅱ ①e ②c ③b ④a ⑤d

Ⅲ ①d ②c ③a ④e ⑤b

第 15 回

Ⅰ ①e ②d ③a ④b ⑤c

Ⅱ ①a ②c ③d ④b ⑤e

Ⅲ ①b ②a ③c ④d ⑤e

第 16 回

Ⅰ ①d ②e ③c ④b ⑤a

Ⅱ ①c ②d ③e ④a ⑤b

Ⅲ ①b ②c ③e ④a ⑤d

第 17 回

Ⅰ ①e- 素敵な ②a- 醜い ③d- スマート
④c- 平凡な ⑤b- 下品

Ⅱ ①a ②d ③c ④b ⑤e

Ⅲ ①c ②d ③b ④a ⑤e

第 18 回

Ⅰ ①e- 怪しい ②c- 勇ましい ③d- くど
く ④b- 賢く ⑤a- かわいらしい

Ⅱ ①c ②b ③a ④e ⑤d

Ⅲ ①a- からかう ②c- 謙遜した ③e- 威
張って ④d- うろうろした ⑤b- かわい
がって

解答 練習題 19 ～ 38

第 19 回

Ⅰ ①b ②a ③c ④d ⑤e

Ⅱ ①d- 素直な ②c- 頼もしい ③e- 図々しい ④b- 卑怯 ⑤a- そそっかしい

第 20 回

Ⅰ ①a ②d ③c ④e ⑤b

Ⅱ ①e- 裂かれて ②c- 接する ③a- 頼ら ④b- 隔てて ⑤d- 見送る

第 21 回

Ⅰ ①a ②c ③d ④b ⑤e

Ⅱ ①c- 支えて ②e- 祭って ③d- 甘やかして ④a- 参ります ⑤b- 適して

第 22 回

Ⅰ ①a ②d ③e ④c ⑤b

Ⅱ ①c ②d ③a ④e ⑤b

Ⅲ ①d- 這って ②b- 撫でる ③a- 捕って ④e- 馴れた ⑤c- 跳ねて

第 23 回

Ⅰ ①e ②c ③a ④d ⑤b

Ⅱ ①b- 植わって ②c- 蒔いた ③e- 茂った ④a- 刈った ⑤d- 枯れて

第 24 回

Ⅰ ①a ②d ③c ④b ⑤e

Ⅱ ①e ②a ③b ④d ⑤c

Ⅲ ①d ②e ③c ④a ⑤b

第 25 回

Ⅰ ①c ②d ③a ④b ⑤e

Ⅱ ①c ②b ③e ④d ⑤a

Ⅲ ①a ②b ③d ④c ⑤e

第 26 回

Ⅰ ①c ②a ③d ④b ⑤e

Ⅱ ①c- 濁って ②e- 輝いて ③b- 満ちて ④d- 曇って ⑤a- 錆びて

第 27 回

Ⅰ ①a ②d ③c ④e ⑤b

Ⅱ ①d ②c ③a ④b ⑤e

第 28 回

Ⅰ ①b ②e ③c ④d ⑤a

Ⅱ ①e ②d ③a ④c ⑤b

Ⅲ ①d ②e ③b ④a ⑤c

第 29 回

Ⅰ ①c ②a ③e ④b ⑤d

Ⅱ ①a ②b ③c ④e ⑤d

Ⅲ ①b ②e ③c ④a ⑤d

第 30 回

Ⅰ ①e ②d ③b ④c ⑤a

Ⅱ ①e ②c ③b ④a ⑤d

Ⅲ ①d ②c ③a ④b ⑤e

第 31 回

Ⅰ ①a ②e ③d ④c ⑤b

Ⅱ ①c ②d ③a ④e ⑤b

第 32 回

Ⅰ ①c ②b ③d ④e ⑤a- 沿い (ぞい)

Ⅱ ①e- 逸れ ②d- どいて ③c- 戻して ④a- どけて ⑤b- 遡る

第 33 回

Ⅰ ①b- 小屋 (ごや) ②e ③a ④d ⑤c

Ⅱ ①e ②d ③b ④c ⑤a

Ⅲ ①d ②c ③a ④b ⑤e

第 34 回

Ⅰ ①a ②b ③e ④c ⑤d

Ⅱ ①b ②a ③c ④e ⑤d

Ⅲ ①e ②d ③c ④a ⑤b

第 35 回

Ⅰ ①c ②d ③b ④a ⑤e

Ⅱ ①d ②c ③e ④a ⑤b

Ⅲ ①d ②a ③c ④e ⑤b

第 36 回

Ⅰ ①b ②d ③a ④e ⑤c

Ⅱ ①a- 運搬する ②b- 下車して ③d- 発車する ④c- 配達して ⑤e- 輸送した

Ⅲ ①c ②a ③b ④d ⑤e

第 37 回

Ⅰ ①e ②a ③c ④d ⑤b

Ⅱ ①b ②c ③e ④d ⑤a

Ⅲ ①b- 往復して ②d- 脱線した ③c- 通り過ぎる ④e- 飛行する ⑤a- 通りかかっている

第 38 回

Ⅰ ①a ②d ③b ④c ⑤e

Ⅱ ①e- 横切る ②b- 轢き ③d- へこんで ④a- 示して ⑤c- 遅刻して

Ⅲ ①d- 横断して ②e- 交差する ③c- 整備されて ④a- 開通した ⑤b- 駐車して

第 39 回

Ⅰ ①c ②d ③b ④a ⑤e

Ⅱ ①b- 募集する ②a- 載る ③c- 放送された ④d- 解説した ⑤e- 呼び出して

Ⅲ ①d ②e ③c ④b ⑤a

第 40 回

Ⅰ ①c- 狙って ②d- 目指して ③e- 躍り出た ④b- 補った ⑤a- 稼いで

Ⅱ ①a ②c ③d ④b ⑤e

Ⅲ ①b ②a ③c ④d ⑤e

第 41 回

Ⅰ ①d ②b ③e ④a ⑤c

Ⅱ ①d ②c ③e ④b ⑤a

Ⅲ ①c- 潜って ②b- 転がして ③a- 逃げ切って ④d- 解散させた ⑤e- 加えて

第 42 回

Ⅰ ①a ②d ③b ④e ⑤c

Ⅱ ①d ②c ③a ④b ⑤e

Ⅲ ①b ②c ③a ④e ⑤d

第 43 回

Ⅰ ①c ②e ③a ④b ⑤d

Ⅱ ①b ②c ③d ④e ⑤a

第 44 回

Ⅰ ①c ②e ③d ④b ⑤a

Ⅱ ①e ②d ③c ④b ⑤a

Ⅲ ①b ②a ③d ④e ⑤c

第 45 回

Ⅰ ①c ②b ③d ④e ⑤a

Ⅱ ①a ②d ③e ④b ⑤c

Ⅲ ①e ②a ③d ④c ⑤b- 何百 (なんびゃっ)

第 46 回

Ⅰ ①b ②c ③a ④d ⑤e

Ⅱ ①d ②e ③a ④c ⑤b

Ⅲ ①a ②d ③c ④b ⑤e

第 47 回

Ⅰ ①c ②a ③e ④d ⑤b

Ⅱ ①e ②d ③c ④a ⑤b

Ⅲ ①b- 割って ②c- 測量する ③d- 加わった ④a- 等分する

第 48 回

Ⅰ ①a ②c ③e ④b ⑤d

Ⅱ ①b ②d ③e ④c ⑤a

Ⅲ ①c- 次いで ②b- ダブって ③a- 重なった ④d- 引っくり返して

第 49 回

Ⅰ ①a ②b ③d ④c ⑤e

Ⅱ ①c ②b ③d ④a ⑤e

Ⅲ ①b ②a ③d ④c ⑤e

第 50 回

Ⅰ ①b ②a ③d ④c ⑤e

Ⅱ ①d-専攻して ②e-実習する ③b-倣って ④a-学ぶ ⑤c-しくじって

Ⅲ ①c ②b ③e ④a ⑤d

第 51 回

Ⅰ ①d ②a ③b ④e ⑤c

Ⅱ ①a ②e ③d ④b ⑤c

Ⅲ ①d ②e ③c ④a ⑤b

第 52 回

Ⅰ ①b ②c ③a ④d ⑤e

Ⅱ ①e ②b ③a ④d ⑤c

第 53 回

Ⅰ ①b ②c ③d ④a ⑤e

Ⅱ ①c ②b ③e ④a ⑤d

Ⅲ ①a ②c ③b

第 54 回

Ⅰ ①e ②b ③c ④a ⑤d

Ⅱ ①d ②c ③a ④b ⑤e

Ⅲ ①c ②a ③d ④e ⑤b

第 55 回

Ⅰ ①c ②a ③d ④b ⑤e

Ⅱ ①a ②c ③d ④b ⑤e

Ⅲ ①e ②b ③c ④d ⑤a

第 56 回

Ⅰ ①a ②e ③c ④d ⑤b

Ⅱ ①a ②c ③d ④e ⑤b

第 57 回

Ⅰ ①b-打ち合わせる ②c-優れた ③e-兼ねて ④a-対する ⑤d-締切ります

Ⅱ ①a ②c ③d ④e ⑤b

第 58 回

Ⅰ ①d-放って ②a-務める ③b-潰れた ④e-逃がして ⑤c-採る

Ⅱ ①b ②a ③e ④c ⑤d

Ⅲ ①a ②d ③e ④b ⑤c

第 59 回

Ⅰ ①e ②d ③c ④b ⑤a

Ⅱ ①c- 発展して ②b- 躓いて ③e- 就いた ④a- 命じられて ⑤d- 留まって

Ⅲ ①b- 掃いて ②d- 就任いたしました ③c- リードして ④a- 干して

第 60 回

Ⅰ ①d ②c ③b ④a ⑤e

Ⅱ ①c ②b ③e ④a ⑤d

Ⅲ ①e- 機能する ②a- 製造する ③b- 耕して ④c- 停止させた ⑤d- 経た

第 61 回

Ⅰ ①c ②d ③e ④b ⑤a

Ⅱ ①e ②c ③b ④d ⑤a

Ⅲ ①c- 制作し ②d- 完了し ③b- 掘る ④a- 改造した

第 62 回

Ⅰ ①c ②b ③d ④a ⑤e

Ⅱ ①e- 卸して ②c- 受け取った ③b- 承りました ④d- 開放されて ⑤a- 売れる

Ⅲ ①b- 発売される ②c- 署名させられた ③a- 参入する ④e- 刺激する ⑤d- 売り切れる

第 63 回

Ⅰ ①b- 儲かって ②a- 徹して ③c- 領収いたしました ④d- 背負って ⑤e- 差し引いて

Ⅱ ①d ②b ③c ④a ⑤e

第 64 回

Ⅰ ①d- 寄付されます ②e- 支払った ③b- こしらえて ④a- 省いて ⑤c- 恵まれて

Ⅱ ①b ②c ③d ④a ⑤e

第 65 回

Ⅰ ①a- 治めて ②d- 睨む ③e- 打ち消して ④c- 関する ⑤b- 求めた

Ⅱ ①a ②e ③d ④b ⑤c

第 66 回

Ⅰ ①c- 取り消した ②a- 取り入れた ③b- 傾いた ④e- 設ける ⑤d- 対立して

Ⅱ ①d ②b ③c ④e ⑤a

Ⅲ ①e ②d ③a ④c ⑤b

第 67 回

Ⅰ ① b- 潜水する ② d- 抵抗する ③ c- 解放される ④ a- 保証する ⑤ e- 発射する

Ⅱ ① c ② b ③ e ④ d ⑤ a

第 68 回

Ⅰ ① d- 当てはまる ② c- 怠って ③ b- 基づいて ④ a- 従う ⑤ e- 付け加えて

Ⅱ ① c ② e ③ d ④ a ⑤ b

第 69 回

Ⅰ ① c- 捕らえた ② a- 奪った ③ b- 斬る ④ d- 迫る ⑤ e- 生じた

Ⅱ ① e ② a ③ b ④ d ⑤ c

Ⅲ ① c- 誤って ② a- やっつけた ③ b- 認めて ④ e- 着せて ⑤ d- 侵入されて

第 70 回

Ⅰ ① b- 呆れて ② a- 敬う ③ d- 羨む ④ c- 飢えて ⑤ e- 疑って

Ⅱ ① e ② a ③ b ④ c ⑤ d

Ⅲ ① a- 覚悟して ② b- 狂った ③ d- 思い込んで ④ c- 期待して

第 71 回

Ⅰ ① b- 誇って ② a- 詫びた ③ c- 尖った ④ d- 堪えて ⑤ e- 恨む

Ⅱ ① c- お詫びして ② e- 請う ③ d- 躊躇った ④ a- 澄んで ⑤ b- 膨らませて

第 72 回

Ⅰ ① d- 追う ② c- 改めて ③ b- なす ④ a- 救った ⑤ e- 責める

Ⅱ ① d- 諦めた ② c- 追い掛けて ③ b- 贈る ④ a- 張り切って ⑤ e- 吹き飛ばされて

Ⅲ ① a ② e ③ d ④ b ⑤ c

第 73 回

Ⅰ ① d- 嫌がって ② e- 好んで ③ b- 抱えて ④ a- 裏切られて ⑤ c- 慰める

Ⅱ ① c ② e ③ a ④ d ⑤ b

第 74 回

Ⅰ ① b ② e ③ a ④ d ⑤ c

Ⅱ ① b- 招く ② c- 怖がって ③ a- 憎む ④ e- 怒鳴られた ⑤ d- 暴れる

Ⅲ ① d ② c ③ b ④ e ⑤ a

第 75 回

Ⅰ ①b ②c ③a ④e ⑤d

Ⅱ ①d- 用いて ②c- 試す ③e- 断った ④
b- よし ⑤a- 応じて

Ⅲ ①e ②a ③b ④c ⑤d

第 76 回

Ⅰ ①c ②b ③e ④a ⑤d

Ⅱ ①c ②a ③b ④e ⑤d

Ⅲ ①a ②e ③b ④c ⑤d

第 77 回

Ⅰ ①c- カバーする ②a- 活用されて ③d-
気付いて ④b- 吸収される ⑤e- 否定した

Ⅱ ①d ②a ③c ④b

Ⅲ ①d ②c ③a ④e ⑤b

第 78 回

Ⅰ ①e ②d ③a ④b ⑤c

Ⅱ ①c ②a ③e ④b ⑤d

第 79 回

Ⅰ ①d ②b ③a ④c ⑤e

Ⅱ ①c ②a ③b ④d ⑤e

第 80 回

Ⅰ ①e ②d ③c ④b ⑤a

Ⅱ ①a ②d ③c ④b ⑤e

Ⅲ ①b- 語る ②e- 言い付けた ③c- 言い
出した ④d- 言付けた ⑤a- 異なる

第 81 回

Ⅰ ①c ②a ③b ④d ⑤e

Ⅱ ①b ②a ③e ④c ⑤d

第 82 回

Ⅰ ①e ②a ③c ④d ⑤b

Ⅱ ①c ②a ③b ④e ⑤d

MEMO

す

せ

そ

た

ひ

ふ

へ

翻轉日檢
09

絕對合格
QR Code聽力魔法

頂尖題庫 快速記憶術
Grammar, Context and Listening
單字、情境與聽力
扎實累積實戰×致勝近義分類的高效雙料法寶！

日檢 N2 單字

[16K+QR Code 線上音檔]

發行人	林德勝

著者　吉松由美, 田中陽子, 西村惠子, 千田晴夫，林勝田,
山田社日檢題庫小組

出版發行　**山田社文化事業有限公司**
地址　臺北市大安區安和路一段112巷17號7樓
電話　02-2755-7622　02-2755-7628
傳真　02-2700-1887

郵政劃撥　**19867160號　大原文化事業有限公司**

總經銷　**聯合發行股份有限公司**
地址　新北市新店區寶橋路235巷6弄6號2樓
電話　02-2917-8022
傳真　02-2915-6275

印刷　**上鎰數位科技印刷有限公司**

法律顧問　**林長振法律事務所　林長振律師**

書+QR碼　**新台幣389元**

初版　**2025年2月**

日語英語學習網　www.stsdaybooks.com

ISBN : 978-986-246-878-4
© 2025, Shan Tian She Culture Co. , Ltd.